[鹿 小 姐 书 系]

你就不必原谅我

me

2

浩瀚 著

Haohan

江苏凤凰文艺出版社
JIANGSU PHOENIX LITERATURE AND ART PUBLISHING, LTD

图书在版编目（CIP）数据

你就不必原谅我. 2 / 浩瀚著. --南京：江苏凤凰文艺出版社，2017.9

ISBN 978-7-5594-1025-2

Ⅰ. ①你… Ⅱ. ①浩… Ⅲ. ①长篇小说—中国—当代 Ⅳ. ①I247.5

中国版本图书馆CIP数据核字（2017）第207829号

你就不必原谅我. 2

作　　者　浩　瀚
总 策 划　周　政
出版统筹　黄小初
出版监制　杨翔森　曾筱佳
编辑总监　调　调　小　狸
责任编辑　胡小河　姚　丽
特约编辑　小　左
封面设计　良　子
版式设计　李映龙
封面绘制　度薇年
责任监制　刘　巍　江伟明
出　　品　大周互娱
出版发行　江苏凤凰文艺出版社
出版社地址　南京市中央路165号，邮编：210009
出版社网址　http://www.jswenyi.com
印　　刷　湖南凌宇纸品有限公司
开　　本　920mm×1280mm　1/32
字　　数　233千字
印　　张　9
版　　次　2017年9月第1版　2017年9月第1次印刷
书　　号　ISBN 978-7-5594-1025-2
定　　价　32.80元

目录 Contents

第一章

你若死了，我不会独活

外面响起敲门声，陈梦放下电话，整理好衣服和头发，才走过去开门。站在外面的是保姆阿姨：“太太，您要下去吃早饭吗？”

“马上下去。”

陈梦吃完饭再吃药，然后慢跑了一个小时。保姆阿姨过来敲门：“太太，您的电话响了。”

陈梦接过电话，看到来电显示是商深行，略一顿——他打电话来干什么？

她接通电话：“商深行？有事？”

“我哥在吗？”

“不在。”

“我打不通他的电话，那什么，我妈十一点到S市，我有演出走不开，你去接下人可以吗？我把电话号码给你。”

“啊？”

“那就这样，我这边忙着呢，你记得过去接。”

商深行干脆利落地挂了电话，陈梦迷茫间，他的短信就发过来了，是具体航班信息和电话号码。

婆婆驾到，陈梦不敢怠慢，那毕竟是商谨言的父母。她按着手机键盘回信息：好的，我马上去。

陈梦上楼换了一套衣服，简单化了妆，下楼，拿了车钥匙和包，然后对保姆阿姨说：“阿姨，中午深行和谨言妈妈会过来，麻烦多煮两个人的饭。”

“好的。”

陈梦现在的眼睛已经好很多了，她开车直奔机场。这个时间市区堵车，眼看着时间已经到了十一点。陈梦打电话过去，那边电话是关机状态。她敲了下方向盘，阳光正好，照射在车身上反射出光芒。

路终于通了，她加速赶往机场，其间又打了两个电话，依旧无法打通。陈梦到达机场时已经是十一点四十，她停好车后朝出口处跑，电话响了起来。

来电显示是商深行，陈梦接通：“路上堵车，我打不通你妈妈的电话，不知道现在她到哪里了——”

“她已经到家了，打车回来的，你也回来吧。”

陈梦抿紧嘴唇，半晌后才“嗯”了一声：“见面再说吧。”

高跟鞋不那么合脚，磨得陈梦脚疼。她拎着包往地下停车场走，想打电话给商谨言，犹豫了几秒后又把手机放回包里。

回去的路上陈梦被堵死了，S市的交通让她头疼，她翻着车载音乐，找到一首张国荣的《想你》，播放。她靠在车窗上，手指点着方向盘，想抽烟，但也就是想想。

她要是敢抽烟，商谨言一定弄死她，他那狗脾气，她惹不起。

半个小时过去了，车开了一米，陈梦打开车窗，浑浊的空气涌进来。她抬起头看灰蒙蒙的天空，电话响了起来，她看到来电显示是商深行，接通："喂。"

"怎么没回来？发生什么事了？"

陈梦的声音听起来不是很好，一副死气沉沉的模样。商深行已经到家，没有看到她，才打这通电话。

"被堵死了。"车里音乐已经换成了《遇见你》，陈梦很喜欢这首歌。

陈梦饿了，情绪不太好："不知道要堵到哪一年，你们先吃饭吧，不用等我。"

"在什么路段？把地址用微信发给我。"

"干什么？"

"帮你查怎么回来不堵，好心呢，别不识好歹。"

陈梦"扑哧"一声笑了出来，挂断电话后，打开微信给商深行发了位置，车龙又朝前缓缓蠕动，她把车开出去。大约五分钟后，她收到一张地图截图还有一串语音消息。

"前面五十米右拐，换小路。"

陈梦打了转向灯，把车往右边车道挪。商深行规划的路线很详细，不过路都是她没听说过的狭小道路。她要不是现在被堵得头大，也不会相信商深行。

绕了半个小时，陈梦还真把车开了出来，开上回家的路。她松了一口气，敲击着方向盘，失笑，心想商深行还挺靠谱。

电话又响了起来，陈梦拿起手机来看到来电显示是商深行，扬起嘴角接通：“商深行？”

“出来了吗？”

“快到家了，十分钟吧。”

“等你回来吃饭。”要挂电话的时候，商深行突然说，“我哥到底去哪里了？”

“去K市了。”

“他去K市干什么？”

前面是红灯，陈梦一脚踩下刹车，身子前倾，她扶着方向盘：“办点事吧，前段时间就计划了。”

“什么事？你清楚吗？”

“工作。”陈梦顿了下，琳琳的事她瞒不过去，决定还是告诉商深行，但是不敢告诉他全部，“还有琳琳的户口需要去那边迁。”

“琳琳的户口还没挪过来？”商深行说，“我妈不喜欢他去K市，一会儿她要问起来，你就说出差了，别细说。”

“好。”

“那我们等你。”

信号灯变了，后面喇叭声响成了一片，陈梦说：“再见。”

十分钟后到家，陈梦去停车时看到商深行张扬的跑车横在路上，于是多看了两眼。停好车，她下车，拎着包关上车门，刚要往家走，电话就响了起来。她拿出手机看到是商谨言打来的，有些意外，但还是接了起来：“商谨言？还有事？”

“我妈过来了？”

“是的，商深行给你打通电话了？”商深行不打电话，商谨言不会知道他妈来S市的事。

“嗯，上午有点事就关机了，刚刚打通。”商谨言嗓音低沉，“我妈脾气不太好，陈梦你尽量别和她起冲突，有什么事我回去再解决。”

陈梦抿了抿嘴唇，一时间不知道该说什么，商谨言的要求让她有些不太舒服，她便没有说话。

短暂的沉默后，商谨言说：“不高兴？”

陈梦笑了起来：“高兴，你放心吧，我有分寸。”

苏敏看不起陈梦，她们第一次见面的时候陈梦就感觉出来了，之后她们交流也不多。商谨言在的时候，有他在前面挡着，陈梦不用正面接触苏敏，这次商谨言不在，她也害怕发生冲突。

陈梦和商谨言之间的关系岌岌可危，她今天早上跟他聊的那几句，她只有半句实话，不知他又有几句实话。如今又来个婆婆，陈梦头大。

“那就这样，晚点联系。”

“你去K市除了给琳琳办户口，还有别的事吗？”

商谨言没有立即回答，陈梦停住脚步，她站直，有种不太好的预感：“商谨言？真有别的事？”

“现在不能告诉你具体情况，不过我会保证自己的安全。”

“部队的事？”商谨言在K市没有生意，那去K市能干什么？“你不是已经退役了吗？”

陈梦拧眉，他是个挺轴的人，也许从部队出来的都这样。他们最初相遇的时候，他就是这么死板。

“国家需要，随时召回。”商谨言说，“结束就回去，这件事暂时对我妈保密。”

陈梦咬着嘴唇不说话，商谨言的声音低了下去："听话。"

"哦。"

"你哦什么？"

陈梦攥着手里的包，她想到一个可能，商谨言在退伍之前的职业她了解一些："没什么，注意安全。"

"嗯。"

陈梦挂断电话，拧眉看着手机。很多年前，那时候商谨言经常性说失踪就失踪，再出现时一身的伤。有次，他消失了半个月，再出现时，他走过去把陈梦抱进怀里，很用力。之后陈梦才知道，那次他差点没命。

"陈梦？"

陈梦抬头看到商深行站在门口，他脚上还穿着拖鞋，一副家居模样吊儿郎当地斜靠着门框："你傻站在门口干什么？"

陈梦把手机装回包里，抬头："什么陈梦，叫嫂子。"

商深行转身就走，不屑一顾："不叫。"

陈梦进门把包放下："阿姨什么时候到的？你几点回来的？"

"十一点半。"商深行说，"我也差不多，早知道不给你打电话了。"

陈梦睨了他一眼，还想说话，看到了客厅里的苏敏，连忙换了鞋走过去："阿姨。"

苏敏看了她一眼，笑道："真抱歉，我不知道你去接，我坐飞机有些不舒服就没开机，下飞机后直接打车过来了。"

"没事没事，回来就行。"陈梦走过去。琳琳从厨房出来："阿姨。"

陈梦看到餐桌上的菜，说道："你们怎么不先吃呢？不用等我。"

“一家人不等你不像话。”苏敏站了起来。

陈梦去洗手，琳琳跑了过来，悄悄把手里一块糕点塞到她嘴里：“饿了吧？”

陈梦心中一暖，擦干净手揉了揉她的头发，把糕点咽了下去：“在洗手间呢，多脏啊，出去。”

琳琳拉住她的胳膊，态度亲昵：“以后不这样了，阿姨别生气。”

琳琳是依赖的态度，陈梦心便软了，琳琳也是心疼她。

“不生气，逗你玩呢，吃饭去。”

琳琳提防着苏敏，也提防着商深行。对她来说，那两个人都是侵略者候选人，随时可能把她赶出去，陈梦是她唯一可以依靠的人。

坐到饭桌旁，琳琳拿过筷子吃饭，苏敏突然说：“这孩子一直跟着你们生活？”

琳琳迅速抬头看过去，目光闪烁，握着筷子的手紧了紧。苏敏也看过来，她脸上挂着笑容，目光却锐利：“你多大？”

琳琳迅速掩饰情绪，立刻站起来：“阿姨，我今年十二。”

“坐坐坐，站着干什么？就随便问问，你别紧张。”上一次苏敏正气商谨言不和人商量就结婚，就没注意这个孩子，现在看这孩子长得挺漂亮，就是眼神显得世故。

陈梦让琳琳坐下，给她盛汤：“她还小，出去住不放心，现在就跟我和谨言生活。”

“长得真好。”苏敏说，“你和谨言什么时候要孩子？”

陈梦立刻呛到，捂着嘴咳了一声，脸瞬间就热了，这种事拿到明面上说，她很尴尬：“过段时间吧。”

苏敏观察琳琳的表情，琳琳握着筷子的手有些紧，随即她站起来给每个人盛汤，不再说话。

“你们两个生个女儿一定好看，都长得好。”

琳琳把汤碗小心翼翼地放在苏敏面前，小声说：“奶奶，小心烫。”

“谢谢。”

那谨慎的样子让苏敏很不舒服。她本身不讨厌小孩，可讨厌别有用心的孩子。陈梦为什么火急火燎嫁给商谨言？苏敏太清楚，商谨言是个一根筋，感情如一张白纸，可她是过来人，看得一清二楚，商谨言用情深，陈梦大概只是为了他这个身份。

吃完饭，商深行把琳琳支去陪母亲下棋，走到厨房倒了一杯水，看向陈梦：“我哥之前在K市当兵你知道吗？”

陈梦点头，她怎么可能不知道？

“你想说什么？”

“你知道他为什么退了吗？”

陈梦把药全部倒进嘴里，仰头喝了一口水想咽下去，可没咽下去，苦得她皱紧眉头：“想回家娶媳妇？还是和你爸有关系？你爸妈要求？”

“和我爸妈都有些关系。”商深行靠在门口看陈梦，“还有个事，K市那边形势挺混乱，他退伍前曾遭到恐怖分子的报复，差点丧命。”

陈梦直直地看着商深行，目光沉了下去。一颗药不听话地贴在上颚，苦得她心里发酸。她拿起杯子又喝了几大口水，把药丸咽了下去，可嘴里的苦味迟迟不散：“我没听他说过。”

“没说可能是他不想让你知道。”商深行说，“你就当我没说吧。哎对了，唱歌比赛你还去吗？”

陈梦快被药苦死，苦得她整个人都精神了。她猜对了，商谨言可能真的要面对那些穷凶极恶的人了，她心思纷乱："可能会去吧，等他回来再说，和他商量商量。"

"他不会允许你去的，我哥很大男子主义，性格强势，控制欲极强。要我说，你不如瞒着他去参加，以后再坦白。人都有追求梦想的权利，你追求梦想并没有错。"

陈梦暂且把心里沉甸甸的东西压下去，扬眉看商深行："你觉得商谨言知道后，会不会弄死我呢？或者和我离婚？夫妻间还是坦白好，他虽然强势，可也不是不讲道理的人。"

商深行耸肩，摸出烟盒："那你可得商量商量了，周二海选初赛，是个机会。"

"我会很快做出决定，谢谢了。"

商深行咬着烟偏头点燃，深深吸了一口："不客气，我下午还有工作，先走了。"

"嗯。"

商深行离开，陈梦又灌了两杯水，嘴里的苦味依旧没散去。她靠在流理台上转头看向窗外，院子里的枯枝随风摇曳，显得荒凉。

她握紧杯子，站了约莫有半个小时，然后放下杯子出门。苏敏已经回房间休息，琳琳的家教老师过来了，她也回了房间。

面对苏敏的到来，陈梦原本以为两个人会难以相处，现在看来，倒是也能相安无事。

第二天下午，商深行又提了一次海选的事。陈梦原本是想瞒着商谨言的，但是他走的时候说得那么清楚。思忖之后，陈梦打电话给商谨言。电话响了很长时间，他才接通，嗓音低沉："有事？"

陈梦走到窗户边，悄悄呼出一口气："你走之前，商深行说过一个唱歌比赛，你知道吧？”

“我说了不准参加。”

陈梦沉默，攥紧了电话。她有时候在想，她现在和商谨言到底是什么关系。是合作伙伴？还是夫妻？爱人？爱人肯定是达不到了。

“为什么？”

“我不喜欢。”

陈梦抬起头，看着远处：“可……我想参加。”

“那你想怎么做？”

陈梦本来可以不征求他的同意，她是个独立的人，她有权决定自己的任何事。可事到临头，她还是犹豫了：“商谨言。”

“嗯？”

“我也想有自己的事业。”她一无所有，她和商谨言是不对等的。陈梦抿紧嘴唇，停顿了有半分钟，然后接着说道：“我们是夫妻，我想这种事可以和你商量。”

“你想要的事业就是去唱歌？”

“不然我还能做什么？”她脱口而出，说完就后悔了。电话那头商谨言没有说话，陈梦咬了咬牙，说道：“你不让去就算了，我和商深行说一声，机会也不是——”

“你想去就去吧，注意安全。如果因为这些事你的头再病变，我们的账就可以一块算了。”他挂了电话。

陈梦听着电话里“嘟嘟”的声音，半晌后才放下手机。她有些不明白商谨言的这些话，手机抵在下巴处，闭上眼深吸一口气，突然睁开眼，看向窗外。远处是蓝天白云，阳光正好。

这口是心非的家伙，他就是担心她的身体。

周二，商深行带陈梦去电视台，今天地区海选。坐上车陈梦就开始紧张，紧张这种情绪，一旦蔓延开来，就难以收场。陈梦把脸埋在手心里深吸气，尾指颤抖。

商深行停好车，把烟盒递过去："要不来一根缓一缓？"

陈梦摇头，她要保护嗓子。靠在车窗上，陈梦看向商深行，拧着眉十分严肃地问道："我行吗？你觉得我会不会被咔嚓掉？"

商深行"扑哧"笑出声，点燃一根烟靠在车窗上，顿时烟雾缭绕。他笑道："你害怕了？害怕的话现在回去，尿蛋！"

"你才尿蛋！"陈梦把眼镜取下，擦干净上面的雾气，戴上后挺直腰杆，深吸一口气，推开车门，回头看了商深行一眼，"我要参加比赛，肯定是冠军。"

"冠军只有一个，是我。"

陈梦大笑，豁然开朗，突然就变成了三年前那个无法无天的陈梦。她怕过什么？大不了就是一输。

"那试试。"

商深行摁灭烟头，下车跟在她的身后，还没到入口，电话就响了起来，他接通："喂？"

"有记者和粉丝蹲你，你和陈梦在一起是吗？"

"怎么了？"

"老大说怕传绯闻，让你们分开走。"

"我跟我嫂子传什么绯闻？"商深行有些生气，瞬间提高了声音，"混账啊！"

他觉得羞愤，也难堪，前面的陈梦停住脚步回头看过来。他示意她先走，她停顿了几秒就往前走去。

"行哥，粉丝又不知道，而且就算陈梦，她也处于事业上升期，她能愿意被人知道自己结婚的事？你别发脾气，这对你们两个都不好，何必呢？是吧？”

商深行挂断了电话，深吸一口气，回头一脚踹在停车场的柱子上，顿时疼得差点飞起来。他面部扭曲，抬头看到陈梦已经走了，才呼出一口浊气——真是气死了。

商深行气呼呼地上楼，就看到了阿K和徐莉，两人挥手，助理小跑过来。她脸上立刻笑出花，已经看到陈梦先走了：“行哥，上去吧。”

正在此时，不远处突然掀起一道声浪：“少爷少爷我爱你！”

商深行吓得脚下一滑，差点摔出去，不远处的阿K和徐莉拼命压抑着笑。商深行挥了挥手，走过去才沉下脸：“你们想死吗？”

“不想。少爷，走吧。”

一路众星捧月地进了海选教室，因为要排队进入，他们就停住了。商深行把墨镜拿下来，垮着肩膀取了一颗水果糖塞进嘴里，嚼得嘎嘣响。他用眼睛在人群中搜寻着陈梦，没看到，便偏头对阿K说：“见到陈梦了吗？”

“在前面呢。”

商深行单手插兜，抻着脖子往前面看。阿K拍了下他的肩膀，戏谑道：“真不是你女朋友？”

“滚蛋！”商深行骂了他一句，说道，“她跟我哥结婚了。”

“嗬！和你哥？”

商深行没有再回答这个问题，拿出手机发短信给陈梦：在哪？

陈梦迟迟没回信息，商深行耸了耸肩，把手机装进口袋，刚要往前走，肩膀被拍了下。他迅速回头就看到陈梦的厚眼镜片，挑眉：“你什么时候过来的？”

“我在前面。刚刚你粉丝在外面蹲守，怕影响不好就先走了。”

陈梦听到他讲电话的声音了，他出道走的是男神路线，他们走在一起确实不合适。

商深行笑了笑，盯着陈梦看了几秒，这才把水果硬糖的盒子递给她：“要吗？”

“谢谢。”陈梦取了一颗糖放进嘴里，薄荷味的，“今天人真多。”

“是啊。”商深行把墨镜拿出来戴上，“也不知道都凑什么热闹。”

陈梦咬着糖果，扶了扶眼镜：“估计有一半是冲着你来的。”

前面不少人往这边看，拿出手机偷拍商深行。商深行臭不要脸地勾起嘴角一笑：“那我的魅力真是太大了。”

他是怕陈梦紧张，想说话来分散她的注意力，可她这不识趣地只会笑话他。

陈梦乐不可支，看到更多的镜头朝向这边，默默退到一边。有胆子大的过来要求和商深行合照，他不好拒绝，只能答应。这边有动静，其他人也纷纷看了过来。

也不知道喊声是从哪里发出来的，有个女生尖叫：“那不是少爷吗？”

“谁啊？”

“少爷，刚火起来的少爷，FK的成员。”

现场闹成一团，陈梦立刻和商深行撇清关系，去了前面等待区。很快有工作人员过来带走了FK乐团，维持秩序，现场这才安静下来。

陈梦取出耳机塞进耳朵里听音乐，拿出手机发微信给商谨言。

——你什么时候能回来？

消息发过去，犹如石沉大海，陈梦把手机装回口袋看向前方，有些茫然。

大厅忽然安静下来了，陈梦有些奇怪，四下看着。一道沉哑的嗓音穿透空气，她抬头看到大屏幕上显示出商深行的脸。大屏幕上直播着海选现场，商深行选的是一首自创音乐，英文。陈梦水平有限，只能听出大概意思，好像是什么女孩。

商深行的声音得天独厚，令人沉醉，他就是吃这碗饭的人。商谨言在很多时候过于自负，而忽略别人的优点和长处。商深行的性格不适合做生意，他走音乐道路并没有错。陈梦眯着眼睛看屏幕上的商深行，从旁观者的角度来看，商深行非常优秀。

他面容英俊，台风很稳，有唱功，会创作。

一首歌很快就结束，陈梦听到观众发出了叹息声，大约是遗憾为什么这首歌这么短。

毫无意外，评委统一开了绿灯。商深行组合顺利通过，他鞠躬道谢后，面向镜头挥了挥拳头，挤了下眼，帅得一塌糊涂，等待区的女生“哇”地叫出声。

陈梦扬起嘴角笑了起来，这家伙。

陈梦百无聊赖地等到两点，有工作人员过来递给她一个袋子：“行哥让送过来的。”

“谢谢。”

陈梦打开袋子，看到里面是一杯牛奶、一份三明治，笑了笑，发信息给商深行：你结束了？

——你结束了给我打电话，我过去接你。

——不用了，我自己回去。

许久后，商深行回复：我也不一定有时间去接你。

三点时轮到了陈梦。在外面的时候，她无数次地告诉自己不要紧张，可走进演播厅后，面对评委，面对镜头，她怵了。她手心里满是汗，心跳得飞快，头脑一片空白。

“你叫什么？”有一个评委想替她解围，“可以介绍下你自己吗？”

一瞬间，陈梦像回到了三年前，面对灯光以及警察无数的质问……由于高度紧张，陈梦的视线开始模糊，越来越严重，渐渐看不清人了。陈梦推了推鼻梁上的眼镜，手在抖。

“你有一分钟的时间。”对面坐着的中年男人开口，“现在开始吧，一分钟内唱不出来自己走。”

陈梦抿了抿嘴唇，走上前，紧紧握着支架上的话筒。她咳嗽了一声，声音颤抖。对面的中年男人有些不耐烦，换了坐姿，听这些人鬼哭狼嚎了大半天，他脑袋都要炸了。

他抬手就要按红灯，这时陈梦开口了。男人的手顿住了，他抬起头看过去。

陈梦戴着帽子，压低了帽檐。她唱的是王菲的歌，很经典的一首。陈梦所有的思绪都跟着情绪在走，她几乎要哭出来。在看守所一年的时间，她害怕这个世界，害怕每个人，害怕别人的目光，害怕别人看自己。她处在黑暗之中才觉得安全，她害怕灯光。

爆发的高音，瞬间让三个评委都愣住了，直到她唱完最后一个音符。睁开眼，松开被汗湿的话筒，她抬起头：“我唱完了，各位老师。”鞠躬后，她的视线渐渐清晰，终于看清对面的人。

三个评委方才回神，呼出一口气。陈梦的声音带着一种逼仄的绝望，情绪蕴含在声音里，极具感染力。女评委先开口：“你叫什么？”

“陈梦。”

“很好，你可以走了。”

陈梦“啊”了一声，瞪大眼：“不行吗？”

“你是不是视弱？”中间的男人笑出声，指了指面前的灯，“你过了，再接再厉。”

陈梦不只是视弱，她在高度紧张的时候连听力都不好。她连忙鞠躬：“谢谢，谢谢老师。”

海选结束，陈梦成功晋级，出来后还要填资料参加下一次竞赛。陈梦填资料的时候手一直抖，工作人员都乐了：“你怕什么？不至于吧？”

陈梦也笑了，至于吗？真至于。她走出来了，这一步她跨出来了。那噩梦般的三年，真的过去了，她现在是个全新的陈梦。

陈梦往外面走，商深行的电话打了过来：“恭喜。”

“你知道？”陈梦扬眉。

“有人给我发视频了。你发挥得不错。”商深行说，“需要我去接你吗？”

“不用。”陈梦走出电视台，她声音突然大了起来，“商深行，我觉得我能和你争一争冠军。”

“那试试啊。”商深行语带挑衅。

陈梦招手拦到出租车：“先挂断了，回去再说。”

“好。”

陈梦坐上出租车，觉得还跟做梦似的，揉了揉脸，拿出手机打给商谨言。电话暂时无人接听，陈梦蹙眉，商谨言已经好几天没和她联系了，现在怎么回事？他能回来吗？

陈梦打开门，听到客厅有说话的声音，探头看了一眼，和商深行对上视线。商深行立刻起身走了过来。陈梦把包放在柜子上，换了鞋往里面走，客厅里还坐着苏敏。

“我回来了。”

商深行快步走到她面前，低声说：“比赛的事先瞒着我妈。”

陈梦点头，刚要说话，商深行提高了声音：“画展怎么样？我一直挺喜欢那位画家。”

陈梦：“……”画风变得好快，怎么就突然转到画展了？商深行对苏敏撒了什么谎？

“小梦回来了？吃饭了吗？”

“吃过了。”

“再吃点吧。”商深行说，“外面的饭毕竟不如家里的好，阿姨，麻烦你了。”

保姆阿姨连忙去准备饭菜。陈梦在客厅坐下，看向苏敏：“阿姨，抱歉，回来晚了。”

“你们有事就去做，不必和我说。”苏敏说，“我过来已经是打扰你们了。”

陈梦的脸有些热：“不打扰，这里本来就是您的家。就是谨言不在，怕您住着无趣。”

“谨言什么时候回来？这两天电话打不通。”

“不知道，可能忙吧。”

苏敏目光锐利，看了陈梦一会儿，说道：“那你先去吃饭吧，吃完饭我和你有些话要说。”

陈梦脑筋转得飞快，不知道苏敏知道了什么，站起来：“那我先去吃饭了。”

陈梦吃饭的时候右眼皮一直跳，她揉了揉眼睛，仍无济于事，眼皮甚至跳得更厉害了。她心里有些慌，怕是要出什么事。

吃完饭，陈梦出去，没看见商深行。苏敏还坐在客厅，她拿着iPad在刷新闻。抬眼看见陈梦，她示意：“坐。”

苏敏气场强大，陈梦在她面前跟个小丫鬟似的，立刻坐下：“阿姨，您要说什么？”

“随便聊聊，也没什么，别紧张。”

陈梦坐下，有些拘束，看到桌子上的茶壶便给苏敏倒了一杯水。

“你今年多大？”

“二十六。”陈梦差点把水壶扔出去，她稳住情绪，把茶壶放下去，抬头直视着苏敏。

“那和深行是同一年。”

“是的，我们一样大。”

陈梦和商谨言相亲这事是苏敏安排的，可她当时并不知道沈冰有两个女儿，也不知道陈梦的过去。当时陈家和他们家虽然有些差距，但是听说他们的女儿在国外留学，受过良好的教育，直到陈梦和商谨言结婚，她查了陈梦的底细……

“你是不是还有个妹妹？”

“是我爸妈收养的孩子。”陈梦道，“叫陈雅，现在养在我们家。”

苏敏点了点头，喝了一口茶，凌厉的目光落在陈梦身上：“你和谨言是怎么认识的？在相亲之前，你们就认识是吧？他说过你们在一起三年多了。”

陈梦心里一咯噔，攥紧了手指，心跳突然加速，她看着苏敏的表情，一时间不知道该怎么回答。

“怎么，很为难吗？”苏敏笑着放下茶杯，“就是随便聊聊，你要是不愿意说那就算了。”

“在Y省旅游，正好遇到了，他救过我的命。”当初商谨言确实救过她，她也不算撒谎，“后来我就喜欢上他了，他很好。”

苏敏点了点头：“那挺好的，中间怎么分手的？”

陈梦又撒谎了，她那些难堪的过去能暴露在别人面前吗？陈梦不敢。

陈梦抿了抿嘴唇：“当初他在部队，见面的机会很少。”

“那诈骗又是怎么一回事？”苏敏放下杯子，锐利的目光直射过去，看着陈梦，“你在看守所那一年，他怎么从来没有提过？你不是沈冰的女儿吗，怎么会去骗钱？”

陈梦只觉得大脑“嗡”的一声，什么都听不见了。她紧紧攥着手指，不敢说自己曾经犯过的罪。她不断地撒谎去掩饰过去，以为这样就没有人知道，可没用的。犯下的错怎么会那么轻而易举地被抹去呢？那是耻辱，一辈子跟着她，刻在她的脊梁骨上。

陈梦没抬头，也没看苏敏，而是低着头看地板，仿佛又回到了那几年，所有人都辱骂她，殴打她。她回到陈家，他们所有人都看不起她，她是一个诈骗犯，一个背着耻辱的人。

“你改名了是吗？你以前叫什么？王梦？年龄改了吗？你和谨言分手是不是因为这个？现在怎么又和他结婚了呢？他发达了？他现在有钱了？”苏敏的声音不大，依旧温和，“你怎么能这么对他呢？谨言是个单纯的孩子，他没有谈过恋爱，他一片赤诚就应该被你这么欺骗？”

“是改名了。”陈梦仍旧恍惚，大脑停止了思考。一个人能伪装多久？假的就是假的，纸包不住火，她现在所有的一切都是假的。陈梦低着头，硬扯起嘴角笑了笑，抬起头看向苏敏：“我在二十二岁之前叫王梦，是陈家被抱走的孩子。他们把我找回来，上了这边的户口，改了姓陈。我没再骗商谨言，他都知道。”

“那你们的相识还是因为旅游？”

“是的。”陈梦现在想逃走，想离开这里。她像是浑身赤裸地站在太阳光下，所有人都看着她，所有人都朝她身上扔臭鸡蛋，她脸上、耳朵火辣辣的疼，心脏抽搐着疼。

“我们是因为旅游认识，他去旅游，我是导游。”陈梦在这个时候还能笑出来，她觉得自己脸皮厚到了极致，“我骗的人就是他。”

苏敏的目光瞬间冷了下去：“那你为什么还和他结婚？你骗的人是他？”她笑了起来，声音格外讽刺，“别告诉我，你是因为爱和他结婚。”

一瞬间陈梦心如刀绞，她抬起头，脊背挺直，看着苏敏：“他提出的结婚。”

苏敏突然把面前的杯子摔在地上，站起来居高临下地看着陈梦：“三年前没骗过瘾，三年后继续？”

苏敏的话犹如当头一棒，打得她眼冒金星、四肢瘫软，再没多余的思考能力。

“我没有再骗他，结婚之前我们说得很清楚，阿姨。”陈梦也站起来，扶了扶鼻梁上的眼镜，“我们之间的债在我坐牢的时候就清了，现在，我们都是干干净净的。”

“真的干净吗？”苏敏冷笑，目光里没有一丝感情。

“等他回来，如果他同意离婚，我们就去办离婚手续，我净身出户。阿姨，对不起。”

陈梦鞠躬，然后转身快步上楼，在二楼拐角处碰到了商深行，他目光深沉。陈梦扯了下嘴角没笑出来，她从商深行身边绕过去上楼回房间。

苏敏拿出手机继续打给商谨言，依旧无法接通，她吼了一声：“商深行你给我滚下来！”

商深行灰溜溜地下楼：“我真不知道，我什么都不知道。”

“你哥到底去哪了？”

“我不能说。”

苏敏胸膛起伏，半晌后手机滑落，人往后摔去。商深行连忙抱住她，急着要打电话。苏敏按住他的手：“我没事，不去医院。”

“陈梦和我哥的事你让他们自己解决行吗？我哥是成年人，他怎么选择是他的事，妈，你能别再插手吗？”

“如果她只是贫穷，我可以接受，但她是诈骗，还骗了你哥。我不知道谨言为什么要和她结婚，天底下没有女人了？”

商深行也没想到会是这样，陈梦坐过牢，她骗过商谨言，她曾经是个骗子。为什么商谨言还能喜欢她？商深行觉得自己可能知道一些事情，但是他什么都不能说。

“无论如何，那都是我哥的选择。”商深行沉下声音，“妈，你无权干涉。”

“她会害死你哥！”

“你想多了。”

苏敏气得没办法，她看到这些资料的时候，拼命地告诉自己要冷静。可儿子娶了这么一个人，她没办法接受。

“你哥去K市了？”苏敏呼出一口气，话锋一转，问道，“去K市干什么？”

“我不知道。”

“你不知道还是不想和我说？”

商深行沉默许久，然后开口：“我不能说。”

苏敏站起来就要走，商深行追上去拦住她：“你干什么呢？”

“我去找你爸爸。”

商深行蹙眉拉住她，想了一会儿才说道：“就是那个小孩，去给小孩办户口，这就快回来了。”

苏敏走回去坐下，沉下表情：“我等你哥回来。”

商深行也不想说什么，发信息给朋友通知晚上排练取消。他得在家看着，不然陈梦和苏敏水火不容，怕是要闹出人命。原本商深行以为陈梦会离开，但是很快她就没事人似的下楼该干什么干什么。

吃完晚饭，陈梦上楼去书房打开电脑，依旧联系不上商谨言。她和商谨言的婚姻能不能继续下去，别人说了都不算，她等他的答案。

门被敲响，陈梦说：“进来。”

商深行进门，陈梦抬头看了一眼，收回视线：“怎么，找我有事？”

“今天下午你说的是真的？”

“是。”陈梦关掉网页，看向商深行，“事实上还要更恶劣一些，我不无辜。”

“为什么？”商深行很难想象陈梦真做过诈骗的事，他以为她起码不会那么做，她能因为他站在寒风里装可怜而让他上车，所以她不是冷血的人。

“各种原因。你还有别的事吗？”

“没了。”沉默许久，商深行说，“我哥除了脾气臭点，没别的毛病，你别再伤他了。”

商深行自认做不到娶一个伤害过自己的人，他哥的心理强大，那得多爱陈梦。商深行认输了，他走出去带上了书房门。

陈梦把脸埋在手心，深吸一口气，事已至此，她也没什么可说。

撒一个谎，就要用一百个谎去圆，她圆不过来了。

第二天早上，陈梦是被电话吵醒的，她接通，一个陌生男人的声音从电话里传过来：“你是商谨言的太太？”

陈梦蒙了几秒，迅速去看来电显示，确实是商谨言的手机号，连忙说道：“对，我是。”

“你好，我是李俊，言哥出事了。”

陈梦“啊”了一声：“什么？”

“出现失误，他被炸成重伤，现在昏迷不醒。情况很严重，你过来一趟吧。”李俊的声音低沉。

陈梦脑袋“嗡”的一声，炸开了：“在哪里？”

“迪庆，马上到丽江。”

“我这就去。”

陈梦放下手机直奔出去，在楼梯上撞到商深行。商深行一把拉住陈梦，她脸色惨白，看起来十分可怕：“你怎么了？”

“商谨言出事了。”陈梦抿了抿嘴唇，手指紧紧抓着电话，“他在香格里拉受伤了。”陈梦的声音抖得厉害，她咬牙说道，“现在应该到丽江了，我得过去。”

陈梦冲下楼才发现自己还穿着睡衣、踩着拖鞋，她抹了一把脸上的泪快步上楼，换好衣服，把现金一股脑装进背包里，拎着包就下楼了。一楼的苏敏已经哭了起来，她拉着商深行匆匆出门。陈梦上车就要走，商深行过来拦住她：“一起走。你跑什么？”

“我不能和你们一起走。”陈梦出奇的冷静，她已经哭过了，现在整个人只剩下机械的动作，“我的头刚做过手术，不能坐飞机，你们两个坐飞机。那边负责的人叫李俊，是你哥的战友。你哥应该是参加什么特殊任务，我们过去再见面。”

“你不坐飞机？”商深行愣了，“那什么时候能到？”

“转车要二十几个小时。”陈梦发动引擎，看了眼不远处六神无主的苏敏，“照顾好你妈妈。”

陈梦的车直冲出去。商深行打电话联系商谨言，接电话的依旧是李俊，他问清楚了地址。

“我哥到底怎么了？他已经退伍了，为什么还会参加你们的特殊任务？这不符合规定。”

“是的，确实不符合规定，是我们临时决定的。”李俊声音疲惫，“见面再说吧，这次是我们的错。”

苏敏抓着商深行的胳膊，抓得很紧：“你哥怎么样了？你哥没事吧？陈梦怎么跑了？她干什么去？我就说这种人靠不住——”

“别说了，上车。”

商深行上车直奔机场，他想着商谨言怎么样了。他没想到在这个时候陈梦选择放弃飞机。从S市到丽江有多远，她又不是不知道，而且做手术距离现在已经有很长时间了，能有多大影响？她连犹豫都没有就放弃了，商深行不敢深想。

陈梦直奔高铁站，买票等待上车。她全程都很冷静，一颗心似浸在冰水里，没有温度，她感觉不到心脏跳动。她想：商谨言你可别死了。

她不知道自己现在该是什么反应，她就知道，她害怕，手指在颤抖。

陈梦把脸埋在手心，却抑制不住身体的颤抖。有人推她：“姑娘，你没事吧？”

陈梦突然控制不住情绪，号啕大哭，声嘶力竭，车厢内其他人都看了过来。

“姑娘你怎么了？没事吧？”

陈梦摇头，只是哭，她很迷茫。商谨言出事了，天地之间只剩下她一个人。

天黑了又亮，她从高铁上下来换了火车。半路上电话响起，陈梦走到火车车厢的衔接处，接通。窗外是连绵不断的大山，冷空气从缝隙里吹进来，陈梦很想抽一根烟。她的大脑昏沉，整个人六神无主。

“陈梦，我是商深行。”

商深行的声音落入耳朵，陈梦恍惚了一会儿：“你到了吗？他呢？有——”嗓子有些堵，后面的话说不出来。

“我们在K市，他情况很严重，那边医疗条件不好。”

陈梦声音哽咽，她说不出话，咳嗽了一声才开口：“我快到了，马上下车。”

电话那头的人沉默，陈梦咬着嘴唇带下一片干皮，血涌了出来，她抿了抿嘴唇：“他——醒来了吗？”

“还没有，还没过危险期，伤得很重，医生说非常危险。”

“如果——”陈梦想说“如果我赶不到，如果他在这期间醒来，我想告诉他”……

“没事，我马上就到了。”要挂电话时，陈梦说，“你把地址发给我。”

商谨言是在一家军区医院，陈梦被拦在了医院外面，她把结婚证拿出来给人看，可还是没被放进去。陈梦只得打电话给商深行，很快商深行就出来了，他身边还跟着一个人。陈梦看不清，就直奔过去：“商谨言呢？”

“嫂子？”

“商谨言呢？”陈梦又问了一遍，“他怎么样？”

陈梦的眼睛通红，嘴唇干裂。商深行心里一疼，一时间不知道该说什么好。

“跟我来吧。”

“虽然人抢救回来了，可还没脱离危险期。”

陈梦抿了抿嘴唇，看向商深行：“见到人了吗？”

商深行点头，声音低沉：“见到了。”

陈梦眼前发黑，她快要站不稳了。见过医生，随后她和商深行进入了重症病房。

陈梦麻木地跟在商深行后面，往里面走。

她不知道商谨言会怎么样，她在心里祈祷，千万不要让他死。她和他纠缠了这么久，不能就这么结束了。

第二章

我们不离婚了好吗？好好过

医生叮嘱了一些注意事项，陈梦全没听见，她眼睛看着病房门口，试图穿过墙壁看到商谨言。他是生是死？他是好是坏？她全然不知。

终于进去了，陈梦一下子捂住了嘴，站在原地看着病床上的商谨言。他身上插满了管子，头上裹着纱布，露出来的鼻子上罩着氧气罩。她身子晃了晃，差点摔倒。商深行扶住了她，她挣开手，抿紧了嘴唇。

“你们有五分钟时间。”

陈梦走上前，她觉得床上的人不是商谨言。商谨言走的时候明明好好的，怎么突然就这样了呢？

“商深行。”陈梦开口，回头看商谨言，“他们是不是搞错了？这不是商谨言吧？”

商深行蹙眉，他看到了陈梦满脸的泪，攥紧了拳头：“陈梦，你别这样。”

陈梦往前走去，她看到商谨言露出来的手上有戒指。她脑袋嗡嗡响，狠狠擦了一把脸，走得很近。头顶的仪器“嘀嘀”响，她抬起头把泪给强行压回去，然后转头对商深行说：“能不能让我单独和他说几句话？”

短暂的沉默后，商深行转身出去了。医生也退出去，房间里只剩下陈梦和商谨言。陈梦看到他的眼睛，那是他，确实是商谨言。

“喂？”陈梦开口才发现自己嗓子哑得不像话，声音十分难听，她清了清嗓子，才又说道，“商谨言。”

除了“嘀嘀”的仪器声响，再无其他，他无声无息。陈梦不敢碰他，就那么看着：“你说你不会有事的。”

你说让我在家等着，我等了，可我等到了什么？重伤的你，生死未卜的前途？

陈梦低下头，泪砸在地上：“商谨言，你个大骗子，你要死了我怎么办？你是为了报复我吗？报复我骗你？”

没有人回答，他被包得像木乃伊，安静如尸。陈梦害怕，心里发慌：“商谨言？你能听到我说话吗？你能不能听到？我是你老婆。”他自然是没有任何回应，陈梦吸了吸鼻子，“你个浑蛋！”

医生提醒陈梦：“时间到了，不能待太久。”

陈梦擦了擦泪，低头靠近商谨言，咬牙：“商谨言，你得活着跟我回家听到了吗？你死了，我这样的人不会安分守寡。相信我，我说到做到，你死了，我不会原谅你，也不会等你！”

陈梦放完最后一句狠话就被医生赶出了重症病房，走出去后她身子就软了，整个人脱力，靠着墙才能站立。医生说：“你是他太太对吗？”

陈梦茫然抬头：“他现在情况怎么样？什么时候能醒？”

“爆炸点离他太近，如果能挺过今晚那就有希望，挺不过去——你们家属得有个心理准备。”

陈梦出现了耳鸣的情况，视线模糊，她看着医生，很蒙：“熬不过今晚——”

“能撑到现在已经是奇迹。”

嗡鸣声小了些，陈梦抬头看医生：“我丈夫——现在能听到我说话吗？”

“有听到的可能性。”

陈梦靠着墙，咬牙道：“那他一定能挺过去，他舍不得我。他能撑到现在，就一定能撑到醒来的时候。我相信他，他不会离开我。”

医生叹息，不好说什么，陈梦现在的状态也很差，他怕自己一开口，这个病人家属会先倒下去。

陈梦在外面站了很久，商深行回来：“陈梦，你坐一下吧。”

陈梦坐下就起不来了，腿软，她把脸埋在手心里，呜咽出声：“他怎么能这样？”

商谨言怎么出的事，至今他们家还没有一个人知道内情。商深行拧开一瓶水，递给陈梦：“会好的，都会好的。”

陈梦急火攻心，视线一阵明一阵暗。她也知道自己的毛病，不能着急，可哪怕她在心里告诉自己一万遍，商谨言一定会醒来，也依旧压抑不住那疯狂的情绪。

“喝口水，不然你撑不住的。”陈梦身体确实很差，商深行现在看到了。

陈梦强打起精神，打开水喝了一口，瞬间头晕恶心的感觉就涌了上来，她放下水瓶，冲到垃圾桶前就吐。她一天一夜没吃东西，只是干呕，什么也没吐出来。

“没事吧？”

陈梦摇头，到底还是拿过水喝完，不然没有站起来的力气。她站了一会儿才缓过来，说道：“你妈妈没事吧？”

“她刚刚晕过去了，现在还在睡。”

陈梦“哦”了一声：“我在这里等着吧，你不用管我。”

商深行看她这个样子，心里很不舒服：“你……能行吗？”

陈梦点头：“没问题。”

商深行叹口气：“我哥肯定会没事，肯定会。”

陈梦强扯起嘴角，仍没笑出来：“是的，我相信他。”

陈梦坐在长椅上等待，商深行离开了。

她和商谨言纠缠了很长时间。初见的时候，她并不喜欢商谨言。商谨言很较真，很爱管闲事，最恨骗子。陈梦就是个骗子，那时候她最大的愿望是打商谨言一顿。

她没打到商谨言，反倒成了他的女朋友，从相识到相爱，后来又发生了一些乱七八糟的事。陈梦闭上眼，她不知道自己和商谨言能走到哪一步，是不是真的爱上他了。她只知道，如果商谨言现在死了，她肯定不会独活。

过了很长时间，商深行过来给她送了一杯奶茶，她抱着杯子低头看着地板。灯光照射在地面上，反射出光，陈梦的视野里一片白色。

他们都在等待，天暗了下来，一整天陈梦只喝了一杯奶茶。晚上八点，商谨言的情况突然恶化，医生紧急抢救。陈梦站起来，紧紧攥着手指，她茫然地看着手术室的方向，大脑停止了思考。

有人推了她一把，她似乎听到有人说话，一回头脸上就挨了一个耳光。

“他要有个三长两短，我不会放过你！他为什么要来这里？还不是为了给那个拖油瓶办户口！还不是为了你！”他们都不知道商谨言具体是怎么出事的，苏敏唯一知道的是商谨言来给琳琳办户口。

商深行抱住了苏敏，提高了声音：“妈！”苏敏转身抱住商深行大哭，她想她可能要失去大儿子了。

陈梦脸上火辣辣的疼，苏敏麻木地看着她，半晌后再次转向手术室门口。她绞着手指，那是她的儿子，也是陈梦的丈夫，她还有个儿子，而陈梦只有这一个丈夫。她不想辩解什么，她现在也没有力气辩解。

苏敏哭晕过去了，商深行抱她去找医生。九点，商谨言才被抢救回来，转入重症病房。病情暂时稳定，陈梦依旧在外面等。

从商谨言出事到现在已经两天了，有人碰陈梦的肩膀，她抬头，视线一片模糊。

“你是谁？”她问。

“商深行。”商深行在旁边坐下，递给她一瓶水，“抽烟吗？”陈梦的状态很差，差到了极点，他真怕她就这么死了。

陈梦摇头：“医院不能抽烟。”

“先出去。”

“我要等他。”

“吃点东西吧。”商深行把装着快餐的袋子打开，“抱歉，我没拦住我妈。我没和她解释清楚，她之前问我，我哥来这边干什么，我说帮琳琳办户口。”

陈梦没有说话，她一口一口地喝水，冰凉的水涌入胃中。她也不想吃东西，她现在其实什么都没想，心中是麻木的。

“我哥——他不会有事。”

陈梦长出一口气，随即点头：“是的，他不会有事。”话说完，她顺着椅子就滑下去，摔在地上。

商深行蒙了几秒后连忙抱起陈梦，大喊医生。

陈梦再次醒来是在病房，眼前是白茫茫的天花板。手臂上方是输液管，她看了一会儿，大脑才慢慢复苏。有人进来检查输液管，对陈梦说道：“醒了？”

陈梦反应很迟钝，她在想自己为什么会在这里，谁送她来的。

“你头还没恢复彻底，注意休息。还有你严重营养不良，要按时吃饭，不然很危险。”

“哦——”陈梦掐了掐眉心，抬头，“谁送我过来的？”

护士看过来：“你失忆了？”

陈梦摇头：“我现在很晕。”

“你先生已经醒了，不用太担心。”护士刚要说下去，回头就看到陈梦从床上弹起来，要往外面跑，护士一把拉住她，连忙拔掉她手上的针管，“你疯了吗？干什么啊？很危险的！”

“我先生现在在哪？我想见他。”

“那也不能这么跑啊！”护士连忙用棉签按在她的手背上，“你等下，我给你贴个胶带。”

陈梦被她拉着，脑袋嗡嗡作响，满心都是商谨言醒的消息。窗外天光大亮，新的一天来到了，商谨言醒了，他挺过来了，陈梦的泪突然就涌了出来。

商谨言的醒来是个奇迹，他伤得那么重，竟扛过来了。

十点半，陈梦在病房见到了商谨言。

他浑身包满纱布，躺在床上悄无声息。陈梦有些怕，喉头微动，小心地开口：“商谨言。”

他身上伤太多了，陈梦不敢随便碰，她站在床边看着他：“商谨言，你听得到吗？”他没有回应，她低声说，“我是陈梦。”

商谨言的眼皮动了动，眼睛却没有睁开。一瞬间陈梦就泪崩了，她捂着嘴：“你别死，你听到了吗？”

他始终没有睁开眼。

苏敏进来了，陈梦就让开了。陈梦看着床上的人，仪器在头顶响着，她看了一会儿就出去了。外面李俊和医生说着什么，陈梦走了过去。

“他现在情况稳定了吗？”

医生看过来，李俊介绍道：“这是商谨言的太太，没事，你说吧。”

“肺部伤得很重，怕后期感染。身上的骨折都不算什么大伤，现在基本上挺过来了，平时注意点，应该就没事了。”

“谢谢。”

医生又交代了几句才离开。陈梦看向李俊，她没有说话，只是看着他。李俊被看得心里发毛，他也知道这次错了，叹口气，道：“对不起，我没想到事情会发展成这样。”

“为什么？”

“那是我们的老敌人了，当年我们有很多兄弟都死在他们手里，老商和他们周旋了也有六七年了。我们联系他之后，他就主动要求参与。”他停顿了一会儿，“我们抓到了那伙人，他们也炸伤了老商。”

陈梦一时间不知道该说什么。商谨言一直都是这个性格，他把国家看得比命都重要。他向来如此，陈梦不是第一天知道。她沉默了。

“哦，我知道了。”

“嫂子，对不起。”

陈梦想了很长时间，然后扯起嘴角笑了笑，转身就走。她不要什么“对不起”，她就要商谨言活着。

他好好的生意不做，回去干什么？有毛病吗？陈梦气得无计可施，可商谨言就是这么一个人。

商谨言第二天下午才恢复意识，他醒的时间很短，陈梦碰了碰他的手，低声问道：“你看得见我吗？”

商谨言“嗯”了一声，声音嘶哑。他伤到了肺，说话困难。陈梦心里发颤，手指拂过他露出来的鼻尖：“你没事就好，以后别这样了行吗？我害怕。”

商谨言看着她，目光深邃，渐渐没了焦距，很快就闭上眼睡着了。陈梦要气死了，这什么人啊！

到了晚上商谨言又醒了，在医生的允许下，陈梦给他喂了一些水。商谨言目光沉沉地看着她。陈梦放下棉签，也看着他。对视许久后，陈梦说：“商谨言。”

——你到底要我怎么办？你要死了，我怎么办？

“你都退下来了，是吧？你就安安分分地过日子，很难吗？”陈梦脸色惨白，嘴唇也是干裂的，她盯着商谨言的眼睛，“对不起，我不该再骗你。你跟我好好过日子，行吗？”

商谨言嘴唇动了下，陈梦没听到声音，凑近他：“什么？你想说什么？”

商谨言说了一遍，陈梦没听清，她凑近了听，他咬牙道："你不准找别人。"

陈梦一顿，商谨言的喘息声在耳边，这句话几乎用尽了他的力气。在爆炸的时候，他突然很想陈梦，他很想抱一抱陈梦。他们两个纠缠了这么多年，他认输了。他放不下陈梦，是他一直在纠缠。

陈梦的泪滚了出来，滴在商谨言身上，她连忙擦去。他病危的时候，听到了那句话。

"别哭……"

陈梦哭得更凶了，蹲在床边大哭："你不准死！"

商谨言拼命地扭头想看她，但只看到个帽子顶。他想，她太傻了。

很快商深行和苏敏就来了，陈梦连忙让开，商谨言多看了她一眼。苏敏进门就哭，商深行在旁边站着。陈梦去倒了两杯水，刚要递给苏敏，苏敏一巴掌把水杯打翻，推开她。

商深行眼明手快拉住陈梦，她才没摔倒，不过水已经洒在她手背上。商谨言目光暗了下去，随即剧烈地咳嗽。陈梦绕到另一边，按铃叫医生，急忙问："你怎么样？"

商谨言拧眉，突然抓住了她的手，她一怔。很快医生就来了，他们让苏敏和商深行出去，商谨言还抓着她的手，她已经觉出疼了。

医生给商谨言检查。商谨言很执拗，盯着陈梦："她……烫伤了。"

医生这才注意到陈梦的手，通红一片，已经有起水泡的趋势，连忙让护士过来处理。商谨言这才松手。他任由医生检查，目光还落在陈梦身上。

商谨言伤得太重，稍微动一下就牵动全身。医生检查之后叮嘱他多休息，可他还没有要睡觉的意思。陈梦的手已经涂过药，她在旁边，眼睛有些红："你睡一觉。"

"你让我妈过来……"

"好，你少说话吧。"陈梦立刻就要走。商谨言咳嗽着说："受伤与你无关……别什么……都往身上揽。"

陈梦看着他，他的眼眸漆黑深邃，看不见底。陈梦点头，鼻子有些酸："我知道。"

陈梦出去叫苏敏，然后在旁边的长椅上坐下，商深行也坐下了："抱歉，我妈现在没有理智。"陈梦叹口气，没有开口，商深行继续说，"手没事吧？"

"没事，已经上过药了。"

商深行说："你是他太太，他出事你应该比任何一个人都难过，没人有资格指责你。对不起，我替我妈跟你道歉。"

陈梦依旧没说话，道歉不道歉对她来说没有任何改变。苏敏就是讨厌她，她也该被人讨厌。现在商谨言醒了，已经脱离生命危险，度过最危险的时期，那就要考虑以后了。

房间内，商谨言睁开眼："她是我太太。"他的声音沙哑，可目光很坚定，"我是因为工作负伤……和她没有关系。"

苏敏现在也知道自己失态了，刚刚不该动手："你们的事等你好了再说，我现在不想说。"

"她是我求着……娶回来的。"商谨言费力说出这几句话，"我们没事。"

"她骗你，你也认了？她坐过牢你也认了？她还做过脑瘤手术，她能活多久？"

商谨言闭上眼："你……看不下去，就和深行……先走吧，我不会死。”

苏敏怔住了，看着他。

商谨言不再说话了。他的事不需要任何一个人干涉，他娶陈梦是心甘情愿。他娶了，就会负责。

漫长的沉默后，苏敏站起来，挺直脊背：“你怪我欺负她了？”

“她是我太太。”这一句话商谨言没有停顿，他看着苏敏，“我尊重她……希望您也尊重她。”

苏敏是哭着出病房的，商深行迎上来，她看了陈梦一眼，大步往外面走：“我们回去吧，谨言不需要我们。”

“那我把你送到机场吧，陈梦身体不好，怕再出事。”

苏敏停住脚步看商深行，意思是：你到底跟谁一头？

商深行一脸莫名其妙：“怎么了？不回了吗？”

“回！这就回！”

晚上陈梦陪在病房，虽然有看护，但她还是不放心。第二天早上，商深行过来给陈梦送早餐，她看向他：“你妈呢？”

“回去了。”

商谨言突然开口：“你们也回去。”

商深行迅速抬头：“什么？回哪里？”

“你们两个回D城。”商谨言费力地说，“K市现在不太平，还会有事发生。”

“太平盛世能发生什么？我不走。”商深行说，“爸爸把妈接到了B市，他说过段时间来看你。爸到底在忙什么？发生这么大事也不出现。”

“他不能来K市。”商谨言说，“你跟陈梦回去等我，我不会有事。”

陈梦把食物咽下去，抿紧嘴唇盯着商谨言。商谨言和她对上视线，语气沉了下去："听话。"

陈梦沉默着把牛奶喝完，放下杯子："深行回去吧，谁要走谁走，反正我不走。"

商深行看向她，她收拾餐盒，只当没看到。商深行把心一横："那我也不走。"

不走就不走，在K市能有什么事？

商谨言在一周后拆了脸上的纱布。陈梦以为他大面积毁容，已经做好了看到他丑陋面孔的准备，谁知道拆掉纱布之后就两道划伤，一道在额头，一道在下巴。这医生是嫌纱布多吗？陈梦松了口气。

商谨言的情况已经稳定下来，他打电话让李俊过来，把他随身的文件交给了商深行："你帮琳琳先办手续，尽量找好点的学校。"

"行。"商深行接过资料，"爸爸在帮你办转院，先回去再说，他不放心你在K市。"

"我知道。"

"我明天回去，妈很想见到你，你尽快回D城。"

"嗯。"

"那我去订机票了。"

商深行离开了，陈梦过来摸了摸商谨言的脸："你来K市到底办了几件事？"

商谨言握住她的手，嗓音沙哑："真不走？"

"不走。"

商谨言收起手指，把她的手包裹进去："那我就不放你走了。"

他的嗓音沙哑，陈梦听得心里难受："本来就欠着你，你死了，还要拖到下辈子还。纠缠一辈子就够了，我不想再纠缠一辈子。"

商谨言漆黑的眸子盯着她，漫长的沉默后，他说：“你恨我吗？”

陈梦知道他说的是什么，她摇头：“我错了，触犯法律我该坐牢，没什么可怨的，是我的问题。”

当时他们都太年轻，都太不管不顾，他在等陈梦低头。以陈梦的性格，她怎么会低头？当年的她义无反顾，以为牺牲便是大义。商谨言恨她不爱自己，一腔热血付诸东流，他那么相信她，可她为了五十万就把他给丢了，他不甘心。

“对不起。”商谨言说。

陈梦看着他。两个人对视许久，陈梦笑道：“有什么可对不起的？我自作自受罢了。”心脏瞬间撕心裂肺般疼。她是个特别没道德的人，也没有任何底线。她和商谨言认识的时候，她就是个骗子。

商谨言握她的手很紧，紧到她有些疼，她低着头，继续说：“当初就觉得那数额跟天文数字一样，没见过钱，也没有什么道德底线。我这个人坑蒙拐骗的事干多了，就是这么个东西，不坐牢永远认不清对错，学不会收敛。”

病房门被推开，陈梦的话就打住了，她回头看了一眼。商深行走进来，与他一块的还有李俊。商谨言松开了陈梦的手，她让开了位置。

“嫂子。”李俊叫了一声，转头看向商谨言，“火车站的事你听说了吗？”

商谨言看了陈梦一眼，她领会了他的意思，示意商深行：“先出去吧。”商谨言应该和李俊还有事要谈，商深行看了看商谨言，又看了看李俊，这才跟着陈梦出门。

走出去后，商深行说：“你真骗过商谨言？”

陈梦扬眉，对此并不回应。商深行点了一根烟："我哥那么骄傲的人被你骗了，很想知道当时他什么反应，暴跳如雷？气急败坏？"

"护士，他抽烟。"陈梦主动叫住一位护士，举报了商深行的抽烟罪行。护士对他一顿训，他连忙把烟扔掉，举手投降，护士这才离开。

商深行竖起大拇指："你厉害！我服了，明天就走。"

"注意安全。"

"你在这里才要注意安全。最近K市不太平，今天早上火车站发生了暴力砍人事件，你注意着点，我爸安排好就会接你们回去。"

"暴力砍人？凶手抓到了吗？"

"当场击毙。"商深行把手机打开，点开微博，找到K市火车站恐怖分子砍人事件的新闻，"你看看。"

陈梦看完把手机还回去："这和伤商谨言的是一伙人吗？"

"不是吧？不知道。"

"哦。"陈梦若有所思。

他们在外面坐了一会儿，李俊出来，陈梦站起来。李俊朝陈梦点了点头，然后转身大步离开。

陈梦在走廊里站了一会儿才进病房。商谨言看着天花板不知道在想什么，没有睡。陈梦走过去帮他掖好被子，在旁边坐下。商谨言看过来，目光落在陈梦身上。

到底还是陈梦先开口："喝水吗？"

"嗯。"

陈梦去接水，回来喂商谨言，动作轻柔。商谨言漆黑的眸子看着她，她喂了他一些水后放下杯子："看什么？"

商谨言扬眉，嘴角微微上扬，却什么都没说。

陈梦被看得很不自在，说道："你现在还疼吗？"

商谨言点头，他肋骨断了两根，胳膊也断了，怎么可能不疼："能忍受。"

陈梦鼻子有些酸，扯起嘴角，半晌后道："那你挺能忍。"

商谨言笑了，伸手示意："手。"

陈梦把手放在他的手心，摸过他脸上的疤："你妈妈知道我的一切。"

"嗯。"商谨言收紧手指，"然后？"

陈梦看着他的眼："她希望我们离婚。"

"你怎么看？"商谨言的手指擦过陈梦的无名指，嗓音沉哑，说道，"陈梦，你对未来有规划吗？"

"我等你的答案。"

"婚姻是我们两个人的事，与他人无关。"商谨言说，"我不会离婚。"

陈梦长出一口气，低头把脸埋在他的手心，嗓音低得像是带着哭腔："嗯。"

商谨言动过离婚的念头。在得知琳琳是刘成的小孩后，他想离婚，却又不甘心。商谨言对于感情的想法很单纯，他只想找个人好好地过一辈子，没有欺骗，没有第三者，就他们好好地在一起。他之前是不能忍受陈梦欺骗他、心里没他，现在她心里已经有他了，他心里那簇离婚的火苗瞬间熄灭。

商谨言手心潮湿一片，心脏微微发疼，他没动。许久后，陈梦抬头，擦了擦眼睛，看着他："我以后不会再骗你，你不准负我。"

商谨言"嗯"了一声，陈梦低头在他嘴唇上亲了下。商谨言眉峰上扬。陈梦手撑在他的头侧，看着他的眼睛，一字一句道："我发誓，我不会再骗你，再骗你我不得好死——”

“闭嘴！”

陈梦盯着近在咫尺的他，足足有一分钟，然后她开口：“你不准死。”

“嗯。”

陈梦释然了，过去的就让它过去吧，未来还有大好的前途，还有很长的路要走。

身后的门“咔嚓”一声开了：“嗬，你们干吗？我出去了！”商深行不知道什么时候进来了，又急忙冲出去，门板重重地合上。陈梦直起身，饶是厚脸皮的她也有些脸红，“床咚”商谨言：“你要是疼得厉害，我们可以叫医生。”

商谨言盯着她，摇头：“不用。”

陈梦站起来：“你睡觉吧，不要想太多事。”

商谨言眯了眯黑眸，浓密漆黑的睫毛微微颤动，半晌后他开口，嗓音沙哑：“你生是我的人，死也是我的，陈梦，这辈子你是我的。”

一瞬间陈梦的心脏抽疼，她喉咙滚动，抿了抿嘴唇：“好。”

商谨言身体还是差，累得倦了，闭上眼：“我只有你一个人，陈梦。”

陈梦在旁边看他睡着，起身接了一杯水。门被推开，商深行小声说：“我哥睡了？”

陈梦点头，商深行很不自在地在对面坐下。陈梦把水给他，又接了一杯。

“他伤得重，需要慢慢养。”

商深行坐着也很尴尬。他以前想过如果和陈梦谈恋爱是什么样，陈梦在恋人面前会是怎么样。刚刚他看到了，她很强势，很……商深行揉了揉鼻子，感觉很尴尬。

“那辛苦你了。”

陈梦小心地拉过椅子坐下：“你订的几点的机票？”

“明天早上九点。”商深行说，“你的头怎么样？还疼吗？”

“还好。”陈梦喝完一杯水，看向病床上的商谨言，目光深远。商深行见状就没法聊下去了，他看得出来，陈梦对商谨言的感情并不浅。

商谨言睡到晚上才醒来，陈梦和商深行在旁边吃东西。看到他睁眼，陈梦端着粥碗坐在他面前：“你醒了？要喝水吗？”

粥香气四溢，商谨言从受伤到现在还没进过食，他喉结滚动：“吃的什么？”

“粥，你现在还不能进食，得再过几天。”

商谨言：“那你离我远点。”

陈梦偏不，就在他面前：“可以先帮你恢复嗅觉。”

商谨言：“……”

商谨言闭上眼，眼不见为净。

陈梦故意弄出声响，她现在心情很好。商谨言睁开眼，怒视她许久，嗓音沙哑而缓慢地说：“小狗？”

“汪！”陈梦本来想反驳，结果出口就傻乎乎地汪了一声。她傻了两秒，然后放下碗站起来：“我去给你倒水，你得多喝水。”

商深行“扑哧”笑出声，随即拍腿大笑。商谨言这才注意到他，扬眉：这家伙怎么还没走？碍眼来了？

“很好笑？”商谨言看过去。商深行强忍着笑吃饭，摇头。他倒是没想到他大哥会这么幼稚，两个人的相处方式很好笑，再一细想，又好虐狗。他顿时悲从中来，能有个人让自己变得幼稚无脑，也是幸运的事。

“不好笑。”商深行匆匆扒饭，吃完放下餐盒，“我出去抽根烟。”他逃也似的冲出了门。

陈梦把餐盒收拾干净，回来坐下继续吃饭，头也不抬了。

她追商谨言的时候在网上看了个段子，就去逗他，问他：“你喜欢猫还是狗？”

商谨言说：“狗。”

陈梦“汪”了一声，盯着他的眼睛，笑眯眯道：“你喜欢我。”

商谨言想到当初的她就觉得好笑，她刚刚“汪”的一声让他猝不及防，他立刻就想到那件事。之后呢？之后这个妖孽就住进了他的心里。

“你再‘汪’一次。”

陈梦摇头，把粥吃完，放下餐盒：“不！”

商谨言凝视着陈梦的侧脸，沉默许久，说道：“你喜欢猫还是狗？”

“猫吧。”陈梦拉过椅子坐到商谨言身边，看他嘴唇起了干皮，刚要喂他水，就听他很轻地“喵”了一声。陈梦一怔，商谨言移开视线，躲过她的目光。陈梦张了张嘴，突然放下茶杯，趴在床边笑。

“不许笑。”他恼羞成怒。

陈梦笑得泪都出来了，半晌后才收住笑声，直起身看他：“我喜欢猫。”

商谨言扬眉：“嗯？”

陈梦的手指拂过商谨言脸上的疤痕，她说道：“我一直担心你毁容，好在没有很严重。”

“毁容了你会怎么办？”

“嗯——”陈梦还真的认真思考起来，想了一会儿后说，“我很颜控，我喜欢长得好看的男人。”

商谨言蹙眉，面色沉下去：“看脸？肤浅。”

“你要真毁得不能看，我就再找个。”

“你敢！。”商谨言怒了，声音冷下去，“你试试看！”

陈梦低哼：“大男子主义。”

商谨言抬起眼皮：“靠近点。”

陈梦低头在他嘴唇上亲了下，又亲他鼻尖：“靠近点干什么？想这样？”

太不要脸了！商谨言眼睛漆黑，声音沙哑：“陈梦，你想过我好了后你会有什么样的后果吗？”

陈梦就喜欢他不能动的样子，怎么霸道都没用，整个就是空架子、纸老虎。手指拂过他的脸，她摸了摸他的脸皮：“你该刮胡子了，明天我帮你刮胡子行吗？”

商谨言喉结滚动，含住了陈梦的手指，咬了下，声音危险：“你胆子大了很多。”

现在胆子不大，以后还有机会吗？陈梦说：“想让我给你刮胡子吗？”

商谨言松开陈梦的手指，抬起眉毛：“好。”

现在的商谨言很憔悴，没有过去的威风凛凛，但是陈梦很喜欢现在的他，她能碰到，能摸到，没有距离感，仿佛一下子就回到了三年前，能肆无忌惮地和他疯。

第二天，商深行一早就走了。陈梦准备热水帮商谨言刮胡子，她先洗干净他的脸。站在床边，她很新奇地摆弄着手里的刮胡刀，嗡嗡声中，她问："K市火车站的暴力事件和你被炸伤有关系吗？"

"没有，是另一伙人。"

"和你有关系吗？"

"应该没有。"

陈梦擦干净他的脸，放下剃须刀："那就好。"

陈梦不太了解他的世界，也不了解他的工作。她给他擦手，说道："那还是尽快回D城吧，这边不安宁，多一事不如少一事。"

"回去，最起码得恢复半个月，我才能动。"

过了两天商谨言才能进些流食，目前看来，他恢复成这样简直是奇迹。

商谨言被炸得够呛，从身上到脸都是伤，医生换药的时候陈梦就不看。她是真怕这个，一直到现在，她也没看商谨言身上的伤。没缺胳膊没少腿，这就好了。

陈梦喂商谨言喝粥，再次打量他脸上的疤痕。商谨言的外貌偏冷硬，加了疤痕显得凶悍。

"疤还能去掉吗？"

商谨言眯了黑眸："丑？"

"丑倒是不丑，就是凶神恶煞，可能以后走在大街上，小孩子看到会被吓哭。"陈梦摸了摸他的额头，他看起来很狰狞，"挺长一道。"

商谨言原本的脸可以和明星拼帅，多了疤痕瞬间就接地气了。陈梦又喂他吃了一口粥："不过这样也好，不招桃花。"

商谨言直视她："我招过桃花吗？"

陈梦一时间竟不知道怎么回答。他招过吗？他好像真没有。他感情生活就是一片空白，陈梦追他，他就跟她好，心里只有她一个人。

陈梦眨巴下眼睛：“我怎么知道？”

“你知道。”商谨言很肯定。

陈梦哼了一声，把最后一勺子粥喂到他嘴里：“吃完饭吃药。”

“倒是你，不许再乱招惹。”

陈梦端起茶杯摸了摸，感受了下温度，然后凑过去：“喝水吃药。”

她有过桃花吗？

陈梦喂商谨言吃药，然后才坐过去。商谨言说：“你过来点。”

陈梦靠近：“嗯？”

商谨言找到她的手握住：“再近一点。”

陈梦靠近压在商谨言的嘴唇上，很轻一下，蜻蜓点水似的很快就离开。她的手指刮过他的鼻子：“满意吗？你下次要想亲，直接说。”

“你鼻子上有饭粒。”商谨言说，“我想帮你拿掉。”

陈梦的脸瞬间红了，不过她还是硬撑着，摸了一把找到饭粒，拿下来粘在商谨言脸上：“这回不是我一个人出糗了。”

商谨言：“信不信我揍你？”

陈梦把饭粒扔进垃圾桶，擦干净手，过来握着他的手，转着无名指上的戒指：“我们什么时候能回去？”

“暂时不能。”

陈梦叹口气。商谨言问：“比赛参加了吗？真去唱歌了？”

“嗯。”陈梦在旁边坐下，打开了电视，随便看着八卦娱乐新闻，“我晋级了。”

“为什么想唱歌？”

“我没其他特长。”陈梦靠在床边，没什么正形，“如果有可能，我想去音乐学院进修。这个比赛如果能获奖，就有机会。”

“事业？”

陈梦点头。商谨言看着她的侧脸：“想过我们的以后吗？”

“我们的以后？该往哪方面想？”

“等你身体好些，生个孩子。”

“会不会太早了？”陈梦对生孩子这事没有任何的想法，她现在教育不好孩子，也没有打算要孩子。她现在一无所有，她不想一辈子都依附商谨言。孩子要她带吗？还是商谨言带？

“早吗？”

“嗯。”陈梦看到电视上商深行的面孔一闪而过，他的新歌在新歌周榜拿到了第一，就是那天初赛他唱的那首，非常好听。

商谨言也看向电视：“我觉得女人结婚了，专注家庭比较好，你觉得呢？”

“我觉得你想得有些多。”陈梦收回视线，看他，“男女都一样，结婚了需要对家庭负责。可家庭不应该是女人的全部。商谨言，我也有梦想，你能明白吗？”

商谨言很大男子主义，有些直男癌。可以说，这种人放在微博上就是被讨伐的对象，影响了平等和谐发展。

商谨言沉默，陈梦握着他的手指，回头看他：“你觉得呢？”

漫长的沉默后，商谨言叹口气：“你还是没变，和以前一样尖锐，不肯服输。”

陈梦没有立刻回答，她观察着商谨言的表情，等待着他接下来的话。商谨言停顿了大概有一分钟才开口道：“你喜欢就去做吧，孩子的事随缘。”

“你喜欢小孩吗？”

“喜欢。”

陈梦笑了起来，把手盖在商谨言的眼睛上：“为什么喜欢小孩？”

“等我们老了，若是我先走，你不至于孤独。”商谨言说，“孩子是我们生命的延续。”

商谨言的睫毛很长，拂过她手心，她心里酸酸的：“因为这个要小孩，会不会自私了一些？我这么糟糕的人，你不怕生出来劣迹斑斑的孩子，顽皮不受管教？”

商谨言拿下她的手，看着她的眼睛：“你不差。”

陈梦心脏隐隐作痛，扬起嘴角：“是吗？”

“你不差。”商谨言重复了一遍，“只是当初没人教你怎么做一个好人，走岔了路。”陈梦怔怔地看着他，他又说，“孩子像你挺好，活泼。”

陈梦的泪差点滚出来。她和商谨言之间隔着千山万水，他们拼命地走到一起。陈梦伤过商谨言，商谨言报复过她，这样他们依旧能跨过去走到一起，那这辈子大概就这样了，臭味相投。

“谁答应和你生孩子了？”

商谨言笑了笑：“问你个问题。”

“嗯？”

“假如——”商谨言这次停顿的时间有些久，过了很长时间后，他才说，“我说假如当初你不缺钱，你会追我吗？”

陈梦心脏一揪，抬头看他，他声音并不重：“会吗？”

“你想听真话还是假话？”

“真话。”商谨言的目光变得慎重起来，他想知道陈梦当初到底怎么想的，这么多年，他一直想知道。他又补充了一句：“不准撒谎。”

“我当初追你是想报复你来着。你在一个玉器店坏了我一单生意，我当时很恶毒，就想把你追上，然后甩了，让你痛苦不堪。”

商谨言眉毛都要飞出去了，简直想揍陈梦一顿，这都什么鬼理由？

陈梦不久前才发了毒誓，再骗他不得好死。陈梦硬着头皮说：“你还要听吗？”

“说下去！”商谨言的脸已经黑成锅底了。陈梦摸了摸鼻子：“后来就被你的魅力征服了，喜欢上你了。你要问我如果有钱会不会追你，这不好说。如果我没有被陈家弄丢，我生活在陈家，没有骗人也没有被骗，我大概不能和你相遇，更别谈追你了。”

“你当初骗钱，是不是就奔着死去的？”

陈梦怔住，抿紧了嘴唇，她没想到商谨言真把这件事摊开来，再讲一遍。

“为了他吗？”他追问，因为喜欢才在乎，因为喜欢才斤斤计较。

陈梦的心脏骤然一疼：“谁啊？”

“你说谁？”

陈梦挠挠头，起身往外面走：“我还有事要去做，等会儿再说。”

“站住，回来。”陈梦回头，商谨言直视她，“过来，跑什么？”

陈梦硬着头皮过去坐下，半晌后才抬起头：“我喜欢过他。”

商谨言脸色青一阵白一阵：“你们发展到什么地步了？”

“他不喜欢我。”陈梦笑着摇摇头，有些无奈，“他只当我是小孩子，对我一点兴趣都没有，发展个屁，我就是单相思。”

商谨言想捶她一顿，太气人了。真话刺耳，假话他又不愿意听。

“仅此而已？”

“仅此而已。”陈梦说，“你还想知道什么？”

“为什么喜欢他？”他哪点比得上自己了？商谨言见过照片，那是很差劲的一个人，又老又丑，怎么看都是普通的中年男人。

陈梦拉过椅子坐下，叹口气：“当初他给我一口饭吃，给我一个住处，给我一个做人的机会。依赖心理吧。商谨言，非要追究过去吗？我的过去真的很糟糕。”

“除此之外，没有发生过任何事？”

“我初吻跟你亲的，我初夜跟你睡的。”陈梦有些无奈，“他根本看不上我，这么说你能明白吗？他只当我是小孩，是晚辈，能发生什么？根本不可能。”他如果要和她发生什么，她也不会跟商谨言纠缠到现在。

商谨言到嘴边的话没说出来，那么一个劣迹斑斑的毒贩，她竟然还能当成最尊敬的人。商谨言到底还是没说出来，闭上眼：“如果可能，我希望在你小时候认识你，把你带在身边，不让你受那么多苦。”

陈梦被戳中泪点，但还是笑了笑：“那样真好，可惜人生不能重来。”

之后他们没有再讨论这件事。苏敏第二天打来电话，陈梦接通了，苏敏语气僵硬：“谨言怎么样？”

“恢复得还不错。”陈梦拿着电话走到病床前，“阿姨，你和他说话吧。”

商谨言的手臂还不是很灵活，陈梦把手机放在他耳朵旁，他视线落在陈梦身上，“喂”了一声。

电话那头苏敏低声地哭：“你怎么样？怎么让你弟也回来了？”

“深行他自己也有工作，围着我转干什么？我没事，过几天就能回去。”

“我那天着急了才跟陈梦动手，深行也把事情和我说了一遍，是我的错。”

商谨言看着陈梦。除了那天推她，他妈妈还动过手？他拧眉，面色不是很好。

苏敏沉默了一会儿，说道：“可你和陈梦的婚姻，你真的不再考虑考虑吗？”

“没什么考虑的，我一开始就说了。妈，你还有别的事吗？”

“她坐过牢，你——”

商谨言抬起手拿了电话，示意陈梦不用拿了。陈梦见状就比口型道：我出去了。

这么近的距离，她也听到了苏敏的话。商谨言点头，待陈梦离开，他对电话那头的苏敏说：“我太太是陈梦，妈，不管你心里怎么想，请你尊重我的选择。”

漫长的沉默后，苏敏说：“如果我把一切收回来，坚决反对你们在一起，你也会做这样的选择？”

“我回去会提辞呈。”商谨言说，“公司的事我已经交给了陈副总，您有什么事和他联系。”

“你——”

“我再无能，”商谨言说，“也不至于连个女人都护不住。”

他挂断了电话，眯着眼睛看向窗外。过了很长时间，陈梦进来，看着他。商谨言抬起头：“过来。”

陈梦走过去，商谨言握住她的手，凝视着她："打哪里了？"

"脸。"

商谨言眉头紧蹙，他都没舍得动陈梦一下："为什么不反抗？"

"当时你生死未卜，我都是蒙的。"陈梦抿了抿嘴唇，看着他，"我能理解她，我要有儿子，也不愿意他娶个劣迹斑斑的女人。"

商谨言沉了黑眸，攥紧了她的手。公司是母亲一手创立的，她愿意收回去就收吧，他也不是废物。

半个月后，商祺的司机过来接商谨言。陈梦出去了一趟，回来的时候看到病房门口有人看守，她目光一凛，连忙往里面走，却被拦住。

"你们是什么人？"陈梦警惕起来，问道，"在这里做什么？你们是谁的人？"

他们还没回答，病房门从里面被打开，露出了一个中年人的脸。陈梦看过去，认出来了，是商祺的司机："你好。"

"太太。"他点头，"先生让我过来接少爷。"

陈梦若有所思，点头："哦，那怎么走呢？什么时候走？"陈梦趁机进了病房，有医生将商谨言往另一张病床上抬。对上商谨言的视线，陈梦走过去："现在能走吗？"

"有医生陪同。"旁边的一个年轻人说，他穿着便装，陈梦看了一眼，并不认识。

"不会有风险吧？"

"不会。"

"有医护人员陪同，绝对不会有危险。"

毕竟是商谨言的父亲过来接人，陈梦倒是不怕什么了，一颗心这才放回去。

商祺那边的人雷厉风行，陈梦收拾东西，他们已经推着商谨言出了病房。陈梦连忙跟上去。车在院子里停着，商谨言被推上去，后面座位被拆掉了，地方宽敞。陈梦上车坐在他旁边，握住他的手：“回家了。”

车门被关上，商谨言四下打量，这才捏了捏陈梦的手。车启动开出去，陈梦把手里的热水递到商谨言嘴边：“喝口水。”

商谨言喝了一口，陈梦就着他用过的吸管喝水，然后看着窗外：“开车的话得二十多个小时。”

“嗯。”

有医生上来，另一名医生坐在副驾驶座，陈梦给医生递水过去。

车开出了市区，一路倒是安稳，也没有预想的事发生。陈梦靠在商谨言身边睡觉，他低声对面前的人说道：“帮我把衣服拿过来，给她盖上。”

“好。”

商谨言帮陈梦盖好衣服，看向了窗外。下午他们停了几个小时，陈梦下车去洗手间，回来的时候听到商谨言和那个人在说着什么。她也没听明白，商家如果没有商谨言，和她关系还真不大。

陈梦在下面吹着风，长出一口气，站了一会儿才上车。护士和医生已经去另一辆车上了，天已经暗了下来，陈梦帮商谨言擦了擦手，喂他吃了一些粥，没吃完。

陈梦把剩余的粥吃完。商谨言看着她：“不嫌我？”

陈梦似乎恍然大悟：“嫌啊，可不能太浪费。”

商谨言从被子里摸出一把枪递给陈梦，目光沉静：“拿着防身。”

陈梦第一次摸到真枪，沉甸甸的家伙。她放下餐盒，把枪拿在手上，抬眼盯着商谨言：“我没用过。”

商谨言教她打开保险："按下扳机就可以。傻子，谁让你现在碰了？"商谨言卸了子弹，"一共九发，后坐力有些大，用的时候注意安全。"

将子弹装回去，陈梦握着枪："为什么？"

"以防万一。"

陈梦脑子转得飞快，无论如何都想不出商谨言这样的人还会遇到什么危险。她拉过他的手，在上面写道：我们这一路会有危险？

商谨言点头，陈梦心沉了下去，继续写：谁的仇人？

"我爸的。"

陈梦点头，表示知道了，然后继续低头吃东西，心想他们一家子事可真多。

吃完东西，陈梦百无聊赖，靠在商谨言身边，车厢内除了发动机的声音便只有他的呼吸声。

"回去怎么面对你妈妈？"

"该怎么面对就怎么面对。"商谨言握着陈梦的手，"我会辞职，重新开始。"

"啊？"

商谨言扬眉，嗓音沙哑："什么意思？不信我？"

"信。"陈梦竖起拇指，"你牛！"

如果我一无所有，你还会留在我身边吗？这句话商谨言没问出口，不过也没有必要。即使他真的一无所有，他也不会放陈梦离开。

晚上十一点半，车子在服务区停下。陈梦去了趟洗手间，回来的时候看到有几个人鬼鬼祟祟往他们的车前走。陈梦立刻起了警惕心，从口袋里摸出了枪。事情发展得非常迅速，他们直冲向商谨言的汽车。远处轰的一声，火光冲天。这里可有加油站，一旦爆炸，后果不堪设想，陈梦飞奔着冲过去。

她摸出枪，慌忙打开保险。有人拉开了车门，想要冲进去。陈梦握着枪扣动扳机，手心发麻，她差点坐在地上。那人歪了下头就摔下去，陈梦冲过去看到商谨言完好地躺在病床上。医生护士躲在车的一侧，陈梦让他们进去，刚要上车，一颗子弹擦过她的脸打在了要来开车的司机身上，他摔了下去。休息站有尖叫声，有枪声，陈梦飞快地拉开副驾驶室车门。

她迅速挪到驾驶座上，发动引擎，拉下手刹，车往后退去。有人来追，车子转了一个方向，直冲出去。

加油站发生爆炸，此地不能久留，爆炸的第一辆车就是他们的车。陈梦握着方向盘，踩下油门将速度提到了一百。后面医生和护士低着头，谁也没有说话。

陈梦顾不得其他人，她只想让商谨言安全。陈梦单手握着方向盘，打开导航规划路线。一辆车强行从右边超车，挤了她一下，一颗子弹打在车窗上。“砰”的一声，陈梦看了一眼后视镜，发现他们的人已经驾着一辆车跟上来了，她突然提速，车子直冲过去。

“都拉好扶手。”

陈梦说完就撞上了前面的车，车被撞歪冲向栏杆。马上就要上桥，陈梦咬了咬牙，索性硬冲出去，反正她这辆车不怕撞。车内没有一个人说话。

陈梦握着方向盘在黑暗里开车，她只能看到前方的路在不断地消失。漫长的沉默中，电话铃声响了起来，商谨言接起来，声音冷静：“没事，你们都安全吗？”

“好，L城见。”

他挂断了电话，眼睛看着车顶，车在高速路上奔驰。商谨言手指一下一下地敲着病床，他相信陈梦，她当年没拿到驾照就敢在盘山公路赛车，现在这样对她来说不是问题。

“陈梦。”商谨言叫陈梦的名字。

“嗯？”陈梦咳嗽了一声，声音恢复正常，“怎么了？”

“L城下高速。”

“好。”

他们没有过多的交流。在很多年前，商谨言和陈梦遇到暴力抢劫的时候，他们也是这样，仅仅通过简单的交流就知道对方是什么意思、在想什么。

凌晨三点，他们在L城高速口停车。陈梦拧开水瓶盖喝了一口水，回头看商谨言：“没事吧？”

“没事。”

陈梦把剩余的半瓶水喝下去，商谨言伸手：“枪给我。”

陈梦把枪还回去，也没问为什么。很快商祺的司机就过来上车，附在商谨言耳边低声说着什么。商谨言点头，说道：“你安排吧。”

陈梦从后视镜里和司机对上视线，他多看了陈梦一眼，说道：“车开得不错。”

车停了有五分钟，有人过来换走了陈梦，把车开进了L城市区。陈梦坐在商谨言身边，打了个哈欠。

“困了？”

“嗯。”

“那睡一会儿。”

陈梦也不想再问，她问了商谨言也不会说。之前在K市的时候，陈梦就问过一遍。

她闭上眼靠在商谨言身边：“那我睡一会儿。”

她再次醒来时天已经亮了，可车还在往前开，她活动手臂，转头就对上商谨言的视线。商谨言的胡楂又冒出来了，看起来非常不讲究。

陈梦找到手机看了看时间，早上八点。

“刚刚在服务区停了，你没有醒。有吃的，你先吃点东西。”

陈梦没有吃东西，她坐车的时候没有任何胃口。她只喝了一瓶水，便拉开窗帘看外面的风景。外面阳光正好，普照大地，昨晚的一切像是梦一样。

下午三点他们到了D城，商谨言被送到了市医院。D市医院的专家都等着，商谨言一到就被推去检查。陈梦在外面找了长椅坐下，按着脖子，有些疲倦。

“陈梦？”

听到有人喊自己的名字，陈梦回头看过去，接触到商深行的目光。他穿得很朋克，还化着舞台妆就过来了：“我哥呢？”

陈梦打了一个哈欠，指了指里面：“检查去了。”

“你怎么这么狼狈？被追杀了？”

陈梦耸肩，一脸“你猜对了”的表情。商深行瞪大眼：“不会吧？这可是法治社会！”

“有吃的吗？”

“检查需要多久？”商深行问完就看到了商祺的司机，连忙走过去，“徐叔，我哥还要检查多久？”

“检查得几个小时，我们在这里，你放心吧。”

“没事吗？”

“没事。”

商深行这才走过来，拎起陈梦的胳膊：“走了，去吃饭。”

陈梦被拉出医院，他们在附近找了一家餐厅。陈梦饿得能吃下一头牛，也没跟商深行客气。

“你和我哥没事就好。”

陈梦只顾埋头吃，“嗯”了一声，拿过水杯喝了半杯水，然后继续吃。商深行说：“省内五十强PK赛马上就要开始了，你还参加吗？”

陈梦把嘴里的东西咽下去：“参加。”

“我哥同意？”

“他会同意的。”陈梦又喝水，吃到七成饱，这才有心思说话，抬头看商深行，“你爸没事吧？”

“没事啊，在B市呢。突然问我爸干什么？你们真遇到追杀的了？”

“差不多。”陈梦笑了笑，说道，“这顿你请是吗？”

“我请，看你那葛朗台的样子。”商深行见不得陈梦的抠门样，简直让他觉得丢人。

陈梦招手叫服务员过来：“加几个菜。”商深行大开眼界，没见过这么占便宜的人。陈梦点完菜，说道：“你们家这个鸡汤挺不错，马上再做一份打包带走。”

“给谁带？”商深行脱口而出。

“你哥，他一路都没吃东西。”陈梦把菜单还回去，继续吃饭，“你不吃吗？”

“我刚吃过，不饿。”

陈梦也就不管他了，自顾自地吃。商谨言不让她管那些事，那她就是瞎子、聋子，什么都看不见、听不见。

第三章

我的梦想是站在舞台中央

K市的医疗条件不好，商谨言的伤口感染了，需要二次手术。陈梦回去后在外面等待。晚上九点半，商谨言被送入普通病房。

陈梦和商深行一同进去，商谨言还昏迷着，嘴唇干燥，面色很白。陈梦心里一紧，这一次商谨言可被折腾得不轻。她转头低声问医生：“他现在怎么样？什么时候能醒来？”

“术后三四个小时就苏醒了，你不要急。”医生又叮嘱了一些注意事项，陈梦认真听着，记在心里。她目光一转，落到商深行身上，他似乎想碰下商谨言，她快步过去，一巴掌拍在他手上：“别乱碰。”

商深行瞪大眼，刚要呛声，陈梦比了个噤声的手势："让他多睡一会儿。"

商深行跟医生出去，问了情况才放心。时间不早了，陈梦说："你先回去吧，我在这里守着。"

"你不困吗？你去睡觉。"商深行打量她一眼，"你也换件衣服，现在该臭了。"

陈梦打了个哈欠："不困，等他醒来我再去换衣服。"D城她没地方可去，沈冰家她肯定回不去，也不想回去。苏敏的家，陈梦怕苏敏恨得想杀她。

商深行沉默许久，然后说道："那我走了，明天早上再过来。需要什么你打个电话，我帮你们带。"

"不用，谢谢。"

商深行走了，陈梦回到病房，趴在床头看商谨言。最近发生的事，让她现在感觉像做梦一样，恍惚觉得并非真实发生。她已经远离那种喧嚣生活很多年了，突然又听到枪声、炮声，感到迷茫。她掐了掐眉心。

商谨言是凌晨醒来的，他发出声音，陈梦立刻就醒了。她看了他几秒，然后站起来："你醒了？需要什么？"

商谨言嗓音沙哑："几点？"

陈梦拿出手机看时间："两点，怎么了？"

"你怎么没回去睡觉？"商谨言看着她，咳嗽了一声，"在这里坐着干什么？"

"等你。"他是质问的语气，陈梦哽了一下，又坐回去，"你这样我怎么放心回去？"

"我没事。"

陈梦看着他的样子，忍不住呛声："你骗鬼呢？你没事会躺在这里？你没事倒是起来走路啊！"

商谨言："……"

陈梦心情很差："你要喝水吗？"

"好。"

陈梦去接了水，回来看到桌子上的保温桶："本来给你带了鸡汤，谁知道你又严重了，需要二次手术。刚刚深行过来了，他很担心你。"

商谨言没说话，陈梦过去给他喂了一些水，他受伤的地方不挨着肠胃，吃东西倒是没问题。

陈梦喂他喝完水，说道："你爸也不来看你？"

"他没时间。"

"你妈是不是还因为我的事和你生气？"亲儿子躺在医院，他妈再怎么生气也不应该不过来看一眼。

"她跟我爸在B市，D城只有深行在。明天你回家住或者在附近开酒店，去睡一觉。"

陈梦放下勺子，叹一口气："你家到底怎么回事？"

"挺乱的，过段时间告诉你吧。"

陈梦没有追问，又打了个哈欠："你疼吗？"

"疼。"麻药的劲儿过去了，他疼得撕心裂肺，不过还在可以忍耐的范围内。他脸上没有露出多余的表情来，看着陈梦："你在沙发上躺会儿。"

灯光下陈梦的脸很白，她的五官非常精致，商谨言看着她："不要守着我，我没事，你去睡觉吧。"

陈梦走向沙发："那我睡了。"

她觉得自己和商谨言都挺倒霉，两个人轮番来医院，没完没了。

陈梦原本不是很困，可闭上眼很快便睡去，一觉醒来只见满屋子医生，而她身上盖着被子。苏敏和商深行也在病房内，陈梦蒙了几秒，连忙坐起来想往洗手间溜，就被商深行给揪住了："你去哪？"

陈梦揉了揉眼睛："几点？"

"十点半。"

陈梦这一觉睡的时间有些长，她简直想惨叫："我去洗手间，你松手。"

"回去换件衣服吧。"商深行拉着陈梦出了病房，"我妈在这里，还有医生，我哥不会有事。"

陈梦脸都憋绿了："我先去洗手间，等会儿再说。"

她出来就看到在外面按着手机的商深行，整理好帽子，过去："去你家吗？我没拿换洗衣服。"

"家里应该还有你的衣服。"陈梦回去住过一段时间，商深行说，"我送你回去，你现在很狼狈。"他打量陈梦一眼，蹙眉，"真的挺难看。"

"你爸呢？"

"在B市。"

"你妈回来了？"

"嗯。"

"那我去酒店开个房间吧。"陈梦说，"你在这里看着你哥就行，我去洗个澡。"

苏敏扇她一巴掌的事，他们两个都知道。短暂的沉默后，商深行说："我帮你订？"

"不用。"陈梦洗了一把脸，去病房拿了背包，病房里还有医生。苏敏看过来，看到陈梦，表情僵了僵。陈梦点点头，拎着包就走。

商深行要跟，陈梦避开他就走了。她在外面找了家酒店洗澡换衣服。整理好一切后，她走到窗户边坐下，看着外面。D城已暖了起来，阳光普照大地。

陈梦在外面吃了午饭才去医院。商谨言在睡觉，商深行跷着腿坐在沙发上打游戏。听到声响，他抬头看了一眼："你过来了？"

"你吃午饭了吗？"

"吃过了。"陈梦把手里的饭盒放下，"他怎么样？"

话音刚落，商谨言就睁开了眼，陈梦走过去俯视他："醒了？"

她也不知道自己从什么时候开始对商谨言上心的，一直到现在都放不下。女人心啊，海底针，她自己都摸不透。

陈梦碰了碰商谨言脸上的伤，纱布取掉了，伤口已经结痂。他睫毛颤了下，陈梦连忙收回手："疼？"

商谨言摇头："什么时候过来的？"他嗓音还沙哑。陈梦拉过椅子坐下："刚过来。"

商深行的电话响了起来，他站起来拿着手机匆匆往外面走，商谨言眯着黑眸看陈梦。

"看什么呢？"

商谨言扬起嘴角："瘦了。"

"谁？"陈梦也笑了，"你说我吗？我们才几个小时没见，你就能看出来我瘦了？"

商谨言也不辩驳，握住陈梦的手："早上去哪了？"

"找了个酒店换了件衣服。"陈梦说，"你妈和你弟都在，我待在这里也没事做。"

商谨言若有所思，陈梦停顿了一会儿，说道："我参加的那个唱歌比赛，马上就要再次比赛了。"

"在哪里比赛？"

"S市。"

"多久？"

"我不能坐飞机，来回得两天吧。"

"具体什么时间？"

陈梦拿出手机翻到节目组发给她的信息："下周五。"

"去吧，注意安全。"

陈梦笑了起来，低头抱住商谨言亲了一口："通情达理，讲道理的好男人。"

商谨言捏着她的手，哼了一声："不同意你也会去，不是吗？"

他们结婚的时候儿戏似的，闹到如今，商谨言这一病，陈梦倒是重视起婚姻，开始认真审视这段婚姻了。

"你不同意，我会衡量，然后再来做决定。"陈梦认真看着商谨言，"我们是夫妻，我尊重你。"

他们走到一起太不容易了，商谨言出事之前，他们是踩着刀刃硬走到一块的。商谨言出事后，他们依旧踩着刀刃，战战兢兢往前走。

商谨言捏着陈梦的手指："你的戒指呢？"陈梦眨巴下眼睛，商谨言抬头，"嗯？戒指呢？"

难怪这一段时间他经常摸陈梦的手指。她脑子转得飞快，戒指在家。她不喜欢戴戒指，而且在这之前，她还和商谨言闹分手，怎么可能戴结婚戒指呢？

"什么？"

"别装傻，戒指呢？"

“在家啊。”

“为什么不戴？”

“不方便。”

“你对外还自称单身？为什么不方便？你已经跟我结婚了。”

“我没自称单身。”陈梦说，“怕丢了，结婚戒指那么重要的东西，丢了找不回来怎么办？这么珍贵的东西，当然得好好保管。”

“是吗？”

陈梦点头：“现在兵荒马乱的，我怕丢。”

陈梦满嘴谎话，商谨言都不知道该信她哪一句：“回去就戴上，不准放家里。”

陈梦左右看了一眼，没人，起身撑在他上方，低头亲他下巴，然后上移，压在嘴唇上，再松开，嗓音低沉而暧昧：“以后听你的，把戒指戴在手上。”

商谨言亲了下她的嘴唇，开口：“低点。”

陈梦轻轻地和他吻着，半晌后才移开：“你没刷牙，等你好了再亲。”

商谨言老脸微红，一把搂住陈梦的腰。他的嗓音沉哑，目光晦暗不明：“敢嫌我？”

“为什么不敢？”陈梦撑在他上方，审视他，目光不羁，带着点流氓意味。她另一只手一路往下，落在他的腹部：“你有本事起来收拾我啊？”

商谨言目光暗沉，眼睛黑得深不见底：“你很欠收拾。”

陈梦突然就起了玩闹的心思，笑得跟妖精似的，手指隔着睡裤点了点他的小兄弟：“要用这里来收拾我吗？”

商谨言松开她的腰去抓她的手。她笑着把手收回，直起身：“快点好起来。”

商谨言呼吸急促，半晌后才缓过来，瞪了陈梦一眼：“你现在是越来越不知道轻重了？”

陈梦靠在椅子上：“你要喝粥吗？我喂你。”

“喝。”商谨言现在没有力气收拾她，只得任由她作威作福，眯着黑眸，目光中露出危险的信息，“你最近很不像话。”

“我一直都很不像话。”陈梦打开保温盒，喂商谨言吃东西，笑得眉眼弯弯，“你认识我的时候，我很乖吗？”

他认识她的时候，她确实比现在野多了，她除了一张脸，没有任何可取之处。商谨言放弃了，陈梦把勺子递到他嘴边：“张嘴。”

商谨言吃完粥，说道：“我和我妈闹掰了。”陈梦“嗯”了一声，收拾餐盒，商谨言继续说，“可能以后会穷。”

“我手里还有钱。”陈梦说，“你要的话我给你，重新开始。”

商谨言扬眉，万万没想到陈梦这个守财奴也能有放血的时候：“不用你的钱，不至于，没到那一步。”

他其实早就有打算单干，母亲的公司终究是她的，他之前只是帮她管理，仅此而已。

“那你自己衡量吧。”陈梦对这种事不太关心，她已经过了最穷的时候，再穷能穷到什么地步？再穷到坐牢？“你的事业，我不参与。”

商谨言偏头看她：“你不在乎钱还是不在乎我？”

陈梦登时回头看他，想想这话里的意思就有些好笑，他还是怕她心不在他身上。

“我是觉得不应该给你太大压力。虽然钱很重要，但是和你相比就不值一提了。”

苏敏很快就又去了B市。商谨言身边有看护，陈梦能帮上忙的不多，最多是一些私密的事，商谨言不想让看护碰，陈梦能帮一把。

陈梦扶他进洗手间："我在外面等你。"

商谨言断了一条胳膊、一条腿，外加肋骨，可谓是惨不忍睹。商谨言哼了一声，拉住她："站不住。"

难怪他死活不让看护来，不论看护是男是女，这种事他都不愿意让人看到。陈梦扶着他站好，脸别向另一边："需要帮你脱裤子吗？"

商谨言阴沉着脸："闭嘴。"

陈梦不看他，抬起眉毛，她也尴尬。她也不想陪商谨言进行这种活动，她和他真没熟到这种地步，脸很快就通红。水声响起，陈梦脸上火辣辣的烧："其实你在病床上也能解决，只需要接着就行。"

商谨言差点尿她身上："闭嘴。"

他解决掉小的又要解决大的，陈梦不看他，仰着头："我说你们男人真麻烦。"

"们？"商谨言坐下，拿衣服挡着，"还有们？"

"你。"陈梦不想看他，匆匆转身就走，"我在外面，有事叫我。"

周五很快就到了，比赛是在下午，商深行早上七点打电话通知陈梦。陈梦嘱托看护，千叮咛万嘱托，这才直奔S市。

商深行去车站接她，戴着墨镜，开着跑车，十分招摇。陈梦打量他，忍不住笑出声："你这副打扮很像巨星啊，开车不准戴墨镜，小心被交警抓住。"

商深行取下墨镜："上车。"

天已经热了，陈梦穿着休闲牛仔裤加短T恤、牛仔外套，化着淡妆，显得清纯。商深行很快就收回视线，说道："你打算选什么曲目？"

陈梦拿出手机，把歌单递给商深行："你觉得哪个合适？"

她选的是民族歌，飙高音那种。她的高音毋庸置疑，水准之上。商深行给她选了一首非常通俗，也是最难唱的歌："你试试。"

陈梦轻哼了两句，音准没问题。商深行发动引擎问："你现在还是不能坐飞机吗？还会头疼吗？"

"会头疼失眠，半年恢复期内不能坐飞机，会有压力。"

商深行点点头，敲了下方向盘："那唱高音没问题吗？"

"省五十进全国两百的时候，再选缓一点的曲目，又不是连续高音。"

"那就好。"

进地区五十的比赛有个小舞台，每人一共两首歌，抽签PK两轮选出前五十。商深行依旧是自创曲目，以他的水平，PK显得有些欺负人。陈梦抽签的时候暗自想不要和商深行凑到一块。兴许是陈梦的祈祷起了作用，她两组PK对方实力都不强。

陈梦原本以为自己会紧张，真站到舞台中央时，声音通过音响传出去，飘荡在演播厅上方，她的心一下子就安定了。她选了一首蒙古族的民谣，她知道自己能行。悠扬的嗓音响彻演播厅，陈梦像是回到了很多年前，她站在舞台上自信张扬，肆无忌惮，无所畏惧。

她喜欢舞台，喜欢万众瞩目的感觉。

陈梦闭上眼，结束后现场一片寂静，片刻后才响起掌声。

她没有经过专业的训练，可音色、音准绝对不输于专业演唱者。毫无意外，陈梦晋级了。

陈梦走出演播厅，商深行靠在一边墙上抽烟，看到她就立刻站直："陈梦。"

陈梦走过去："你回家吗？"已经晚上七点半了，陈梦一边订高铁票一边问道，"我晚上得回去。"

"现在吗？会不会太晚了？"

"不晚。"陈梦说，"那我先走了。"

"多订一张，一块儿吧。"

"坐飞机省时间。"陈梦订票的手停住，看过去，"飞机最多两个小时。"

"机场太远，麻烦。"商深行摁灭烟，走过来跟在陈梦身后，说道，"我也要回去，今天我妈回来。"

"那走。"

两人出了演播厅后直奔高铁站，陈梦查看手机订票信息："八点的票，直接走吧，在车上吃饭。"

"车上的饭能吃吗？"商深行抗议，接触到陈梦的目光，只好投降，"好吧，车上吃。你今天表现得不错，声音越来越稳了。"

"今天感觉到压力了。"陈梦说，"想找个老师专业学学声乐，我的水平还是差了点。"

"回头我打听打听，有合适的学校推荐你过去。"

陈梦回头看他，笑了起来："谢了。"

他们在高铁上吃的泡面，商深行苦着脸抱怨："你急着回去干什么？"

"你哥的情况我不放心。"

商深行被辣椒呛到了，咳得泪都要出来了。陈梦拧开一瓶水递过去。商深行灌了大半瓶，才回头看陈梦："看不出来，你还是个贤妻良母。”

陈梦放下泡面盒子：“等你找到那个人你就知道，人是会变的。”

商深行笑着摇摇头，把泡面叉子扔回去：“也许吧。”他以前设想过商谨言会娶个什么样的女人，估计对方性格温顺。商谨言和陈梦，真是打死商深行他都想不到。陈梦的性格很硬，她是非常有个性的一个人。商谨言和她竟然还结婚了。

他设想过他们在一起的场景，肯定鸡飞狗跳，可见到了，难得和谐。他设想的离婚没有出现，他设想的大打出手也没有出现。

爱情也许真的会让一个人改变，他们都在迁就着对方，包容着对方的缺点，关心着对方，无时无刻不想着对方。

真好。

只是商深行心里有些酸，那酸味蔓延上来就一发不可收拾，十分汹涌，让他坐立难安。陈梦扔了泡面盒子，回来递给商深行一盒水果硬糖。

商深行取出一颗糖放进嘴里嚼着，酸甜味道在口腔里蔓延，他突然回头看着陈梦。陈梦也取了一颗糖，把盒子放回去，扬起了眉，却也没说话。

“商谨言是你第一个男朋友？”

陈梦嚼着糖，收回视线，靠在座位上，闭眼：“嗯。”

“那你们还真是纯洁，初恋就结婚，也不多经历经历。”

陈梦笑了起来：“这点我们都比不上你。”

商深行被噎了一下，瞪着陈梦几秒，不知道脑子里哪根筋搭错了：“如果你没有再见到商谨言，你会考虑我吗？”

短暂的沉默后，陈梦“扑哧”笑出声，随即大笑。商深行拧眉：

“你这样笑，我很尴尬。”

陈梦敛起笑容，回头看着他的眼睛：“不会，我不喜欢你这种类型。”

商深行脸突然就红了，他烦躁得不行，站起来就往洗手间的方向走：“我去洗手间了。”

他这一去时间就比较长，车到站他才回来。陈梦拿起包站起来，商深行没看她，说道：“那走吧。”

车站外面有些冷，陈梦裹紧衣服，商深行说：“打一辆车还是各走各的？”

“各走各的吧。”

陈梦到医院的时候已经一点，她悄悄地摸到病房，打开门，里面是黑的。陈梦没有开灯，往床边摸去。

“谁？”陈梦立刻停住，商谨言的声音低沉，“陈梦？”

陈梦打开了灯：“你没睡？”

她放下包走过去，商谨言掐了掐眉心：“怎么现在回来了？晚上也不安全，在S市住一夜，明天回来就行。”

陈梦倒了一杯水喝完，放下杯子才走过去，低头亲在他的额头上：“不想在那边住，”她拉过椅子坐下，看着商谨言就笑了，“就回来了。”

“你一个人？”

“还有你弟。”

“怎么样？晋级了吗？”

陈梦点头。她懒散地靠在椅子上，取出糖盒拿出一颗糖咬着。商谨言看她：“你不困？”

“在车上睡了一会儿，现在睡不着。你困吗？”

"还行。"

陈梦因为今天的比赛而兴奋，她睡不着，今晚注定是个不眠夜。她升高了床头，凑近："你要睡不着，我们说说话吧。"

"想说什么？"商谨言看着她，"你说，我听着。"

"我想上学。"陈梦把手放在床边的栏杆上，看着商谨言，"你觉得怎么样？"

"你怎么想一出是一出？读什么专业？"

"声乐。"

商谨言拧眉："真想把这个当事业？"

"嗯。"陈梦踢掉鞋子，盘腿坐在椅子上，手肘撑着栏杆，手掌托住脸，"今天的比赛让我发现我和很多专业的选手没法比，我差太远了，也太业余。我感觉到差距，唱歌并非有声音就行，没有专业系统的学习都是野路子。"

商谨言抬手捏住她的下巴："我们家已经有一个玩音乐的人，我不希望你在这方面走下去。"陈梦想要挣脱他的手，他的手滑上去落在她的脸上，"我并不希望你在这方面走下去，你可以开公司，玩点别的。"

陈梦的心沉了下去，到底他还是看不上这一行，她以为他认同了，原来他只是一时妥协。

"我不是玩。"商谨言没有立刻回应，陈梦抓住他的手拿下去，"我喜欢站在舞台中央，我喜欢万众瞩目的感觉。商谨言，我不想一辈子都这样，像个老鼠一样活在下水道里，被人鄙视。"

商谨言蹙眉："你现在觉得自己活在下水道里？"

"不是，我就是比喻。"苏敏看不起她，沈冰看不起她，所有人都看不起她。她是个废柴，什么都不会做，她就是空有脸蛋的花瓶。

"商深行是商深行，他玩不玩音乐和我没有关系，他又不能代表我。"陈梦一咬牙，笑出声，"难道，你是觉得他能代表我？"

商谨言脸色骤变："胡说八道！"

陈梦也不说话，只是看着他。商谨言脸色青一阵白一阵，最后语气一沉："以后离他远点。"

商谨言不让陈梦去唱歌还有个原因，商深行也是玩音乐的人，这两个人走得太近了。那天早上，他看到商深行拉着陈梦出门，即使那是他亲兄弟，也不行。

"谁？"陈梦目光暗深。

商谨言拉过陈梦就堵住了她的嘴唇，她刚吃过糖，嘴里还有着甜腻的味道。商谨言的大手扣住她后颈压下去，吻得深入而激烈，半晌后才分开。

陈梦趴在他的肩头喘气，闭上眼："商谨言，我想有自己的事业，有一样可以拿得出手的东西。"

商谨言摸着她的后颈，她的头发还没长出来多少，他抱着她："我放手让你去做，做什么都行，只有一条，不准出轨，不准变心。"

陈梦笑出声，嗓音沙哑："你这醋坛子。"

如果她飞得太高，他会抓不住。

陈梦成功晋级到全国五十强。商谨言出院，他没有在D城待多长时间，直接去了S市。公司的事交给母亲后，他就没有再插手。

天已经热了起来，陈梦做了冷饮端出来放在商谨言面前，他一边看文件一边接过："谢谢。"喝了一口就皱眉，"糖有些多。"

可他仍皱着眉把剩余的喝完，然后放下杯子，继续看文件。父亲那边基本上定型了，他又升官了。商谨言和商深行都不走仕途，真不知道他对权力那么痴迷到底是为了什么。

“很甜吗？”

陈梦打开电视，盘腿坐在沙发上看比赛，说道：“我下午去上课，你要出门吗？”

“腿断了，出不去。”商谨言老实说道。

陈梦笑着瞧过去：“那我出去了，要带什么？”

“不用。”商谨言说，“哎对了，你有时间上楼把我的电脑拿下来。”电脑放在楼上书房。现在商谨言因为腿不方便，把房间挪下来了，可东西还在楼上。

陈梦放下遥控器起身：“哪个？”

“白色的笔记本电脑。”

陈梦上楼取了商谨言的电脑下来给他，他推着轮椅要转身，她连忙去推他：“要去哪里？”

“餐厅。”

一楼没有书桌，电脑只能放在餐厅。陈梦把文件连电脑一块抱着，推他过去：“你是不是过段时间就能参加康复训练了？”

“嗯。”

陈梦放下文件和电脑，刚要走，商谨言抓住她的手腕。陈梦扬眉：“嗯？”

商谨言用力拉过她，示意：“低点。”

陈梦单手撑在餐桌上，俯身就被商谨言吻住了，他搂住陈梦的肩膀。他的吻一贯霸道，不容拒绝。直到陈梦撑不住了，差点扑在他身上，他才松口。拇指擦过陈梦的嘴唇，他嗓音低哑：“晚上早点回来。”

陈梦转身就走：“知道了。”

商谨言看着陈梦匆匆忙忙离开的身影，翘起嘴角，打开电脑。他得重新开始。

商谨言手里的钱没有多少，他看上的项目启动资金并非小数目。现在他得拉合作伙伴，拉投资人，起步之初是最难的。

电话响了起来，商谨言拿起手机看了眼来电显示才接通："喂？"

"你真不回公司？"

"我已经辞职了。"商谨言说，"妈，如果你实在不想管，放权出去，你依旧做你的董事长，挺好的。"

"你非要和我对着干是吗？你弟弟这样，你也这样，你们还真是亲兄弟！"苏敏的声音里带着气愤，"为了她你值得吗？她就那么重要？宁愿放弃一切也非得要她？"

商谨言有些头疼，掐了掐眉心："不是我放弃一切，那些本就不属于我。"

漫长的沉默后，苏敏说："你回公司吧，你和陈梦的事我睁一只眼闭一只眼。"她妥协了，原本大儿子是最听话的，现在也给她摆了一道，"我认输了。"

"这不是赌局。"商谨言说，"公司是您辛苦打下来的，我不能也不想鸠占鹊巢。"

"随你吧。"她挂了电话。商谨言放下手机，继续看着电脑上的文件。他不相信自己是无能之辈，他也不愿意什么都被捏在别人手里。也许他和父亲还是很像，他们对权力都处于渴望的状态。

商谨言的手指顿住了，他看着屏幕上映出来的自己，心想自己真的是渴望掌权还是怪母亲在他九死一生的时候，把巴掌甩在他太太的脸上。

商谨言喉结滚动，电脑屏幕暗了下去，他叹口气，把这件事压了下去。

晚上陈梦回来的时候已经九点半了，商谨言吩咐阿姨去热菜，并没有多说什么。陈梦倒是有些愧疚，让他等了这么久，给他盛汤："以后你可以先吃，不用等我。"

商谨言接过汤，仍旧没发表意见，安静地把一顿饭吃完。阿姨去收拾碗筷，商谨言掌控着轮椅往房间走："你跟我来。"

商谨言的脸色太严肃，陈梦心里有些忐忑，不知道他想干什么。她跟着进门，商谨言说："把门关上。"

陈梦关上门，顺便反锁。

商谨言看她一眼——反锁门干什么？他穿着浅白色的家居服，本应该是儒雅温润的，可由于那张脸实在太过于冷硬，整个人仍然像是冰块。陈梦走过去从后面抱住他："干什么？"

她嘴唇落在他的耳朵上，他回头看她："为什么这么晚？"

"和自己较劲，唱不好。"陈梦老实说道，"马上五十进四十了，越到后面越难，后面都是实力高手。"

她的呼吸温热，商谨言嗓子发干，原本要问的话就都卡在了喉咙口。他握着她的手，拉她到面前。陈梦就势坐在桌子上，看他："以后不用等我。"

商谨言单腿撑着站了起来，手落在陈梦身后的墙上，她瞪大眼："你慢——"

她话没说完就被他堵住了嘴唇，火辣辣的吻侵蚀着她最后的理智。他的手下滑，陈梦才醒悟，挣脱他身子往后仰："你……你这样还想什么呢？"

商谨言一条腿和一条胳膊都断了，肋骨虽然养好了，但现在这么大动也不行。商谨言的下巴放在她的脖子上厮磨，唇到之处，一片火热，他嗓音低沉：“你配合些，可以。”

可以个屁！陈梦不敢推他，怕把他弄得摔倒了。她抓住商谨言的衣服：“别乱来。”

商谨言在她脖颈上咬了一口，转身坐上轮椅：“去床上。”

陈梦想把他踹出去，暗骂他真不讲究，可始终没舍得，说道：“我去洗个澡。”

商谨言凝视着她，半晌后才发出声音：“好。”

陈梦从浴室出来时，他已经上床。他断的是小腿，自认为不影响什么。陈梦的头发已经长出来一些，她没有戴帽子，倒是另一种美，英姿飒爽。

陈梦裹着浴袍抬腿上床，商谨言抬眼看她，她趴下来开始亲他。商谨言搂住她，他喜欢她的主动，这让他感觉她对他有兴趣，而非强迫。

断腿断手，确实不太容易做这种事，一番折腾终是结束，陈梦躺在商谨言身边，有些困，闭上了眼。他们很久没做了，这一次还是这样的情况。

商谨言抚摸着她的头发，深夜静谧，只有彼此的呼吸声交缠。半晌后，陈梦开口：“你妈给我打电话了。”

“说了什么？”

“她希望你回公司。”

商谨言的目光沉了下去，他亲了亲陈梦的头发：“睡觉。”

陈梦转身面向商谨言：“为什么？”

商谨言睁开眼：“什么为什么？需要理由吗？”

短暂的沉默后，陈梦的手落在他的脖子上，闭上眼：“确实不需要理由。”

商谨言生死未卜，她等在重症病房外面，苏敏打她的时候她不疼吗？她疼死了。可她能做什么？她会和商谨言离婚吗？一刀两断？她不能。她也不会那么做。那她能做什么？

转眼到了七月，商祺升官的事已经不是秘密了，对此陈梦没有任何看法。她算是知道商谨言为什么在K市被袭击，差点丧命了，估计也和商祺的工作有关系。

商谨言的新项目要启动，他要陈梦空出一天时间："明天有个宴会，你陪我过去。"

陈梦咽下饭："我需要准备什么？"

"什么都不用准备。"

陈梦的头发已经过耳，她现在也不戴帽子了，跟个假小子似的。

"哦。"

第二天早上，商谨言的司机送过来两个礼盒，陈梦晨练完出门就看到了，走过去好奇地敲了敲："这是什么？"

"你的衣服。"

衣服？陈梦打开盒子看到一条黑色的裙子，拿出来在身上比画了一下，很漂亮。她把衣服装进盒子，抱着就上楼。

商谨言抬头："干什么？"

女人对漂亮的新衣服向来没有抵抗力，陈梦也不例外，她上楼换上裙子。短款礼服裙，黑色不算特别出挑，但也不会出错。陈梦换上后对着镜子照了照，短发配这小裙子非常亮眼。她出门下楼。商谨言坐在客厅看书，听到声音回头看过来，目光凝住。

黑色衬托下肤白如雪，她巴掌大的小脸上，一双眼睛明亮，两条腿纤细，只是脚上的拖鞋……有些碍眼。

陈梦走到他面前，抬起下巴翘起了嘴角："美吗？"

商谨言点头，收回视线："还有鞋子和包。"

陈梦过去换上高跟鞋，拿出包时有些意外："这款好贵，我一直想要，没舍得买。"

商谨言扬眉，注视着她，无心工作。陈梦非常适合穿裙子，让他移不开眼。高跟鞋很合适，她白皙小巧的脚就在眼皮底下，商谨言喉结滚动。

他咳了一声，继续看手里的文件。门口响起钥匙开门的声音，陈梦回头看过去，很快商深行就进门了。看到她的时候他愣住了，不过很快就回神，说道："这么隆重？有演出？"

商谨言拍了下陈梦的胳膊，示意她："上楼换掉，下午才出门。"

陈梦脱掉高跟鞋快步上楼。商谨言看向商深行："有事？"

"没事，过来看看你。"商深行把手里的袋子放下，"这是妈让我带的。"眼睛往楼上瞟，"陈梦下午要出门？"

商谨言翻着手里的文件，目不斜视："嗯。"

"去哪里？演出吗？"

"有个晚宴。"商谨言说，"你最近很闲？"

商深行把自己扔在沙发上，跷着腿没点正形："老爸想让我回去从政，你说他是不是异想天开？"

商谨言一心两用，一边看文件，一边说："你从政，确实是异想天开。"

商深行嘴角抽了抽，一时间竟不知道该怎么反驳。半晌后，他说道："陈梦不错啊。你看电视了吗？她发挥得非常稳定，比专业的还专业。"

“是吗？”商谨言看过两次陈梦的比赛，很不错，很有当年的风采，“她有这方面的天赋。”

商谨言说话一板一眼的，商深行和他聊不到一块去，觉得很无聊，拿起桌子上的橙子，开始削皮：“你和老妈闹掰了？”

“闹掰？”商谨言抬眸，目光直射过去，“为什么？”

装吧！装你的大头蒜！商深行心里吐槽，说道：“那天确实是我的错，我没拦住老妈。对陈梦动手她是错了，但是这真的怪我，我就不该说你去K市是为了给琳琳办户口。她以为你弄成这样是陈梦害的，哥，你要怪就怪我吧。”

“马上出去，出去的时候把钥匙留下。”商谨言言简意赅。

商深行张了张嘴：“你……你是亲哥吗？”

“指纹锁我会把你的记录删掉。”

“喂！”

“还有车库里那辆车——”

“打住，我不要你家钥匙了不行吗？车不能拿走啊，拿走了我开什么？我不再说这件事了，OK？我现在走。”

陈梦下来的时候已经不见商深行，她扬眉：“商深行呢？这么快就走了？”

“他还有事。”

陈梦走过去打开电视：“走这么急，还有事和他说呢。”

商谨言迅速抬眸看过去，没有立刻开口，他沉默几秒缓和情绪，才说道：“说什么？”

“比赛的事。”

“快结束了吧？”

“快了，八月彻底结束。”

下午四点出门，商谨言换了套西装，他依旧需要坐轮椅。到了会场，陈梦推商谨言进入电梯，她对着电梯映出的他多看了几眼。他穿西装挺好看的，有种禁欲感。

宴会设在顶层，陈梦推着商谨言出了电梯，刚要往里面走，不远处响起了一道声音。

“梦梦？”

陈梦回头就看到了盛装的沈冰，她身后跟着陈雅，两人一起走过来，陈梦顿时有种吃了苍蝇的恶心感。

“谨言？”沈冰看到商谨言坐轮椅，问，“这是怎么了？”

商谨言点点头：“出了点意外。”并没有多说什么。陈梦有些不耐烦，别开脸看窗外。沈冰要碰商谨言，他不失礼貌地避开：“阿姨，您也在？”

“是的。你什么时候出的事？怎么没听说？”

“有一段时间了。”

“打不通梦梦的电话，也联系不到你，还真是不知道。”沈冰说完，不无责怪地看陈梦，“你也是，这么大的事怎么不说一声？”

陈梦压根就不想和沈冰联系，她早就把沈冰拉入黑名单，她讨厌陈家的所有人。

“我和王总还有约，就先失陪了。”商谨言打断她的话，示意陈梦，“我们进去吧。”

“商大哥，梦梦姐在这里也没什么熟人，我陪你们吧，她有什么不懂，我也能帮帮她。”

陈梦立刻抬眸看过去，目光沉下去，忽地勾起嘴角露出笑容：

“你——”

商谨言比她先开口：“不必。”他没看陈雅，示意陈梦往前走。陈梦也不愿意多停留，推着他就往会场走去。

陈雅眸中阴鸷一闪而过，他们什么意思？商谨言目光里的蔑视让她很不舒服。她立刻转身，挽住沈冰的胳膊：“妈妈，你看看她。”

“商谨言在，陈梦有什么不懂需要你来讲解？”沈冰皱眉斥了她一句，“你也别太自负，陈梦已经和商谨言结婚了，那就是他的太太，他会容许外人看不起他太太吗？”

陈雅一下子就蔫了，立刻说：“我没想那么多，我就是关心她——”

“以后说话注意着点，别没有分寸，你也不小了。”

陈雅低着头，咬着嘴唇，泫然欲泣的模样：“对不起，我错了，我马上去和姐姐道歉。”

“你就别去了。”沈冰面色有些难看，商谨言对她也不是很客气，好歹她也是陈梦的妈，商谨言的丈母娘，见面他却只叫一声“阿姨”，“净添乱。”

走出去一段路后，商谨言回头看陈梦，陈梦的怒都在脸上写着呢。他握着她的手：“不想来往就别勉强了，我在乎的是你这个人，你的家庭如何都不重要，明白吗？也没人能有资格看不起你。”

陈梦点头：“我知道。”

“我是你的丈夫，无论发生什么事，我都站在你这边。我们是一家人，懂吧？我不会帮外人。”

“嗯。”

商谨言看不得陈梦被欺负，她再不好，也是他的人。关上门，他们两个说什么都不过分，但是外人批评陈梦，他的护短心理就出现了。

宴会非常严肃，比陈梦想象中的严肃多了，他们说的很多话她都听不懂。她就负责扮演一个花瓶，微笑着和人握手。商谨言发展得迅速，背景也雄厚，第一次在公开场所介绍他的太太，这可真是稀罕事。商家那样的背景，商谨言的婚姻竟然是个谜。

终于入座，陈梦悄悄活动脚腕，鞋子漂亮是挺漂亮，就是穿得久了脚疼。商谨言看她的腿，左右看了一眼，才弯腰。

陈梦连忙拉住他："干什么？"

"磨出血了？"商谨言想拿掉她的鞋子，刚脱到一半就看到了血迹，赶紧放下。眼睛看着会场中心，他偏头和陈梦说："不用再跟着我，坐在这里。等结束了，我带你回去。"

"你——没事吗？"

"让我助理过来。"商谨言发了条信息，很快助理就到了。陈梦脚疼，也实在不想动。

八点聚会才结束，陈梦去接商谨言，几人一同往外面走。商谨言又看她的脚，想着不应该给她买鞋跟这么高的鞋。助理把一部分资料给商谨言，和他谈着公事。到了停车场，陈梦要来扶商谨言上车，商谨言推她："去车上，不用你。"

陈梦一脸莫名其妙，她还懒得扶他呢。她脱掉高跟鞋，看到脚后面已经磨出血了。很快商谨言上车，助理去前面开车，商谨言看向她："脚怎么样？"

陈梦毫不客气地把脚放在他腿上。灯光下，素白的脚放在他腿上，破皮的地方看起来十分刺眼，商谨言抽出手帕裹在伤处。陈梦动了下脚趾，说道：“前面也磨破皮了。”

商谨言抬眼，目光沉沉：“爱美是要付出代价，回去给你上药。”他顺手把她的裙子往下压了压，说道，“以后不要穿高跟鞋了。”

真是矜贵的一双脚。陈梦也不把脚拿下去，就放在他的腿上，问：“你要重新开公司吗？”

“嗯。”商谨言的大手掌压在她不安分的脚趾上，眼不见为净。

“难吧？”陈梦问。

商谨言又“嗯”了一声，转头看窗外。夜色沉沉，灯光璀璨，他从车玻璃中看陈梦。陈梦趴在座位上，两条细胳膊随意放着，黑发之下一张脸白皙干净。

进了门，商谨言带陈梦回房间上药，洗干净手，这才去吃饭。宴会也有食物，但商谨言不爱吃，陈梦也没多大兴趣。两人吃了饭，阿姨去收拾碗筷，陈梦进房间洗澡。陈梦裹着浴袍出来时，商谨言已经换了家居服要去洗澡，她看他：“要帮忙吗？”

商谨言拄着拐杖往浴室走，幸亏他断的手脚不是同一边，不然就好笑了。“不用。”

陈梦把头发吹干，刚躺下去，商谨言就出来了。他只套了条裤子，上身的各种疤痕显露无遗。陈梦目光落到他的腹肌上，又默默移开视线：“你是不是胖了？”

商谨言看了一眼，上床坐下：“胖？”

陈梦继续玩手机刷微博，她没有用陈梦的名字开微博号，只有个看热闹的小号。

“腹肌都不明显了。”陈梦继续刷着微博，“过段时间会不会有小肚腩？”

商谨言沉了脸，掀开被子躺下去："看什么呢？"

"啧啧啧。"陈梦摇头，"你弟弟玩得真疯。"

商谨言拿过陈梦的手机，手机上播放着一段夜店跳舞的男人的视频，很明显是商深行。他跳到高兴处，脱掉上衣就甩了出去，现场一阵尖叫，疯了。

商谨言关掉视频，把手机扔在一边，他胳膊上的石膏已经被取掉，只是还没有恢复到以前的状态。陈梦捡起手机，刚要继续玩，商谨言从后面压住她，亲她的脖颈："什么时候比赛？"

"周五。"

商谨言捏着她的腰，冲动直冲上脑门。他让陈梦回头，狠狠吻住了她的嘴唇。

陈梦被吻得气喘吁吁，睡衣已经被掀起，皮肤接触到空气，感觉微凉。她吓了一跳，挣脱他的吻，立刻阻止："商谨言？"

商谨言解着她的睡衣，一路往下吻去："想要吗？"

"你还没好，你的腿还要不要了？"

商谨言嗓音沙哑，咬着她的耳朵："要吗？"

陈梦闭上眼："不要。"

"舒服吗？"

陈梦闭上眼，不想回答这个问题。身后商谨言还搂着她，她装睡没装好，半响后翻过身面对他，目光沉下去："你……呢？"

"不管。"

陈梦的手沉下去，她咬他耳朵："我帮你啊。"

这妖精……

翌日，陈梦醒来的时候天已经大亮，商谨言洗完澡出来，在扣衬衣扣子。看到陈梦醒来，他开口：“醒了？”

陈梦眼睛都不知道要看哪里，“嗯”了一声，钻进被子里穿衣服。

“马上陪我去医院，还要做康复训练。”

“好。”陈梦在被子里翻滚，却没有起床的迹象。商谨言洗漱好出来看到她这样，拉开她的被子：“快点，起床。”

陈梦看到他那修长的手指，脸就发热，这个人啊……

她“嗯”了一声，翻了个身：“你先出去。”

她洗漱好出去，外面琳琳也在，正在吃饭。陈梦过去拉开椅子坐下，说道：“琳琳放假了？”

“嗯。”

“暑假有什么计划吗？”

“在家写作业，复习功课。”琳琳乖巧道，“前半期已经跟不上课程，开学一定要跟上。”

琳琳穿着一条粉色裙子，扎着马尾辫，说话的语气很成熟。商谨言看了她一眼，没有多说话。

商谨言对琳琳一直很冷淡，陈梦也没当回事，她给他倒了果汁，又和琳琳说道：“那你好好在家复习。”

“嗯，我会的。”琳琳一直很怕商谨言，悄悄看他，说道，“叔叔的腿什么时候能好？”

“得一段时间。”陈梦替他回答了。商谨言吃东西，也没有多说。

很快琳琳就吃完东西回房间了，陈梦吃着东西，看商谨言：“你老吓唬小孩子干什么？她在这边住，本来心里就不大舒服，你这么冷着脸，她心里该怎么想？”

商谨言看着陈梦，到嘴边的话又咽回去，叹口气：“毕竟不是亲生的，也没有血缘关系，没必要走得太近，她已经十几岁了——吃饭吧。”

陈梦吃完半块面包才反应过来他什么意思，瞪大眼看他：“你想得是不是有点多了？”

一个小孩精心设计一个局让陈梦跳进去，商谨言一点都不觉得自己想得多。

“你要觉得我多想，那就是吧，是我猥琐。”商谨言喝完果汁，放下杯子，“我们可以出抚养费，可以给她找学校。你若是希望我把她当作自己的孩子养，我做不到，我生不出这么大的孩子。”

陈梦拧眉，脸色不太好看：“你怎么这么不可理喻。”

商谨言推开椅子，拄着拐杖往客厅走，找到轮椅坐下：“吃完陪我去医院。”

“你都跟我吵架了，谁跟你去医院！”陈梦吼了他一嗓子。

“那你在家里待着吧。”商谨言语气也有些冲，回房间拿了病历单，推着轮椅出来。陈梦阴着脸站在门口。

商谨言绕过她往外面走。陈梦一把抓住他的轮椅，看着他不说话。他们对视，短暂的沉默后，商谨言先开口：“跟不跟我去？”

陈梦还想说什么，看到琳琳房间门开了，她瞪大眼睛，十分无辜地看过来：“叔叔阿姨，你们别吵架。”

陈梦敛起怒气，挤出了笑容：“没吵架，我们闹着玩呢，你回房间去。”

琳琳的眼珠子转着，半晌后她一点头：“那我回房间了，你们不要吵架。”

陈梦推着商谨言出去，关上门，她停下脚步：“那么小的孩子，你想得那么龌龊，你的良心不会疼吗？”

“你是要继续和我吵架？”商谨言抬起头，眸子漆黑，语气仍然很平静，倒是没有发怒。

“我没想和你吵，我就是没办法接受你对琳琳的看法，她只是个孩子。”

“你说什么就是什么。”商谨言往停车场去，“我不和你争。”

陈梦追上去：“你有本事推轮椅去医院！”

商谨言到了车库前，拿出手机打电话给司机。陈梦快步过来拿走他的手机，挂断：“上车！”

商谨言睨着她，不说话。陈梦拉他起来：“快点去车上，我收轮椅。”

商谨言依旧不说话，盯着她。陈梦把拐杖塞他手里：“你还走不走了？你不走今天我们就耗着。”

商谨言拿起拐杖下了轮椅，拉开车门坐进去。陈梦把轮椅收起来放在后备厢，这才绕过去上了驾驶座。她呼出一口气：“琳琳受到过这方面的伤害，我希望你不要这么去揣测一个受过伤害的女孩，这对她来说不公平。”

“如果受伤害是假的，一切都是她的谎话，这些还成立吗？”

陈梦迅速回头看他，拧眉：“你为什么会这么想？”

“开车吧。”商谨言没有在这个话题上继续，说道，“我不想和你在这个问题上争论，毫无意义。”

“就因为她是刘成的孩子？”

“这是其中一部分。如果你不想陪我去医院，你现在可以下车。”商谨言语气很平静，可表情已经变了，显出一些怒气，“陈梦，你冷静冷静吧。”

陈梦差点摔车门走人，她直直看着商谨言，漫长的沉默后，她系上安全带，发动引擎把车开出去，一句话都没说，一直到医院。商谨言做完检查，马上开始康复训练，预约好医生。

陈梦坐在外面等商谨言，今天天气很好，蔚蓝天空一望无际。陈梦靠在长椅上看天空，心里有些难过。她也经历过琳琳那个阶段。父母双亡，寄人篱下，她敏感不安，关注着每个人的情绪，小心翼翼。

商谨言讨厌琳琳情有可原，她的父亲曾经参与贩毒，害了多少人。刘成该死，陈梦不同情，可琳琳还是个孩子。陈梦叹口气，抬手捂着脸。

商谨言容不下琳琳了吗？那她要带琳琳走还是继续留下来？之前商谨言虽然不喜欢琳琳，但是没有表现得这么明显，现在他表现得太明显了，明显到让她都看不下去。

陈梦带商谨言回去，两个人都没有说话。商谨言本来是个少话的人，陈梦不说话，他便沉默。

晚上陈梦去楼上主卧，商谨言在楼下看文件，一个公司的开端是最艰难的。有脚步声传来，商谨言抬头看到琳琳端着杯子小心翼翼地过来，然后将杯子放在他面前：“你和梦梦阿姨吵架了吗？”

商谨言蹙眉：“回房间去。”

琳琳抿了抿嘴唇，攥着手指：“叔叔——”

商谨言没接话，她停顿了一会儿，说道：“那我回房间了。”转身迅速回房间，关上门。

琳琳离开，商谨言收拾好文件，拿起拐杖上楼。陈梦把主卧反锁了，商谨言敲门。她在里面没应，商谨言耐着性子：“开门，陈梦！”

陈梦没有应，商谨言提高了声音：“你今晚还想睡吗？快点开门。”

过了一会儿，陈梦过来开门。商谨言进去要开灯，陈梦抬起头，盯着他看。房间内昏暗，商谨言关上门反锁，捏着她的下巴：“你胆肥了？”

陈梦一巴掌打掉他的手，刚要发飙，他受伤的手就撞到了墙上，他倒吸一口凉气。陈梦立刻回神，开灯看他的手。商谨言趁机堵住了她的嘴唇。陈梦猝不及防，又不敢推他，半晌后才挣脱：“你干什么？”

商谨言倚靠着她而站，嘴唇落在她的额头上：“还气着呢？”

陈梦“嗯”了一声，商谨言的手指拂过她的脸：“气性真大，还敢把门堵着不让我进？欠揍了你？”

“你揍我啊！”陈梦抬起下巴，目光挑衅。

商谨言狠狠亲了她一口：“横什么？”

陈梦不说话了，她身上穿着睡衣，夏天睡衣单薄，这么近的距离，她的身材线条显露无遗。商谨言搂住她的腰，捏了捏：“我又没让你把那孩子送走，你跟我横什么？”

“你要把她送走，我也就不住这里了。”陈梦抬头看着商谨言，“其实一开始我就不赞同住在一起。”

她这张牙舞爪、小白眼狼的样子，商谨言真是看得够够的：“白眼狼！”

翌日，因为要陪商谨言去做康复，陈梦就没有去上声乐课。

做完康复训练，他们从康复中心回来。吃过午饭，琳琳在客厅看电视，商谨言坐在另一边看资料，陈梦给他倒水，转头看向琳琳："你的功课怎么样？在新学校还适应吗？"

"挺好的。"

"好好学习。"陈梦一副老妈子的姿态叮嘱道，"以后考个好大学。快初中了，可不能掉队。"

商谨言看了她一眼，她被看得脸通红："我说错了吗，商谨言？"

"没错。"商谨言收回视线。琳琳左右看看，有些尴尬。无论她怎么示好，商谨言对她都是那副样子，她觉得自己随时都可能被抛弃。她抿了抿嘴唇，绞着手指："我会好好学习，那我回房间了。"

"你等等。"琳琳站起来要往房间方向跑，商谨言开口，"过来，叔叔和你说两句话。"

陈梦立刻警惕地看向商谨言，他指了指楼上："去书房帮我拿份资料。"

陈梦看他，扬眉，然后转身快步上楼，进了书房。

琳琳有些怕商谨言，转着眼珠子犹豫了几秒，过去乖乖站在商谨言面前："叔叔，您说。"

"坐吧。"

琳琳迅速在对面沙发上坐下，认真地看着商谨言，乖巧道："叔叔。"

"你撒过谎吗？"

琳琳瞪大眼，随即摇头。

商谨言看着她，她目光开始游移，不和他对视，半晌后眼睛一眨巴，泪就蓄满了眼眶：“叔叔，我做错了什么？”

“做人什么最重要？不是学历，不是财富，而是你是否是个正直的人。无论将来你做什么，首先你要学会做人。”

她是刘成的女儿，他知道刘成是个什么样的人。可现在的事，不得不让他面对这个问题。琳琳很小就被送进了福利院，那里竞争激烈，并非一个好的地方，她想逃出来无可厚非。

人往高处走，水往低处流。从回来到现在，商谨言一直观察她，她是个很善于说谎的人。她自以为掩饰得很好，可她毕竟还小，再掩饰，眼神还是出卖了她。

“不要撒谎，不管理由是什么都别撒谎，这是我唯一的一个要求。梦梦阿姨对你好，那是她爱你。她不欠你什么，琳琳，我希望你能明白。”

琳琳的脸瞬间惨白，双眸紧紧盯着商谨言，她觉得商谨言什么都知道了。这个男人很恐怖，他似乎能看透人心。琳琳攥紧了手指，手心全是汗水。

商谨言目光沉着，看着琳琳：“既然我们收养了你，从法律层面来讲，你现在是我和陈梦的女儿，我对你要求这些不过分吧？”

琳琳攥着手，迅速点头。她不敢看商谨言，低着头，心跳得飞快。她在想着对策，可怎么都想不到更好的对策。她想大哭，可不敢。

商谨言沉沉地看着她，许久后，说道：“我和你爸爸之间的恩怨，不会牵扯到你，我依旧会把你养大成人，这是我的承诺。”

琳琳咬着嘴唇，低头不语。她什么都知道，只是假装不知道，假装人畜无害，她就是想维持现在的生活不变。她喜欢现在的生活，喜欢这个家，有保姆，有豪车、别墅，她不用再被人嘲笑。

商谨言喝了一口水，放下杯子："未来要走什么路，该做个什么样的人，你已经长大了，有独立思考的能力，你可以多想想。"

琳琳不说话，商谨言知道得太多了，让她害怕。她怕自己一开口，这一切都像是美梦一样消失了，她又会回到福利院，回到被人嘲笑、被人欺辱的时候。

"你好好想想。"

琳琳站起来，怯生生地朝着商谨言鞠躬，然后迅速地回到了房间。商谨言挽起衬衣袖口，靠在座位上，微眯了黑眸。

他可以容忍家里多一个琳琳，但不能容忍琳琳变成另外一个陈梦或者刘成。这两个人谁都不是省油的灯。陈梦如果不是被他强行拉过来，不知道现在会怎么样。

琳琳回到房间就没有再出来，很快陈梦就下楼来，看向面色不改的商谨言。她在商谨言对面坐下，不住地看他，刚刚他似乎有话对琳琳说，她就回房间了，她并没有偷听。

"你刚刚对琳琳说了什么？"

第四章

她有别的心思，我会把她赶走

“本来她就怕你了。”陈梦去厨房切了水果出来，放在商谨言面前，“你再一吓唬，她该做噩梦了。”

“有怕的人是好事，有忌惮就不会放肆，做事就有分寸。”商谨言拿了块苹果咬了一口，顿时皱眉，他非常不爱吃水果，“当初要是有个能收拾住你的人，一天三顿揍，你也不敢去骗人，去干那些丧尽天良的坏事。哎我说，陈梦你以前干过好事吗？”

陈梦不想和商谨言聊下去了，瞪了他一眼：“我干过好事啊，这不是把你给收了，不让你祸害别人家姑娘吗！你要不想吃水果就别吃，跟吃毒药似的，瞧你为难那样。”

“我只是不爱吃苹果。”

陈梦瞅准时机拿了一块草莓塞商谨言嘴里，然后抱着盘子转身就走。她不想和商谨言聊下去了，黑历史太多，都是伤。

商谨言把草莓咽下去，眉头紧拧：“回来，跑什么！”

“来书房。”

商谨言拿着拐杖站起来上楼。他若有所思，想着这件事还是让陈梦知道吧，她有知情权。推开书房门，商谨言走进去，在书桌对面坐下：“你想知道什么？”

“琳琳到底怎么了？你对琳琳说了什么？”

“没什么，就是教她诚信做人，不要撒谎。”商谨言看着陈梦的眼睛，语气沉了下去，“这才是做人根本，物质是其次。”

陈梦咬着水果，嘴里发酸，连带着心也酸了起来，很不是滋味：“那——你是在暗讽我吗？”

“不。”商谨言注视着她，“明嘲。”

陈梦差点把手里的叉子扔他脸上，瞪了他一眼：“你是第一天认识我吗？我一直都是骗子，我还骗过你呢。”说到后面，她脸色已经很难看了，硬撑着笑容。

商谨言起身走到她面前，靠在书桌旁，抬起她的下巴：“看着我。”

陈梦不看他，别开脸。商谨言锲而不舍地把她的脸扭过来：“你是不是觉得我看不起你？”陈梦眼睛有些红，也没说话。商谨言继续说：“这些是事实。给你看个东西。”

商谨言绕到陈梦的身后，书桌上有电脑，此时已经开启。商谨言挪动着鼠标，登录邮箱打开一份文件：“我去K市收到的资料。琳琳那么小，就有这样的心机，我不知道继续纵容下去会怎么样，她又会长成什么样的人。”

陈梦心里咯噔了一下，脑袋有些蒙，一时间不能消化商谨言的话：“什么意思？你说琳琳什么？”

“我对琳琳没偏见，她父亲是毒贩和她没关系，我国法律也不存在株连。可她骗人就不对了，而且用的方式你都想不到。我一直在想，要不要告诉你。我知道对你来说很难接受，琳琳和你一块长大，你们感情好，可你们分开有三年了吧？你还了解她吗？她没有变？你没有变？”

陈梦脊背发凉，不敢想琳琳会怎么骗自己，也想不明白：“你到底想说什么？”

商谨言握住她的手，掌心温热，有着薄茧，蹭到她的手背，有些刺痛。

“也许是福利院竞争残酷，她急于离开。算了，这事你知道就行，也不要再去质问她。”商谨言说，“这是K市公安的人发给我的，挺长的，你看看吧。”

陈梦把全部资料看完，脸色变了。她抿了抿嘴唇，看向商谨言：“会不会是这个人撒谎？证词是假的？”

琳琳主动接近那个恋童癖男人，甚至勾引他，让他选中自己，然后造出被侵犯的假象，打电话给陈梦，让陈梦去救她。从头到尾，福利院根本就没有违法的行为，是琳琳教唆其他孩子撒谎。他们共同编造了一个大谎言，原因是他们不喜欢那个经常骂人的周阿姨，想把她赶走。

陈梦不想相信，也不敢相信。琳琳才十二岁，那么小的孩子，她怎么会想到这样的法子呢？

福利院苛待她，可这不足以让陈梦带她走。陈梦从监狱出来就被陈家人接走了，她虽然和琳琳联系，但是始终没有去接琳琳。琳琳自觉被抛弃了，她怎么能让这个世界上唯一可能在乎她的陈梦去接她呢？只有她有了更惨的遭遇，陈梦才会着急，才会愧疚。

陈梦愣怔地看着电脑屏幕，抿了抿干燥的嘴唇："琳琳很乖——"

"那个看护确实有错，她对小孩不好，脾气也不好。可这些都不能成为琳琳说谎，把莫须有的罪名加在别人身上的理由。陈梦，从拿到那份资料开始，我就在想能不能告诉你，告诉你之后你会怎么想。"

陈梦慌乱中抓住商谨言的手，她很迷茫，抬起头："商谨言，她还是个孩子，她不会这么做……"

"你信谁？"

商谨言看着她，他看到她眼中的难以置信，还有悲伤。被最信任的人欺骗是什么滋味？

商谨言滑动鼠标把文件删除，清空数据："那就当这一切不存在吧。不过你要知道，十几岁的孩子，正是塑造价值观的时候，稍有差池，后患无穷。"

陈梦猛地站起来，商谨言一把按住她的肩膀，把她按回去："告诉你这些不是让你去做什么，而是让你明白，小孩子并不是不会作恶。"

陈梦咬着牙，心里五味杂陈，她目光复杂地看着商谨言："我很难接受。"她把脸埋在手心，深吸一口气，"被人骗果然是不好受。她可以和我说，我会想办法带她走——"

真的能吗？如果琳琳不这么赌一把，陈梦会带她走吗？

陈梦闭上眼，她会不顾一切地去带琳琳走吗？答案是不会。所以琳琳背水一战，她必须这么做，逼着陈梦不得不带她走，带她离开K市，离开那个令她痛苦的地方。

琳琳其实也不是需要陈梦，任何一个人都行，只要那个人能带她离开，让她脱离贫穷，让她过上现在的生活，活成一个真正的公主。

商谨言摸了摸她的头发："其实你当初也可以直接和我说你缺钱，我会给你，可你也选择了欺骗。"

低沉的嗓音在头顶响起，不算尖锐，陈梦像是被当头劈开，愣住了。都是报应。她当初为什么骗商谨言？不过是不够信任，她不能全身心地相信他。他没有那么重要，至少在当时，他没有刘成、琳琳重要。

现在琳琳也是不信任陈梦，不认为陈梦真的能接她走，所以她才欺骗陈梦。

陈梦放下手，靠着商谨言。电脑屏幕已经暗了下去，她看到里面商谨言的身影，半晌后开口："对不起。"

"过去的事情了，当时我也太冲动，不考虑后果。"商谨言攥着陈梦的肩头，手渐渐松开。他不应该那么攻击陈梦，可他永远都没办法原谅她宁可自残也不愿意对他说一句真话，太绝望了。

商谨言松开她，走过去坐下，取出烟盒。陈梦看他，他主动说："好久没抽烟了。"

"那你刚刚和琳琳说了什么？"

"提点她一句，她听得进去最好，听不进去我会把她送到寄宿学校。"商谨言点了烟。陈梦看他，很不赞同他在这个时候抽烟。商谨言拿过烟灰缸："就一根。"

他抽了很多年的烟，一时半会儿也戒不掉。

陈梦心情复杂，无意识地咬着指关节，头疼。老毛病又发作了，她的头嗡嗡作响："我还是想问问她。必须让她明白，那样做是错的。"

陈梦不能要求商谨言对琳琳如何，他做到这个份上真是仁至义尽了。

商谨言看着她，他也在衡量怎么做最好："你想好，你在这里冷静冷静，再决定该怎么做。"他抬起手腕看了看时间，"我该出门了。"

"我陪你去。"

商谨言看她："有司机，不行你就在家待着休息。"

"走吧。"陈梦抬头，强扯出笑容，"我送你。"

一路上陈梦都在想琳琳的事，到了康复中心，她恍惚着跟着商谨言进去。待她突然反应过来，抬头才看到商谨言在不远处咬着牙训练胳膊肌肉。他疼出了一头汗，医生在活动他的胳膊。

陈梦连忙过去："很疼吗？"

医生回答："刚开始会有些疼，手臂比腿会轻松很多，到腿的时候那更疼。"

陈梦心疼商谨言，心都揪了起来。商谨言让她出去："去外面等我。"

陈梦还是没离开，在旁边等待。康复训练过程很痛苦，陈梦不知道商谨言有多疼，反正他什么都不会说。她因为揪心商谨言，琳琳的事就暂时放下了。

下午四点，陈梦载着商谨言回家。

"训练是不是太激烈了？有没有稍微平缓一点的方式？"

"都要经历这些。"商谨言笑着看她，"心疼了？"

陈梦本来想反驳，看到他的脸，还是心软了："嗯。"

难得见她乖巧，商谨言的声音也软了下去："没什么事，以前在部队训练可比这个苦多了。"

晚上吃饭的时候，琳琳非常乖，什么都抢着干。陈梦想还是说清楚，让她认识到自己的问题比较好，她不能成为自己，她有更好的未来，她不应该骗人。

吃完饭琳琳就回房间了，陈梦热了一杯牛奶，过去敲门。很快琳琳就过来开门，看到陈梦手里的牛奶，赶快接过去："谢谢阿姨。"

陈梦走进去，关上了门。房间被家里的阿姨收拾得很好，整个色调很暖，是个漂亮的公主屋。

"阿姨，你坐。"

陈梦坐下，看到琳琳的书架上放着不少书，说道："在这里好吗？"

"挺好的。"琳琳笑了起来，"很好，叔叔和阿姨都对我很好，没有你们我就没有家。"

"是吗？"

琳琳迅速抬头，眼睛盯着陈梦："阿姨，我做错了什么吗？"

"没有。"陈梦对上琳琳的眼睛，她现在还小，她不能成为刘成，也不能成为自己，她有大好的未来。"阿姨问你点事，你诚实告诉我，行吗？"

"阿姨，您说。"

"你在K市的福利院真的被欺负了吗？"陈梦目光很平和，语气也很平静，"是他们逼你跟他走，还是你自愿要求跟他走的？"

琳琳的脸色瞬间惨白，陈梦说："我知道，是我错了，我本该早点去接你。可我从看守所出来，又重病，养了一年多。我也是寄人篱下，靠着卖骨髓活着，没能力把你接过来。把你接过来怎么办？让你跟着我一块受苦？”陈梦叹口气，声音低沉，“我想，再等等吧，等我手里有钱了，等我有稳定的工作了，我就去接你过来。”

原本她不想把这些事告诉琳琳，她觉得琳琳是个小孩，什么都不懂，也不应该承受这么大的压力。可商谨言给她看的东西，超出了她的想象。琳琳并非一个什么都不懂的小孩，她心思很深沉，这足以影响这个小姑娘的一生。

“阿姨？”琳琳看着她，眼睛有些红。

“不要哭，我话还没说完呢。”陈梦继续说，“我不怪你，我知道你的处境困难，你没有选择。可是你这么骗人是不对的，琳琳，你能明白吗？人不能撒谎，不能犯罪，否则这罪名一辈子跟着你，永远都洗不掉。无论你的理由是什么，都不能去撒谎骗人。”

琳琳低头哭，他们都知道了，她瞒不下去了。陈梦沉默许久，继续说道：“周阿姨有不好的地方，但是你给她安的罪名是假的，她没有那么做，对吗？”琳琳只是哭，也不说话，陈梦给她递纸巾，“如果我说错了，你可以纠正我。”

她心很冷，琳琳自始至终都没有反驳，可见商谨言的话没有错。琳琳确实是骗了她，骗过了所有人。

“你爸爸——”陈梦说到刘成时心里始终难受，这是个结，“他是因为犯罪才离开这个世界的，我也是因为犯罪才坐牢的。这个世界的一切都是公平的，犯下的罪，早晚是要还的。你想走你爸爸的路，还是想走我的路？”

琳琳摇头，攥着手指，不敢面对陈梦。她撒谎了，她做了恶。

“你好好想想，我不希望这种事再发生。我和商谨言对你的期望是一样的，希望你能长大成人，做一个正直善良的人。”琳琳的心思让陈梦心底发寒。如果琳琳知道她父亲死在商谨言手里，她会报仇吗？她会怎么做？

陈梦不敢想。她爱商谨言，也爱琳琳，她不会允许这两个人受伤，无论是谁。也许寄宿学校是最好的选择，继续住在一起，她不知道会发生什么。

“阿姨，我不会再撒谎了，你不要赶我走——”琳琳抬头，满脸的泪，“阿姨，我错了。”

“你真的知道错了吗？”

“对不起，我以后不敢了。”

“我希望你是真的能明白。好了，别哭了。”陈梦擦掉琳琳的眼泪，说道，“早点睡吧，这件事过去了就过去了，我们都忘记吧，以后不要再发生就好。”

“嗯。”

陈梦上楼，商谨言已经洗完澡在窗户边活动，尝试不用拐杖走路。陈梦进门看了他一眼，说道：“你先别折腾了，医生不让腿用力。”

商谨言拿过拐杖坐下：“谈得怎么样？”

陈梦叹口气：“不好。”

她洗完澡出来，商谨言在活动手臂，一头的汗，她把毛巾扔给他：“还疼？”

“嗯。”

陈梦在旁边坐下吹头发，说道：“等她上初中了，找封闭管理的那种学校吧。”

商谨言没想到陈梦会做这样的打算，回头看她：“为什么？”

陈梦现在的心情很不好，她不吹头发了，盘腿坐在床上和商谨言对视：“如果她知道她爸爸的事和你有关系，她会怎么做？”

商谨言若有所思："如果她要为她爸爸报仇，我只能说这孩子废了。贩毒就是踩着缉毒警察的命去喝人血。若是她连对错都不分，那这孩子完了。"

陈梦叹口气，她知道错了，她很清楚刘成该死。"希望她能明辨是非，以后不会恨我们。"

商谨言揉了下她的头发："等她做出选择。"

陈梦失眠了一夜，第二天早上商谨言要出门，就没有管她。陈梦吃完早饭回到房间，躺在床上想这件事，越想越难受，不知道该怎么办，翻腾到临近中午就睡着了。

直到晚上商谨言回来，他进门没看到陈梦，问："陈梦呢？"

"太太在楼上睡觉，午饭都没下来吃。"

商谨言蹙眉，解掉领带，拿过拐杖大步往楼上走："晚饭也没吃？"

"没有。"

她是想干什么？成仙吗？一整天都不起来吃饭！她是生病了还是怎么了？商谨言心急如焚。他上楼推开卧室门，房间里一片漆黑，他打开灯。

床上被子拱起一个弧度，商谨言走过去坐下。天都黑了，她还在睡。他扯开被子，陈梦皱了皱眉又往里面缩，他捏她的脸："陈梦？"

陈梦迷糊了半晌，这才睁开眼，一时间不知道身在何处，迷茫着："嗯？"

"嗯什么嗯？"商谨言捏了捏她的脸，"起床吃饭。怎么睡了这么久？"

陈梦看清楚是他，蹭了蹭他的腿，仰着头也不起床，死乞白赖地横在床上：“几点？”

商谨言把手表凑到她眼前：“看清楚了吗？几点？起床吃饭。”

陈梦“嗯”了一声，还没睡醒，翻身又要睡：“我很难受，头疼。”商谨言掀开被子把她拎了出来：“头疼就去医院。先下去吃饭。你睡太久了，睡这么久不头疼才怪。快点。”

陈梦无奈地被商谨言拉起来，跟着他下楼。阿姨已经把菜放在了餐桌上，她今天要回家，说道：“那我先走了，吃完饭把餐具放着，我明天过来收拾。”

“不用来太早，吃完我收拾就行，路上注意安全。”商谨言说。

“你放着就好，明天我来收拾。”然后阿姨离开了。

陈梦洗了手走到餐厅，商谨言给她盛了汤，看了她一眼：“一直睡到现在？一整天都没出门？”

“昨晚失眠。”陈梦喝了一口汤，“睡不着，今天躺下就睡着了，一直睡到现在。”

“睡觉前头疼吗？”

“不疼。”

“那肯定是睡多了。”商谨言一锤定音，“吃饭吧。”

吃完饭陈梦果然不头疼了。商谨言去厨房给她倒了一杯水，然后收拾碗筷。陈梦放下水杯：“我来吧，你这胳膊和腿都不方便。”

商谨言靠在流理台上看她。陈梦洗着碗，说道：“白天去哪里了，走那么早？”

“选新公司办公室。”

陈梦“哦”了一声，把厨房处理干净，说道：“喝牛奶吗？”

商谨言摇头。陈梦倒了一杯牛奶放进微波炉，然后转身看商谨言。商谨言握住她的手，摸摸她的头：“还疼吗？”

“不疼。”陈梦抬起头看商谨言，手臂攀在他的脖子上，吻他的下巴，“商谨言。”

“嗯？”商谨言低头和她接吻，嗓音沉哑，“想干什么？嗯？”

陈梦亲他，咬他的嘴唇，她的兴致说来就来。商谨言来者不拒，搂住她的腰，低头渐渐加深了这个吻。

门被推开，“哐当”一声，陈梦和商谨言回头看过去，只见琳琳站在门口。她穿着睡衣，手里还拿着水杯，瞪大眼愣了几秒，然后转身就跑。

商谨言擦过陈梦的嘴唇，放开她，瞬间气氛就尴尬起来。陈梦一时间不知道该做什么，尴尬死了，这时微波炉“叮”了一声，她迅速去拿牛奶。商谨言转身上楼，没有在一楼多停留。

陈梦拿着牛奶上楼，商谨言已经去洗澡了，她就坐在窗户边转头看向外面。琳琳的问题，她和商谨言已经说得很清楚了，如何选择在琳琳。

她和他们住一起也好，也不好。

陈梦喝完一杯热牛奶，心里有些乱。当初刘成死的时候，她答应好好照顾琳琳的。

她叹了口气，时过境迁，什么都变了。她现在也做不到对琳琳毫无保留。

身后响起了脚步声，陈梦没有回头，很快温热、潮湿的身体从后面抱住她。陈梦回头，商谨言的嘴唇落在她的额头上：“我们生个孩子吧？”

陈梦被他弄得痒痒的：“别乱亲。”

商谨言抱起她就扛在了肩膀上，然后拄着拐杖往床边走。陈梦尖叫一声：“你不要命了？”人就被扔到了床上。她刚要跑，商谨言就压了上来，恶狠狠地亲她：“是不要命了，要你！”

很快就到了周五，《最美声音》的二十强竞赛就要开始了。前一天，陈梦就处于紧张的状态。她和商深行没有联络，也没有时间联络。已经到二十强，所有人都不容小觑。

商谨言送陈梦过去，坐在后排。陈梦吃了一颗糖，把糖盒递给商谨言，他不爱吃，但还是取了一颗。

“糖盒你拿着，最近少抽点烟，想抽烟的时候吃糖。”

商谨言看她一眼，把糖盒装进口袋：“好。”

“你跟我进去看看吗？我有票。”陈梦目光灼灼，“人家都有后援团，你可以去做我的后援团。”

商谨言并不喜欢音乐，也不希望陈梦走这条路。他认为那是不务正业，不过，陈梦这样的不干违法的事已经是务正业了，他还能期待什么？

“都是些年轻人，闹腾，我过去看什么？别再把腿弄断了。结束后给我打电话，我来接你。”商谨言伸手帮陈梦整理头发，“好了，去吧。”

陈梦看着商谨言笑了起来，忽地凑近捧住商谨言的脸亲了一口。近在咫尺，她看着商谨言浓密的睫毛：“真不去？如果我止步二十强，这是最后一次。”

商谨言扣着陈梦的脑袋狠狠地亲了下去，半晌后才松开。他擦了擦她的嘴唇，嗓音沙哑：“把票留着，我去趟公司，能赶得上就过来。”

陈梦进了后台就被拉去化妆，即将上台了。房间里人很多，脂粉味很浓，说话声音汇集到一块就成了极大的噪音，陈梦头疼，就戴上了耳机。

她选的是偏中性的衣服，配短发很合适。陈梦玩着游戏舒缓情绪。肩膀被拍了下，她一回头就看到商深行的脸。

商深行指了指她的耳朵，她把耳机拿下去，看向他：“你什么时候到的？你这头发怎么回事？”她看到商深行的头发就乐了，他把头发理得很短，染成了绿色，“你女朋友劈腿了？”

“去你的。”商深行抬腿坐在了化妆台上，看向陈梦，“我哥今天过来了吗？”

“他腿没好彻底，不想来凑热闹，怕人多挤着了。”

商深行不屑一顾地啧了一声：“矫情，他什么时候这么娇弱了？”

陈梦笑出声，拿出手机：“我想把你这段录下来发给他，他最近矫情得跟处女似的，这也不行那也不行。”

商深行怔了一下，随即大笑：“你这个比喻精彩，我要发给商谨言。”

有人走了进来，陈梦觉得有人在看自己，敛起笑容看过去，对上了一张漂亮的脸蛋。那人眼睛也很漂亮，长发及腰，穿着一条白裙子，她的目光似乎有敌意，不过很快就移开了。

她看了商深行一眼，商深行点点头，随即收回视线，低头和陈梦八卦：“徐薇，实力唱将，那高音厉害了。”

陈梦听说过徐薇，可能陈梦运气好，她这一路倒是没有遇到太强的对手：“希望一会儿比赛不要遇到她。”她继续刷微博，又看了商深行一眼，“也不要遇到你们组合。”

商深行跳下桌子：“祝你好运，祝你心想事成。”

商深行走了出去，徐薇又看过来：“你和少爷认识？”

“嗯。”陈梦指了指他，“我弟。”商深行是商谨言的弟弟，陈梦和商谨言结婚了，他也算是她弟弟了。

徐薇漂亮的眼睛在陈梦身上看了一圈，然后收回视线：“哦，你比他大？”

“我比他小他也是我弟。”陈梦站起来，点头，“很高兴认识你，陈梦。”

“徐薇。”

两个人握手，徐薇目光里有什么一闪而过。终于正式开始录制了，陈梦深吸气，跟着走上去抽签。她的手从盒子里抓出一个球，手心都是汗，她张开手。

“五号，徐薇。”主持人叫道，“两个高音会怎么对决，你们期待吗？”

现场观众大叫，陈梦视力不怎么好，放眼望去只看到徐薇巨大的灯牌立在观众席。

陈梦看向徐薇，对方微笑的表情中有着胸有成竹的意味。淘汰赛，第一轮胜出的就不用比下去了，败的一方需要和下一个人比，两局定输赢。陈梦遇到徐薇，毫无胜算。陈梦的脚动了下，说实在话，她没有多少把握，看到手里号码的时候，那一瞬间她有些蒙。

抽号码结束，接下来就是竞赛，两个人一首歌，用合唱的方式同台PK。

他们的竞赛歌曲是《胜者》，陈梦听到曲目的时候顿了几秒，随即就乐了，这是她的强项，不过仔细一想，徐薇也走这个风格。

两个人在后台等待的时候，徐薇突然开口：“你不会晋级的，相信我。”

陈梦也笑了，她本来是软绵绵的性格，此刻目光却锐利起来：

“是吗？”

徐薇随即笑道：“你觉得这句话作为开头放狠话怎么样？”

陈梦顿了几秒，迅速回神：“我刚刚表情怎么样？不弱吧？”

两个人相视笑了起来，各自虚伪，徐薇和她击掌：“不弱。”

“很好。”

前面几组实力都很强，音乐声响，陈梦反倒不紧张了。电话响了一声，她拿出来看到商谨言的信息：我来了。

陈梦扬起嘴角，刚要回复，有人过来收手机，陈梦把手机关机，心也放了回去。

商谨言在下面，他在看着她。

音乐声中，陈梦和徐薇走上了舞台。灯光很亮，音乐声响起，徐薇开了头。

“啊胜者啊胜者……”

全场哗然，陈梦拿起话筒，她站在升降台上缓缓往上，开口：“骏马驰骋疆场……”

两人合唱，陈梦和徐薇都升到了舞台上。徐薇的声音偏细，陈梦声音偏沉。

站在舞台上根本看不清下面，陈梦闭上眼，声音从喉咙里流淌出来，全场寂然。

“我知道胜者一定会，一定会属于自己。”

她们目光对上，陈梦抬起头，露出了挑衅的笑容，一瞬间气场全开。不知道谁先喊的，现场无数粉丝尖叫她的名字。

陈梦把手指压在嘴唇上，比了个飞吻。她双腿微分，站在舞台上，声音沉得下去，扬得起来。

音乐停止，歌声结束，陈梦恍惚了几秒才向评委鞠躬。她穿着背心牛仔外套、破洞牛仔裤，短发显得不羁。

“非常精彩，我没想到这首歌可以用这么——”评委老师是著名音乐家陈佳明，他斟酌了一下用词，说道，“张扬的方式来表达。两位选手都非常好。刘老师，你怎么看？”

刘宇是另一位评委。他原本很看好徐薇，可陈梦的爆发力太强了，她的进步也神速。他第一次见到她的时候，她唱歌气息还有些不稳，还会因为紧张而唱错音节，可现在没有了。她是个挺让人难以捉摸的选手，深不可测，这是刘宇对她的看法。

徐薇表现得也不错，可太中规中矩了，衬托之下陈梦的表演简直是碾压她。可徐薇是内定的人，他们不可能把她刷掉。

刘宇夸着徐薇，见缝插针挑了陈梦的一些刺。陈梦点头，平静地注视着评委席。

四个评委，有三个把票投给了陈梦，刘宇投给了徐薇，他回头看向陈梦：“你还有进步的空间，我等着你。”

陈梦扬起嘴角扯出了笑容，不过那笑容很快就散去了。陈梦拼不过徐薇，还有观众的票呢。徐薇是《最美声音》赞助商的女儿，这个节目就是为了捧她，不会有意外。

投票结束，陈梦以十票之差败给了徐薇，她和徐薇拥抱。徐薇靠近她的耳朵，低声说：“我说了，你不会晋级。”

“话说太早了。”

陈梦松开徐薇，转身鞠躬，然后离场。面对这么不公平的比赛，陈梦原本以为自己会心酸一下，可到这个份上，她什么都没做，只安静地坐在后台。许久后，身边走过来一个人，陈梦抬头看过去，商深行递给她一瓶水：“我哥给的，他在外面不能进来。”

“哦。”陈梦拧开盖子喝了一口水，看着屏幕上的演出画面。商深行叹口气："徐薇有背景。"

"哦。"陈梦把一瓶水喝完。商深行说："下场加油，是你的终究还会回来。"

陈梦抬起下巴，微微偏头，目光显得不羁："像歌词里唱的那样，我就是胜者。"

商深行想揉她的头发，没敢。陈梦在台上的时候光芒四射，美得不像话。商深行就喜欢她这副天不怕地不怕的样子，张扬得让人挪不开眼。

"是的，你就是胜者。"

第一轮很快就结束了，陈梦握着水瓶看着电视屏幕。有人叫她过去，她站起来把水瓶扔进垃圾桶，大步走了过去。

第二轮是个人赛，单人演唱，票数低的淘汰，简单粗暴。陈梦在准备的时候选了很多备案歌曲，最后定的是《恰似你的温柔》，很老的一首歌。陈梦在等待，其他人一个个上台，她是最后一个。

安静的舞台上，陈梦站在灯光下，她看着远处，白茫茫一片。前奏响起，陈梦的心突然就静了下来。

陈梦没有什么粉丝群，也没有后援团。没有人喊她的名字，她只能听到自己的声音。陈梦的声音沙哑醇厚，感情浓郁。现场很安静，也许这是她最后一次演出，也许，从此之后她再也不能站上舞台。

"这不是件容易的事，我们却都没有哭泣……"陈梦无端端地想到了商谨言，她微笑着拿着话筒，安静地站在舞台上唱一首经典老歌。她没有唱《胜者》时候的张扬，她安安静静，仿佛这个舞台就是整个世界。

最后一个音节结束，陈梦鞠躬，站起来面向观众："谢谢大家，我是五号选手陈梦。"

掌声如雷，她是最后一个出演。她再次鞠躬，握着话筒的手有些抖，人在高度紧张的时候会出现这样的情况。她开口：“谢谢你们。”

舞台灯光大亮，主持人说：“现在让我们其他选手上台。最激动人心的时刻到了，今天是最后一轮淘汰赛……”

陈梦安静地听着，她静静地看着台下，她看不清楚。也许那个地方就坐着商谨言，他正注视着她。

商谨言是口是心非的人，他说不来看陈梦的演出，到底还是来了。这个人啊！陈梦在心里叹息。

“个人赛的比分已经出来，现在我们看每个人的成绩……”

陈梦神游天外，想着晚上回去该吃清蒸鱼，她想吃鱼了。不知道阿姨会做什么，她还想吃辣火锅，火辣辣的红油，涮着毛肚……陈梦越紧张的时候越容易胡思乱想、越容易走神。

“陈梦拿到了最高分！我们恭喜陈梦成功晋级！”

陈梦茫然地抬头，主持人牵起她的手大声叫着。陈梦终于回神，抬头看过去：“什么？”

“你晋级了，恭喜！”

陈梦回头看过去，大屏幕上是她的照片，她感到短暂的迷茫，随即扬起嘴角，露出了贝齿，笑得十分灿烂，拉过主持人拥抱：“谢谢。”

台下商谨言的脸都黑了——陈梦太不讲究了，怎么可以抱主持人？他站起来拿着拐杖往外面走，沉下了脸。

身后有尖叫声，商谨言回头看到大屏幕上陈梦放大的脸，她笑得灿烂，他心口一窒，半晌后才回神，仿佛一瞬间回到了三年前，她大笑着从黄灿灿的油菜花地冲过来，纵身一跃抱住他的脖子——

“我想你！”

万物皆失去了颜色，满眼都是她灿烂的笑容。

有人碰到他，他这才匆匆走出观众席，打电话给商深行。

很快商深行就接了，商谨言说："我在哪里能等到她？"

"陈梦台风酷不酷？"

"废话哪那么多呢？她几点能出来？"

"应该很快。"商深行笑着说道，"成迷弟了——"他话没说完，商谨言就挂了电话，他耸肩把手机揣回去。阿K在旁边说："行哥，咱们嫂子不错啊，什么风格都能驾驭。"

"她不止这些呢。"商深行看着电视屏幕，身子后仰靠在沙发上，目光深沉，"她的才华绝不止这些。"

他第一次听她唱歌时，她坐在篝火旁，看着远处，一首藏语歌流淌在空气中，那瞬间他们这些玩音乐的人都震撼了。那么自然，没有前奏，没有伴奏，自然流畅的高音从她嗓子里发出来，清亮遥远。

后来商深行去查了那首歌，那是一首民谣，原唱是个粗犷的汉子，陈梦唱出了不一样的味道。

她的声音干净空灵，商深行想她的世界一定纯白无瑕。只有非常干净，她才能唱出那样的声音。

"行哥？"

阿K拍他的肩膀，他才回头："干什么？"

"叫你几次都不答应。"阿K说，"你想什么呢？"

商深行站起来："比赛结束了，我们该走了。"

"我们的经纪人要发脾气了，每次你都是第一个走，不让记者拍到。这很不好的，行哥，你慢点啊。"

陈梦拿到手机后开机，商谨言的电话就打了进来，她接通："喂？"

“出来了吗？”

“嗯，你在哪里呢？”

“门口。”

“那你去停车场等我吧，大概二十分钟。”

“行。”他言简意赅，没有过多的话，挂断了电话。陈梦还有个小视频要录，出口肯定有粉丝，商谨言腿不方便，别被挤到了。

陈梦录制完视频，节目组交代她要参加电视台的定期培训，确定好接下来的流程，她这才往停车场去。门口果然有粉丝，陈梦被围着签了几个名才离开，她顿时有些飘飘然，今天有粉丝了。

她到停车场刚要给商谨言打电话，他的车就开了过来，她回头冲粉丝挥挥手：“再见了。”

待她坐上车后，商谨言吩咐司机开车，然后看向她：“那些是粉丝？”

“嗯。”陈梦掩饰不了嘴角的笑，说道，“我没想到，我还有粉丝。”

商谨言看着她，她摸了摸自己的脸，被看得很不自在：“我脸上有什么？”

商谨言摇摇头，收回视线。陈梦在舞台上的感觉很好，那才是真正的她，骄傲张扬，不肯轻易认输。

“那你看什么？”

“你怎么不穿裙子？女孩穿裙子好看。”

陈梦笑出声：“你的直男审美，我打扮成芭比娃娃好吗？”

商谨言没听懂：“直男？什么意思？”

陈梦不想把他往沟里带，说道：“就是说你土。”

商谨言伸手掐住她的后颈，目光沉下去，威胁道：“再说一遍。”

陈梦笑了起来："你不是说不来的吗？怎么又来了？想我了吗？"

"嗯。"

"嗯？"陈梦扬眉，"'嗯'是什么意思？"

"和你同台的那个女孩叫什么？"商谨言话题转移得很生硬，就这么猝不及防地插入了。

"哪个女孩？你说徐薇？"

"叫徐薇？"

陈梦立刻就警惕起来，抓住他的手，狐疑地打量他的表情："你……打听她干什么？有什么企图？"陈梦以前倒是没想过商谨言会不会移情别恋这件事。现在，她觉得自己很有必要好好想想了。

"想什么呢？"商谨言的手指滑下去捏着陈梦的脸，"她父亲是不是徐向泽？"

"不知道，你问这个干吗？想求亲啊？"

商谨言的手上用了力气："你想挨揍是吗？"

陈梦瞥他："你揍我吧，只要你舍得。"

商谨言被她逗笑了，靠在座位上，收回手："她唱得很一般，比不过你。"

"你是外行。"陈梦现在明白他什么意思了，说道，"你不懂的，从音乐的专业角度分析，也许我比她差。"

"深行说有内幕。"商谨言道，"再外行，好听难听还是听得出来的。"

想到这个事陈梦也很憋屈，不过都晋级了，她也不是死咬着不放的人："好在我晋级了，不然我得憋屈死。"

商谨言没有再说话，目光沉了下去。陈梦确实受委屈了。她明明不差，却被黑幕比下去了。

这是唱歌比赛还是背景比赛？要论起背景，那陈梦也不弱。商谨言不是死人，他们商家还没倒呢。

两人到家时，阿姨已经准备好饭菜。琳琳出来吃完饭就回房间了，并没有和陈梦交流。

“她是气我还是怨我呢？”陈梦叹口气，把最后一口饭吃完，放下碗筷，“我上楼了。”

商谨言最后离席，对阿姨说道：“琳琳最近有什么事就和我们说下，注意点她的情绪，麻烦了。”

“和太太吵架了？”

“也不算吵架。”商谨言说，“这个年纪的小孩，可能会有叛逆的念头，她和陈梦的理念不合。”

“我会注意。琳琳是个懂事的孩子，她能理解太太的一片苦心。”

商谨言热了一杯牛奶上楼时，陈梦已经洗完澡背对着他站在窗户边，窗帘没拉，她抱臂站着。商谨言放下牛奶，走过去。陈梦回头，商谨言从她眼里看到了失落。

“还在想比赛的事？”

陈梦点头：“如果比赛是靠背景，那这场比赛毫无意义。”

“这个圈子，大部分比赛都没有任何意义，经常找一些真正有实力的歌手，去捧有背景的歌手。”

陈梦看着商谨言的眼睛，沉默许久，然后说道：“我其实明白，就是过不去那个坎。”

商谨言抬手拂过她的脸：“你想拿冠军吗？”只要她想要，商谨言能帮她拿到。

陈梦颓丧，靠在玻璃上叹口气："我不要用黑幕拿到冠军，如果在半道我被刷下来，那是我没本事，我无能。即使大环境如此、规则如此，我也不愿意为了规则而委屈自尊。"

商谨言揉了下她的头发："那去吧，想做什么就做，拿个第一给我看看。"

陈梦抬起素白的手臂，攀在商谨言的脖子上："好，我拿个第一给你看。"

拿第一太难了，千军万马冲向那一个领奖台，那是拼命。陈梦就在拼命，早上跑步回来陪商谨言去做康复，之后他去公司，她去上声乐课。

陈梦进二十强的比赛播出去后就红了，网上很多人讨论，她的唱功和形象都是讨喜的。她的粉丝迅速组织了后援会，她和徐薇的那次比赛被搬出来说了无数次，徐薇的粉丝也不是省油的灯。

陈梦第一次觉得有粉丝也不见得是好事，她眼睁睁看着两边粉丝从讲道理到后面破口大骂，互相攻击对方偶像。陈梦无辜躺枪，被徐薇的粉丝骂上了热门。

陈梦送商谨言到公司，回来的路上接到商深行的电话，他幸灾乐祸："大姐，你上热搜了，恭喜恭喜。"

陈梦找了能停车的地方，停下车打开手机就看到自己被骂上热搜，犹豫了几秒后给商深行发微信：这热搜谁愿意上啊！

一条不解恨，陈梦又发了一条：你再这么幸灾乐祸，信不信我买水军把你骂上热搜？

很快商深行的电话又打了过来，陈梦接通："干什么？"

"晚上有个聚会，来吗？朋友的酒吧，都是自己人，可以肆无忌惮地唱歌。"

“几点？”

“八点开始，比赛前的放纵。”

陈梦也很久没有出门了，犹豫几秒，到底没敌过想要放纵的内心，说道：“好啊。”

“我把地址发给你，晚上见。”

陈梦挂断电话后，开车直奔学校，她还得上课。下午五点，陈梦去商谨言的公司接他，去的时候他在开会，她和前台的小姑娘打了招呼就在一边等。

“你是不是叫陈梦？”前台的小姑娘越看陈梦越眼熟，凑过来试探着问，“你是《最美声音》里面的陈梦吗？”

陈梦点头：“怎么了？”

“真的是你啊！”小姑娘是刚来的，陈梦每次都是在门口接商谨言，也不进门，她这是第一次见陈梦，急忙说，“我是你的粉丝，我可喜欢你唱歌了，我们全家都喜欢。”

“谢谢。”

“你能帮我签名吗？”

“可以。”

签完名她还没走，犹豫了一会儿，对陈梦说：“我们能合影吗？我真的很喜欢你。”

“好。”

陈梦和她合影，身后电梯声响，有人下楼，她才收敛，转头看到商谨言，立刻站直：“商总。”

商谨言点点头，他穿得休闲，拄着手杖走向陈梦。陈梦站起来拎起包，商谨言走到她面前，抬手帮她整理了一下头发：“等了很久？”

“刚到。”

“走吧。”商谨言要帮陈梦拿包，被她给躲过去了。前台瞪直了眼，直到他们离开才张着嘴惊呼出声。正好商谨言的助理下楼，她看向助理：“陈梦是商总的女朋友？”

“太太。”助理说，“他们结婚有一段时间了，怎么了？”

“没事没事。”

陈梦和商谨言上车，她主动说：“今天我们不回家了，我请你吃饭。”

“吃什么？”

“这你别管了，我带你去吃就行。”

半个小时后，他们到了一家私房菜馆，陈梦拉着商谨言进去：“他们家的汤很好，我之前跟客户过来吃过一次。挺不错的，你试试。”

这家商谨言也来过很多次，不过陈梦这么鼎力推荐，他当然欣然接受。两人进了餐厅，陈梦点了汤就把菜单给商谨言。商谨言在饮食上比较克制，不能吃什么，便坚决不碰。他点了餐，拿起面前的茶杯，喝了一口茶，看陈梦：“今天有什么好事？”

“晚上有个聚会，你想去参加吗？”

“什么聚会？”

“商深行办的，在酒吧。”

“不去。”

陈梦脑子转得飞快，随即软下声音：“我想去，你陪我去吧，行吗？”

“我晚上还有工作。”

陈梦眼睛里藏着失望，她拿起杯子玩着，说道：“那算了，我送你回去，然后我过去。”

“不准去！”商谨言语气强势，“商深行的朋友都是什么人，跟他们瞎混什么？”

陈梦挑眉：“你对玩音乐的人有偏见。”

商谨言不置可否，靠在椅子上，注视着陈梦：“快比赛了，既然你想在这上面有所建树，那就把注意力都放在比赛上，而不是出去到处玩。出去玩并不会给你带来什么益处，不是吗？”

“你把问题考虑得太严肃了。”陈梦说，“音乐不应该局限方式，音乐本身就是为了表达情绪，去不同的场所激发不一样的灵感，我觉得还是有必要的。”

商谨言扬眉：“能别把你想玩说得这么冠冕堂皇吗？”

陈梦偃旗息鼓，决定休战。商谨言太严肃，她和他的思维南辕北辙，她在心里感叹，他们这样的人竟然能成为夫妻，造化弄人啊。

吃完饭，两人往停车场走，陈梦看他：“真不去？”

“几点开始？”

“现在已经开始了。”陈梦拿出手机看了看时间，她没有戴手表的习惯。

“去吧。”商谨言还是不放心陈梦，大晚上出去玩，谁知道有没有什么有心人打她的主意！

他们八点半到酒吧，商深行出来接她，乍然看到商谨言，瞪大眼：“大哥？”

商谨言点头，商深行脑仁疼，对陈梦挤眼：你怎么把他给带来了？

陈梦摊手，进了酒吧。商谨言蹙眉，音乐声太大，吵得头疼。商深行带他们到座位上，阿K他们正在玩游戏，声音很大，抬头猝不及防看到商谨言，瞬间收声，瞪大眼看商深行，示意：怎么把你哥带来了？

商深行摊手，一脸无辜。

他们入座后，商深行扔了两罐啤酒过来，说道：“要不要唱歌？”

陈梦接过啤酒，还没打开便被商谨言收走了，他淡淡看了她一眼，意思明确，不准喝。

陈梦搬起石头砸自己的脚，商深行扭头就笑得把酒喷出去了。酒吧中心的歌手一曲罢了，冲这边喊了一嗓子。阿K拎着吉他冲了过去，全场尖叫，陈梦晃着手里的荧光棒也很兴奋。商谨言靠近她耳朵：“喜欢这样？”

陈梦把荧光棒塞给他：“我去凑凑热闹。”

商谨言：“……”

阿K尖叫一声，原本商深行要上的，陈梦突然就跑上了舞台，接过了话筒。她很喜欢商深行写的一首英文歌，非常热闹。马上就要进行下一次竞赛，她有压力。她唱歌有个特点，非常认真，一旦开始唱歌，外界的声音似乎都和她无关，非常投入。

围观的群众情绪也被带动起来，热闹起来。

商深行靠在酒桌上喝完酒，放下瓶子，偏头看商谨言：“你怎么会陪她过来？我以为你永远都不会来这种场合。”

“她喜欢。”商谨言取出烟盒，“这边可以抽烟吗？”

“可以。”

商谨言点燃了香烟，烟雾飘散，他靠在座位上看舞台上的陈梦，知道她属于这个舞台。

商深行顿了几秒，随即大笑：“啧，你还真是——”真是没有底线，对别人严苛，到他媳妇身上就什么规矩都没了。

商深行倒了两杯酒，递给商谨言一杯。商谨言和他碰了一下杯，喝完，说道："你现在签的经纪公司还有几年？"

"签了五年卖身契，长着呢。"商深行没有正形地靠着，"怎么，你想做这方面？"

"你和陈梦都想走这条路，与其签在别人手里任人摆布，不如自己做。"商谨言说，"考虑下。"

他们有一搭没一搭地聊天，商深行突然说："进了二十强，除了几个非常有实力的人，都是有背景的人。前三在没比赛的时候就内定了，陈梦得吃亏。"

商谨言看着舞台上光芒四射的陈梦，若有所思："那你内定的第几？"

"第二。"

"第一呢？"

"那个徐薇，最大赞助商的女儿，真公主。"

商谨言倒上酒，一饮而尽，然后说："陈梦也是公主。"

商深行没听清，回头："什么？"

"没什么。"

陈梦接连唱了两首歌才尽兴，脑袋热烘烘的，她下台直奔商谨言身边，抬起他下巴就亲了上去，跟喝多了似的抽风。商谨言扬眉，短暂的沉默后，他的手罩住陈梦的后颈，反守为攻吻了下去。酒吧内响起一阵口哨声，商谨言的大手移上去挡住了陈梦的半边脸，结束了吻。

"再来一个！"

商谨言不喜欢这么热闹的地方，低声问她："玩够了吗？"

陈梦在舞台上的时候，大脑一直处于亢奋状态，直到现在才突然清醒。她把脸埋在商谨言的脖子上，满耳朵都是起哄声，尴尬了。

短暂的沉默后，陈梦站起来拉着商谨言起身就走。商谨言腿不方便，跟在陈梦的身后，出了酒吧。风一吹，陈梦就完全清醒了，捂着滚烫的脸。

“我完蛋了。”

商谨言笑了起来：“喝了酒就坐出租车回去。”他怀疑她在自己没看到的地方喝酒了。

他站在身边，身后是繁华夜景，不远处的地方放着《恰似你的温柔》，遥遥传来。陈梦看着商谨言的脸，心想：这辈子就他吧。过去的恩怨情仇，都过去了。就他吧，和他过一生挺好。

“某年某月某一天，就像一张破碎的脸……难以开口道再见，就让一切走远……”

陈梦走过去抱住商谨言的脖子，抬头和他接吻，她吻得缠绵：“余生请多关照。”

商谨言回吻着她，闭上眼。他只爱过一个人，这辈子也只有她一个。

人的一生很短，短到仅仅能爱一个人，一个人就够了。他的手指穿过陈梦的头发，摸着她的耳朵，嘴唇张开：“你是喝了多少酒？”他的声音沙哑醇厚，沁人心扉。

“有酒味吗？”陈梦笑得跟妖精似的，眯着眼睛，“酒不醉人人自醉，就是想亲你，就是想发疯。”

商谨言堵住她的嘴唇，那便疯吧，他全担着。

第二天陈梦就上热门了——选秀走红的歌手陈梦昨天在某酒吧买醉，和陌生男人热吻。

陈梦躺在床上看到这条微博，蒙了几秒，抬头看正在穿衣服的商谨言：“你什么时候成陌生人了？”

“什么？”

陈梦笑着把手机递给商谨言，他看完内容，把手机扔回去：“无聊。起床吃饭，几点开始比赛？”

“下午两点。”

“我今天去不了，要参加个研讨会。”

陈梦点头：“我知道。”心里有些失落，说道，“你忙吧，晋级了晚上请你吃饭。”

商谨言扬眉：“好。”

原本商谨言要去送陈梦，中午商深行过来了，还带了他的朋友过来吃饭，吃完饭陈梦就和他们一起走了。

“有事电话联系。”

陈梦摆摆手：“走了，晚上见。”

陈梦坐上车，阿K说：“大嫂，有人买水军黑你。早上那个爆料帖出来，本来我们还当玩笑看，中午就不对劲了，大量的水军就出来了，人身攻击。现在要比赛了，闹出这样的绯闻对你很不利。”

陈梦早上陪商谨言去康复中心，并没有再关注这件事，闻言她打开手机，看到自己被刷成了话题——选秀女歌手的浪荡生活。陈梦蒙了几秒：“我和我老公亲一下怎么就浪荡了？”

“你打开话题，那些攻击才精彩呢。”商深行说，“我现在发微博你觉得合适吗？”

“发什么？”

“再炒下去就黑了。”

“好啊。”陈梦看到有人攻击商谨言是瘸子老男人她就气了，不过她没开微博，也不想在网络上发表任何观点。

“其实现在行哥出面是最好的，不过可能对大嫂不太好，毕竟现在看比赛的都是年轻人，可能会介意自家偶像是否结婚。”

“在意就在意去。”陈梦说，“我靠嗓子唱歌，我不靠粉丝唱歌。”

商深行发完微博，说道：“有道理，我们靠的是实力。”

商深行的微博粉丝早就过百万，他的粉丝都是亲女友粉，战斗力比较强。商深行发了一张他和大哥的合照，又从陈梦的朋友圈挖了一张商谨言和陈梦的生活照，写道：现在真是什么都能成为新闻，我哥怎么成瘸腿老男人了？

很快他的微博就爆炸了。

爱行一生：天了噜，少爷你们家基因绝了，大哥好帅！陈梦是嫂子？亲的？

商深行回复：亲哥亲嫂子。

他们到电视台时，商深行的微博就被刷爆了。陈梦的粉丝也拥了过来，原本水火不容的两家粉丝迅速打成一片，热火朝天地拥护自家偶像。

商深行把手机递给陈梦看了一眼，她扬眉：“商谨言的联系方式可别透露出去，平白多了这么多情敌。”

他们下车，商深行的粉丝在外面蹲守，拥了上来。陈梦戴上帽子跟在商深行身后往里面走，粉丝大声喊着商深行的名字，偶尔听到一两声“陈梦”，陈梦回头招手，微笑点头。

到了后台，陈梦被带去化妆才和商深行分开。化妆的时候，她拿着手机刷微博，商深行那条微博被拱上了热门，转发两万多，评论过一万。陈梦有些震惊商深行的热度，心想他是不是买水军了。

很快情势就逆转了，胡说八道的那些博主被攻击了，被陈梦的粉丝围攻鞭挞。陈梦忍不住发出了幸灾乐祸的笑声，旁边响起了咳嗽声，她转头看过去，徐薇已经化好妆了，对方有着精致的五官，穿着一条蓝色裙子。这条裙子前不久出现在巴黎C夏季发布会上，陈梦多看了一眼。

她点头致意，刚要收回视线，徐薇说："你结婚了？"

"难不成你要追求我？"陈梦扬眉，嘴角上扬勾勒出邪魅的笑容，"那我可以为你离婚。"

徐薇的脸瞬间黑了下去："你要脸吗？"

上次她们两个在台上那么争，已经那么明确了，陈梦也没有什么遮掩的必要，她笑容完美："不及你半分。你猜我今天能不能晋级？"

徐薇没见过这么不要脸的人，还不要脸得这么直接，她就这么赤裸裸地把所有事都说出来，反倒显得她们两个关系好。徐薇咬牙半晌，强挤出笑容："那你祈祷别遇到我。"

徐薇走了出去，化妆师说："你和徐薇关系不错啊？"

陈梦有些怀疑网上那些八卦新闻是徐薇搞出来的，她点头："徐薇长得好看，谁不想和她做朋友？"

化妆师也跟着笑了起来。陈梦补充："毕竟我是颜控，长得好看的在我眼里都非常美好。"

陈梦走进等待区时，已经有摄像师开始拍。二十进十五，淘汰五名选手。房间里坐的是前二十名，里面只有一个组合，就是商深行他们，其他全是个人选手。

陈梦一下一下地敲着手机。

依旧是两两上台合唱PK，选出一名晋级，剩余的人继续PK。

陈梦的手机响了一声，在安静的后台格外刺耳，她连忙拿起来，看到商谨言的信息：等你的好消息。

选手上台抽签，按照上一轮的成绩排名抽签，陈梦的排名靠后，基本上没有选择机会。上一轮商深行乐队排名第一，他抽了一个球，看到数字的时候一怔，迅速回头看陈梦。

陈梦脑袋嗡了一声——你大爷！不会这么巧吧！

“五号，陈梦！”主持人大喊，“哇！这场比赛我很期待，你们期待吗？”

观众尖叫，自相残杀的好戏谁都愿意看，商深行刚在微博上公开他和陈梦的关系，这个时候他们对战PK，真是大戏。

主持人转向陈梦：“你想对——弟弟说什么？”

短暂的沉默后，陈梦笑道：“我不会手下留情。”

商深行捶捶胸口，比了个挑衅的手势。陈梦的心其实跌到了谷底，对战商深行，她一点底都没有。

队伍分好，商深行是第一个表演，他们准备的时间不多。回到后台，商深行拍了拍陈梦的肩膀：“记得参加比赛的时候你怎么说的吗？”

“第一啊，我。”陈梦抬起下巴，看着商深行的眼睛，“拿出你的实力。”

商深行和她捶了下拳头：“别放水啊。”

巧的是他们选了一首商深行的自创曲目，昨天陈梦在酒吧唱过。准备时间很短，他们在后台短暂地排练后就上了舞台，陈梦转头看商深行。

他们认识的时间不算特别长。从商深行的角度，他们相识源于那天在机场一瞥之下和朋友的赌约。他们再次见面，她背后是一望无际的海面，海风掀起她的衣摆。风胡乱地刮，她安静地坐着唱一首民谣。她苍白的脸上有着一双漆黑的眼睛，安静中透着不羁。商深行想，如果那个人不是商谨言，不是他亲哥，他会不顾一切去抢，不顾一切去追，他想要她。

歌词出口，他的声音沙哑，流淌在空气之中。全世界都静了下来，只有他的声音。

他和他的乐团走了出来，音乐渐渐激昂。待陈梦的声音响起，他已经唱到第四句，配合得非常默契。商深行一直高音不行，陈梦和他互补得非常好。她跳下升降台和商深行击掌，音乐节奏快了起来，她的眼睛里是商深行。歌词非常长，高音又是快节奏，全场的观众都沸腾了。陈梦的声音非常有感染力，这是她的特点。

这是一首讲述恋爱的故事，从相识到热恋，到结束。陈梦的声音低了下去，歌词的原本意思是，最终他们没有走到一起。

音乐停止，商深行转身抱住了陈梦，他眼眶湿润，不过很快就转换了情绪，松开她。陈梦笑得很张扬，和他击掌："不错哦。"

阿K已经看出来商深行的不自在，走过去挡了一下。商深行也笑："你也是。"

评委点评的时候，陈梦其他什么都没想，她在想刚刚的歌词。那首歌虽然中间热闹，可结局很悲伤，陈梦很喜欢那首歌。

她和商谨言从认识、恋爱、欺骗，到愤而分手，再见时，他们彼此怨恨，疯狂地报复，恨不得弄死对方，轰轰烈烈，不死不休。陈梦和商谨言的结局没有那么悲伤，他们最终在一起了，归于平静。原本的结局是悲伤的，但陈梦处理的结局留有余地，意味深长。

"这首歌虽然原唱是少爷，但是陈梦处理得非常好。这是我第二次听她唱这首歌，第一次是在微博上看到有人录制的一个片段。当然，你们都知道我说的是什么。”

他们都想到了陈梦今天上头条的事，全场哄笑。陈梦挠挠耳朵，挤了挤眼：“这么快你们都知道了。”

评委也笑，继续说道：“现场听你演唱更加震撼，你的爆发力让这首歌有了另一种解释，有了全新的生命。”

陈梦一直觉得她和商深行悬殊挺大，她也从来没想过会和商深行PK。虽然他们是个乐队，但是真正唱歌的人是商深行，她面对的也是商深行。

观众现场投票，等到人数过半的时候，陈梦的心突然跳了跳，她和商深行的票数拉平了。她回头看商深行，他没有看她，眼睛看着远处的观众席。

投票结束，陈梦有些蒙，回头看过去。

“票数已经出来！一票之差，陈梦成功晋级，恭喜陈梦。”

她转头看商深行，商深行拉过她虚抱了一下，又迅速松开：“恭喜。”

陈梦眼睛有些热，一切就像做梦一样。后面主持人说了什么陈梦没听清楚，她走下台，坐在后台看着电视屏幕。她胜了商深行，她和他同台PK，她赢了。

电话响了起来，陈梦没有看来电显示就接通，她有些愣怔，还没回过神。

电话里男人的声音传过来：“比赛结束了吗？”

“嗯。”

“几点去接你？”

“不用，我自己打车回去。”

电话那头商谨言，沉默片刻然后试探着问：“失败了？”

陈梦的嘴角不由自主地上翘，她微眯了眼睛，靠在座位上，声音却是悲伤的：“我现在很难过，心情很差。”

“我马上到你们电视台，见面再说吧。”

“商谨言……”她声音压得很低，带着哭腔，“我怎么办？”

“没事，不过是一场比赛，你想走这条路还有很多机会。见面再说吧，我半个小时后到。”他挂了电话。陈梦瞪着电话傻了几秒，笑出声。

陈梦再次登台的时候，淘汰赛已经结束了，淘汰了五个人。商深行组合踩着线晋级。陈梦换好衣服就要离开，结果还没走出门就被编导叫住了。今天陈梦能晋级是个意外，谁都没有想到她会晋级。可陈梦和商深行竞赛那一场表现得太好了，无可挑剔。编导面对陈梦时内心是复杂的，陈梦进步太迅速了，这迅速让比赛有些失控。

“明天上午你有时间吗？”

陈梦想了想，点头：“有时间。”

“那明天早上我们单独见个面，可以吗？”

编导见她干什么？陈梦犹豫了几秒，点头：“可以的。”

“明天下午还有个访问特辑，希望你能准时到。”

“我不会迟到。”

“那你先走吧。”

节目组原本没有安排陈梦的访问时间，所有人都以为她会止步十五强，她今天在赛场上PK掉了商深行，所有计划都被打乱了。

已经下午，夕阳西下，电视台外面有几个孩子抱着灯牌坐在台阶上在等什么。余晖照射着大地，万物被映照成了金黄色。

陈梦拉下帽子，把包甩在肩膀上，快步下了台阶，等了大概有五分钟，商谨言的车就到了。车窗打开，露出他的脸，他穿着浅色的衬衣，鼻梁上还架着无框眼镜，一丝不苟。

陈梦走过去弯腰看他，他示意：“上车。”

陈梦伸手碰他的眼镜：“你戴眼镜干什么？”

商谨言忘记取了，拿下眼镜放回去：“上车，磨蹭什么？快点。”

陈梦绕过去上车，摸他的眼镜：“你近视？”

商谨言拿走眼镜，把她的脸推开，吩咐司机开车。他升上窗户玻璃，转头认真端详陈梦的脸：“想去哪？回家？”

陈梦点头：“回家。”

商谨言再次看陈梦。

快到家的时候，商谨言说：“败给谁了？”

陈梦扬眉，不说话。车停下，她下车，商谨言也跟了上来，他仍然需要手杖：“不会败给深行了吧？之前深行给我发信息，你们PK。”

“晋级了。”陈梦打开门直奔进去，扔下包，忍不住笑出声，“没想到吧，我晋级了！”

商谨言闻言眉毛上扬，大步进门关上房门：“你欠揍了是吗？”

陈梦跑到厨房倒了一杯水，一路上她憋坏了。她刚要出来，商谨言就从后面抱住她，亲她的后颈：“敢骗我？很不知道天高地厚啊。”

陈梦笑着躲他的亲吻，很痒：“喝水呢，洒了。”

商谨言握住她的手，稳住杯子：“快喝。”

陈梦喝完水，商谨言抱起她放在了流理台上，看着她的眼睛：“晋级了？”

“嗯。”陈梦憋着笑。商谨言捏她的脸：“还敢骗我？深行呢？”

“他也晋级了，我先回来的。”陈梦抱住商谨言的脖子，低头抵在他的额头上，“担心我？”

商谨言吻着了她的嘴唇，刚要加深这个吻，电话响了起来。短暂的停顿后，他松开陈梦，摸出手机，看到来电的是商祺，犹豫半晌后接通。

“爸。”

“你妈晕倒了，你回来一趟吧，叫上深行。”商祺的声音很平静，但是格外沉重，“尽快。”

商谨言挂断电话，面色一下子就沉了下去。陈梦也敛起了情绪，看他：“怎么回事？”

“我妈出事了。”商谨言转身快步往外面走。陈梦跳下流理台跟了上去：“怎么回事？”

“回D城。”商谨言一边说一边给商深行打电话，电话迟迟没人接，他攥紧了拳头。

陈梦犹豫几秒后，快步上楼拿了背包，把几件换洗衣服塞了进去，拎着包就跑下楼：“走吧。”

商谨言对电话里的商深行说：“机场见，尽快。”

他们直奔机场，陈梦在路上订机票，她现在的情况坐飞机已经没有问题。

第五章

我会一直陪在你身边

陈梦刚下车就看到商深行急匆匆冲向入口，他跑得很快，几乎是慌不择路。陈梦喊了一声，商深行停住脚步，回头看过来。陈梦和商谨言快步过去，只见商深行的眼睛通红。

“她的情况很严重。”商深行说，“我刚刚打电话给爸爸了，他说情况很糟糕。”

“先回去。”

商谨言快步往机场走，取票登机。陈梦看着窗外的跑道，心里很乱。苏敏出事了，她到底出什么事了？陈梦不敢想下去。如果苏敏有点什么事，会怎么样？

晚上七点，他们到D城机场，出了机场，打车直奔医院。一路上谁也没有说话，车厢里很安静，陈梦心里憋得慌，说不出的难受。她无处发泄，这憋屈一直持续到医院。

他们先见到了商祺，商祺站在走廊里，看到商谨言他们就挺直了脊背。

“爸。”商深行跑了过来，“我妈呢？”

“还在抢救。”商祺目光沉着，他的头发已经白了，看起来只是个普通的老人。

“怎么回事？”

“突发性脑溢血。”商祺声音很沉，“手术还没结束。”话音刚落，手术室上方的灯就变了，他们几个一起走了过去。

“我太太怎么样？”

“手术还算成功，不过情况不太好，你们家属得有个心理准备。”

商深行一下子就急了，直接冲过去：“你什么意思？”

商谨言拉住商深行，说道：“我们现在能看到病人吗？”

苏敏的情况很不好，做完手术有个危险期，过了才能放心。商谨言让司机带陈梦回去睡觉，她抿了抿嘴唇，低声说：“我陪你行吗？”

商谨言叹口气：“听话，先回去。”

陈梦拧眉，这个时候她不能走，她抓着商谨言的手腕：“我陪着你，行吗？”

商谨言掰开她的手：“你先回去，别在这里添乱，回去睡觉。”

陈梦被推开，踉跄了一下，瞬间鼻子有些酸。商谨言要伸手，看到她的目光，蹙眉：“你先回去，明天我去接你。”

陈梦心脏刺痛，短暂的沉默后，她转身跟着商祺的司机走了出去，被带到了老宅。苏敏是在办公室晕倒，直接被送到医院的。家里的保姆阿姨看到陈梦有些意外。

“大少爷没回来？”

陈梦看她这情况应该是什么都不知道，司机先开口，说道：“太太晕倒了，现在在医院。”

“啊？哪家医院？我现在过去。”

“明天再去吧，一切都得等到明天早上才会有结果。”

阿姨一下子就哭出声了，捂着嘴哽咽：“那怎么办？太太好端端的怎么会这样呢？”

司机对陈梦说：“你先去休息吧，明天好去医院看太太。”

陈梦现在也没有什么主意，她满心满脑都是商谨言把她的手掰开，推开她的场景。陈梦咽下唾沫，抿了抿干燥的嘴唇，走到客厅坐下，把脸埋在手心里：“会好的，一切都会好的。”

这件事太突然了。陈梦和商谨言好不容易关系缓和一些，这个时候苏敏却出事了，陈梦很蒙。而且出事的地点是公司，商谨言该有多自责！

阿姨到底还是坚持着去医院，司机就带她过去了。陈梦在客厅里坐了一会儿，脑袋又莫名地疼了起来。老宅空荡荡的，显得房子更加大了。陈梦上楼进了卧室，她睡不着，躺在床上看天花板，一直到天亮。

陈梦起床洗了一把脸，打电话给商谨言，很快电话就接通了。

陈梦清了清嗓子才开口：“商谨言？”

“嗯。”

陈梦的嗓子有些干，她咳嗽了一声：“没事吧？”

"情况稳定了。"

"那我可以过去了？"

"嗯。"商谨言声音很低，有些沉，听着就让人心疼。陈梦亲情淡薄，她十几岁离开养母出去打工，为了省钱，几年才回一次家，渐渐就淡忘了亲情。之后被沈冰接回来，面对他们的冷嘲热讽，陈梦也爱不起来。

父母有多重要？陈梦从商谨言的声音里听出了悲痛。短暂的沉默后，她说："我给你们带早餐行吗？"

"路上注意安全。"

"好。"

陈梦买了早餐后，接到节目组的电话。她把事情说了一遍，表示非常抱歉，她现在不能参加录制特辑。

对方沉默许久，才说道："那比赛还能参加吗？"

"没有问题。"

挂断电话，她下车往医院走，先看到了商谨言。商谨言在医院门口抽烟，看到她就摁灭烟头走过去。陈梦的脸色很白，朝阳落在她的皮肤上，商谨言一直走到她面前才停下，抬手摸她的脸，拇指擦过她的眼睛："昨晚没睡？这么大的黑眼圈？"

他的声音沙哑，显得疲惫，身上有烟味。陈梦原本的刺就收起来了，她看着他："你昨天那么用力地把我推开，我能睡着才怪。"陈梦抿了抿嘴唇，"我以为你要离婚呢。"

"抱歉。"商谨言揉了揉她的头发，沉了声音，"不推你会走？守在医院干什么？"陈梦身体不好，再熬夜只怕她头疼的毛病又得犯，"我妈的情况已经稳定了。"

两个人往医院里面走，陈梦低着头不说话。商谨言看她一会儿，伸手拉住她的胳膊：“不睡觉头疼吗？”

陈梦抬头，商谨言叹口气：“你容易头疼，我不是担心你出问题吗？还气着呢？”

女人真是难哄，怎么都不对。

陈梦抬起眉毛：“哦。”

“哦什么哦？”商谨言捏了下她的耳朵，“以后听话，不让你做的事就不要做。”

苏敏在病床上躺着，呼吸机发出声音。陈梦把早餐放下。商深行坐在床边的椅子上捂住脸，陈梦想叫他吃点东西，他一把甩开她。他腾地站起来，眼睛通红地瞪着陈梦，短暂的停顿后，他看向商谨言：“现在你满意了吗？”

苏敏是在公司晕倒的，商谨言拒绝回公司，她才不得不工作。苏敏本来身体就不好，商深行认为是工作量的增加才让她突然发病，变成现在的模样。

陈梦回头去看商谨言，他沉着脸没有说话。商深行两步上前，指着商谨言：“如果不是你，妈妈不会这样！”

“住嘴！”商祺回头看向商深行，不怒自威，“出去！我现在不想听到你的声音。”

“爸？”商深行难以置信，往后退了两步，“我妈现在躺在床上，她可能永远都恢复不到以前的状态了。”

“出去！”商祺提高了声音，吩咐他的司机，“把他弄出去。”

自始至终，商谨言都没有说话。司机低声劝商深行：“二少爷，我们先出去吧。”

商深行大步出门，病房门关上，房间内恢复平静。商谨言想叫陈梦出去，商祺开口了：“不怪你们，坐吧。”

“对不起。”陈梦抿了抿嘴唇，声音很轻，她看了看商谨言，又看商祺，“真的很抱歉。”

“不怪你们，这件事她应该向你们道歉。”商祺说，“她性格太好强了，我早说让她把公司交出去，她不听。”

商祺早就知道，苏敏用公司要挟商谨言放弃陈梦。这个要求过分。商祺太了解商谨言的性格了，他离开公司自己单干，一点都不意外。这才是商谨言，他商祺的儿子。

“爸——”商谨言喉结滚动，攥紧了拳头，“我没想到事情会发展成这样。”

“凡事都有意外。”商祺看向病床上的人，叹口气，“这可能都是命，你和陈梦都不要觉得愧疚，这和你们无关。陈梦嫁给你，什么都不求，不应该再背这莫须有的罪名。”

陈梦突然鼻子有些酸，一时间不知道该说什么，嗓子发干。商谨言是她求来的，他们是两个世界的人，因为她的求，她硬生生和他挤到了一个世界。对于苏敏这件事，陈梦心里是有愧疚的。在K市的时候，她是有意让商谨言知道苏敏欺负过自己的事的。她不能和苏敏正面发生冲突，所以把问题推给了商谨言。

陈梦想自己真是个坏女人，从头坏到尾。她算计着每一个人，算计着每一分利益。苏敏不希望商谨言和她继续下去也不算错，她确实不好。

商谨言和陈梦都没有说话。漫长的沉默后，商祺说：“你们先回去休息吧，我在这里看着，我想和她单独说说话。”

商谨言和陈梦走出病房。

他们站在走廊上，陈梦走上前碰了下商谨言的手：“对不起，都怪我。”

商谨言揉了揉她的头发，往外面走：“是我考虑不周。”

他们走出医院，商深行在停车场抽烟，商谨言停住了脚步，对陈梦说：“你在这里等我。”

他走向商深行，陈梦看着他们。商深行怒吼了一声什么，陈梦没听清楚。她想做点什么转移视线，拿出手机，却看到一条沈冰的信息：你什么时候回来吃饭？我毕竟是你妈妈，你结婚了也是我的女儿。

陈梦迷茫地看着这条短信，突然，不远处“砰”的一声响，随即汽车的防盗警报响起来。陈梦抬起头，随即脑袋“嗡”的一声——商谨言的腿断了，还没好彻底，商深行突然动手，商谨言撞在车上，车警报响了起来。她直奔商谨言的方向而去。

陈梦一把抓住还要施暴的商深行，吼道：“他腿断了！你疯了吗？！你是不是疯了？！”

商深行一把甩开陈梦，她踉跄着后退两步，摔在地上。她刚要爬起来，眼前一花，商谨言利索地把商深行给撂倒了。他抓着商深行的衬衣领口，声音沉得发狠：“商深行你是个爷们，现在回公司把一切担起来！”

陈梦跑过来扶他，他站了起来，接过她递过来的拐杖，掸落身上的灰。他站得笔直：“自己没勇气承担，有什么资格指责别人做得不好？”

他拉着陈梦大步就走，她紧紧抓着他的手。坐到车上后，商谨言掐了掐眉心，这才转头看向陈梦，拉起她的手。夏天衣服穿得不多，商深行没轻没重，陈梦的手掌按在地上，擦破了皮，现在血已经渗出来了。

商谨言想找纸擦陈梦手上的血，没找到。陈梦从包里找到化妆棉，咬着牙擦血，说道：“怎么就动手了呢？”

商谨言取了干净的化妆棉，小心地帮陈梦清理手上的沙子：“没什么，他发疯。”

陈梦看他身上：“有受伤吗？”

“没有。”

到家后，陈梦坚持要看商谨言的身上。只见他背上被刮出了一道伤痕，破了点皮，要流血不流血的样子，看着就疼。

陈梦拿了医药箱帮他擦药，说道：“都怪我，对不起。”

商谨言没有说话，他在想事情。陈梦微凉的手指拂过他的脊背，他回头：“行了，都是小伤，没事。”

陈梦蹙眉，心情很差，给他穿上衣服：“商深行正在气头上，他的脾气本来就暴躁，你和他较什么劲儿？你腿上伤还没有好。”

三天后，苏敏的情况稳定下来，与此同时，商深行在微博上发了一条非常不负责任的微博，宣布退出组合，退出比赛。发完微博，他就换了联系方式，人间蒸发了。

阿K把电话打到陈梦的手机上，急匆匆问道：“行哥呢？他去哪里了？”

“我不知道。”陈梦也很蒙，摇摇头，“我真不知道，最近我也联系不上他。”

“他太任性了！这是违约，要负法律责任！”阿K痛心疾首，“公司乱成一团，都在找他，你要有他的消息就联系我。”

“好。”

陈梦挂断电话，掐了掐眉心，头疼。商深行真是疯了，他闹得太大，网络上什么评论都有。一时间，商深行竟然被炒出了巨星般的流量。

她下楼看到商谨言坐在沙发上打电话，谈论的是工作。她走进厨房去看炖汤的情况。苏敏情况已经稳定，醒来了，但是认不清人，一直处于糊涂的状态，半边手脚也不管用，和以前判若两人。

陈梦放下勺子，走出去的时候商谨言也挂断了电话，两个人视线对上。商谨言说："刚刚谁的电话？"

"阿K，商深行的朋友，就那个染红色头发的男孩。"陈梦说，"商深行要退圈。"

商谨言蹙眉，商深行是个非常不责任的人。无论是对音乐，还是对什么，他都是玩闹，一时兴趣。他没有把这些当成真正的事业、不可割舍的一部分。他在这个时候抛弃伙伴，转身走了，留下一个又一个的烂摊子。

"随他吧。"

吃完午饭后，两人去医院。商祺有工作就回B市了，暂时是陈梦和商谨言负责照顾苏敏。到病房门口的时候，听到里面有说话的声音，陈梦一怔，商谨言已经推开了门。

商深行坐在床边给母亲按摩手脚，他回头看了眼陈梦和商谨言，又收回视线。

陈梦把保温饭盒放下，朝苏敏点了点头。商深行打开饭盒，又升高了床头，要给苏敏喂饭。

陈梦把喂饭需要的东西递给商深行，什么都没说。商深行接过东西，小心翼翼给苏敏喂饭："你小心点，烫着了和我说。"

苏敏很安静，从她醒来到现在都很安静，她没有像一般的病患那么着急，发脾气。她的情绪很平静，尽管她的后遗症非常明显。

她安静地吃饭，有汤水从她的嘴角溢出来，陈梦把手帕递过去，商深行擦了擦她的嘴角。

陈梦在旁边坐下。病房内十分安静，喂完了饭，商深行放下勺子，帮苏敏擦嘴。他说："妈，我回公司吧，我以前学的管理，应该可以。"

苏敏有些意外，口齿不清地叫了一声。商深行拂过她的头发，说道："你答应了？"

苏敏大概是觉得口齿不清令人耻笑，她点头，攥紧了商深行的手。商深行在病房没待多长时间就出去了，陈梦也起身跟了上去。她关上病房门叫商深行，他站住脚步，她走了过去："阿K给我打电话了。"

"嗯。"商深行沉默片刻，随即继续往前面走

"你能不能负责一点？你走了阿K他们怎么办？你不是喜欢音乐吗？你喜欢音乐的方式就是这样任性，不负责任，没有契约精神？"

商深行垂在身侧的手握紧，陈梦走到他面前，看着他："这是你想要的？你认为你是在负责，你是正义的一方？"

商深行直视陈梦几秒，目光沉下去："躺在里面的是我妈，不是你妈。"

"是，你的母亲。"陈梦说，"你对她负责过吗？你现在回公司是对她负责吗？根本不是，你这只是另一种自私。你想的只有你自己，你心里不安，你为了让自己好过你才回来，你从来都没有替周围的人考虑过。"

商深行咬牙，怒视陈梦。陈梦扬起下巴："那么多人的心血，你轻描淡写来一句不玩了，他们该怎么办？"陈梦笑了笑，十分讽刺，"你得给阿K他们还有你的粉丝一个交代，他们不欠你什么，你凭什么这么坑他们？商深行，我言尽于此，怎么抉择在你。"

商深行有才华，可他也太过任性。他和商谨言的性格不一样，他是个十足的纨绔，从小娇生惯养长大，没缺过什么，任性妄为，从不为身边人考虑。

晚上回去，吃着饭，商谨言突然说：“我得回公司，现在公司出了点事，你觉得怎么样？”

“挺好的。”陈梦认真说，“商深行要回去，你也能帮帮他。”

商谨言看了她一眼：“归根结底还是给深行谋个方便？”

陈梦抬头：“啊？”

“你为我考虑过吗？”商谨言虽然语气不重，目光却很凌厉。陈梦开始反思自己是不是说错话了，想了一会儿，才说道：“想过，可是你现在必须回公司。那是你妈妈的心血，现在公司有困难，你该回去帮忙，不然伤的是你妈妈的心。以后还留不留在公司，过了眼前这一关再说吧。”她伸手握着商谨言的手，“以商深行的性格，怕闹出不好的事。”

新公司刚刚起步，现在还要兼顾母亲的公司，商谨言会非常忙，陈梦说：“辛苦了。”

第二天，商深行飞回S市，具体和经纪公司怎么谈的陈梦不知道，第三天，他打电话过来问商谨言借钱。

一千万违约金，不小的数目。商谨言问：“什么时候还？”

“年底。”

商谨言把钱给他，随后联系到S市的护理中心就把苏敏转了过去。D城是二线城市，相对来说S市的各项条件都更完善，陈梦参加的比赛也马上就要开始了，他们都不会在S市停留多久。

很快商深行的经纪公司就公布商深行违约脱团，从此退圈的事。陈梦的电话又被打爆了，她十分莫名其妙，她什么时候成商深行的经纪人了？

比赛很快就开始了，赛制不变，十五进十，淘汰五个人。商深行的乐队因为商深行的退出，现在主唱换成了阿K，他临时顶了上去。但阿K的唱功，陈梦很早前就领教过，中规中矩，没有差错，但是也不出彩，想进十强有些难。

两人在化妆间碰到，阿K苦笑着摇头："行哥太任性了，他总是这样。"

"我没能说服他，抱歉。"

"和你又没有关系。"阿K说，"就是这个组合散了。我和行哥认识很多年了，我们一直以来的梦想就是成立一个红遍亚洲的组合。"

商深行就是那么任性，他一直都是那么任性，这么多年都没变过。他有钱交违约金，可阿K他们该怎么办？

"加油！"陈梦拍了下他的肩膀，"路总要走下去。"

商深行任性得超出了陈梦的预想，他大概心里是恨着商谨言和她的。突发性脑溢血的诱因有一条就是劳累过度，本来公司已经交给了商谨言，可他临时退出，苏敏只得自己负责了。曾经商深行劝过商谨言，但商谨言并没有回去。

大概因为赌气，他就放弃了音乐。

陈梦叹口气，心里很不舒服，可也没有办法。化好妆，陈梦今天换了一条裙子，走淑女路线了。她往外面走的时候碰到了徐薇，徐薇看了她一眼，目光有些复杂。

陈梦点点头，也没心思和她再多说什么。十五进十不再合唱，而改成两两单独PK。陈梦在上一期成绩不错，她率先抽签决定PK对象。拿到号码的时候，她不得不感叹一句冤家路窄，她再次遇上了徐薇。

她们是第一轮出场。徐薇选的是《Loving you》，她的声音很适合这首歌。徐薇是专业音乐学院的学生，她的声音非常完美。陈梦在等待期间双手合十压在嘴唇上，看着舞台。

一曲罢了，到陈梦了。她选的是一首藏族民谣，这是她的强项。她走上舞台拿起话筒，突然背景乐停了，现场一阵骚动。陈梦握着话筒回头看过去，有些慌乱。下面观众的声音越来越大。她听到编导说设备出问题了，节目组有些乱。陈梦让自己冷静下来。

她微笑面对观众："大家好，我是五号选手陈梦。"

观众席响起了掌声，她也算是有粉丝的。陈梦鞠躬，临时换了曲目，她的声音通过话筒传向观众席。

"这首歌，送给过去的自己。"

陈梦闭上眼，她动了下嘴唇，声音离开喉咙冲入了话筒，响彻整个演播厅。

"有时候我觉得自己像一只小小鸟——"

很俗气的一首歌，没有什么特殊的技巧，没有背景音乐，整个世界只有她一个人。

她不去想有多少观众的嘲笑，有多少喝倒彩的，有多少看不起她的人。她也不愿意去想，她站在舞台上，万众瞩目。她这条裙子和这首歌不太搭，她想着走到现在已经很好了。她从黑暗里走出来，从沼泽里走出来，她在所有人的唾弃中，迎风直立。

高潮部分，陈梦的声音全部提了上去，竟有些悲壮。陈梦唱完了整首歌，现场一片寂然。她鞠躬，声音低沉："谢谢你们的喜欢。"

没有背景音乐，在这样的比赛中意味着什么？陈梦不知道。她的大脑一片空白，什么都没想，可能她今天会被淘汰，可能她走不到最后，但那又怎么样？她至少敢站在这个舞台上，敢像三年前一样肆无忌惮，她做到了。

半晌后，观众席响起了雷鸣般的掌声，陈梦直起身看向评委，再次鞠躬。

主持人走了上来。进十强是直播，出这么大的事故，刚刚他们刚想插广告进来，没想到陈梦就开始清唱了。她唱得非常精彩，观众的情绪一下子就被带了起来，她的声音嘹亮，非常有感染力，力挽狂澜。

主持人鼓掌，看向陈梦的目光有了变化。陈梦胆子很大，太冒险了。她不是专业的歌手，竟敢在这样的情况下清唱。他和陈梦拥抱。

“进入投票区吧，加油。”

陈梦走到投票区，她看向徐薇，徐薇眸中的阴沉一闪而逝。陈梦微笑，含笑看徐薇，不为所动。

也许是商谨言给了她底气，在这半年来，她不再畏惧，不再缩头缩脑。她敢拼敢赌，敢站在舞台上直视对手，她和商深行PK都没输，怎么会输给徐薇呢？

评委投票，观众投票，陈梦静静地看着前方。全世界的人都看不起她，又有什么关系？

“成绩出来了！”主持人喊了一声，突然笑起来，“恭喜陈梦！成功晋级。”

全场的观众都叫了起来，声浪盖过音乐声，陈梦回头看到自己的成绩，分数超过徐薇很多，她扬起嘴角，抬起下巴。

陈梦，你没有低入尘埃。陈梦，你也可以堂堂正正做人，堂堂正正比赛，站在最高处。

陈梦挥了挥拳头，然后走向徐薇伸手和对方拥抱。如果不是直播，不是在众目睽睽之下，徐薇想咬断她的脖子。走下舞台，陈梦松开徐薇就往后台走去。徐薇喊了一声。

陈梦回头指了指她身后，她回头看到了摄像机，把所有的话都咽了回去。

陈梦晋级了，她挺直腰杆走向后台，有工作人员把手机递过来。陈梦看到有个未接来电，刚想打过去，电话再次响了起来，陈梦接通："商谨言。"

"怎么样？"

"快结束了。"

电话那头突然掀起了一阵声浪，尖叫声很大很吵。

陈梦一怔："你来了？"

"嗯，我去找你。"

陈梦嘴角扬起来了："我在后台，你过来吧。"商谨言过来了？他看到她唱歌了吗？商谨言不是很烦这种人多的场合吗？陈梦忍不住想笑，真是个口是心非的人。

之后她坐在等待区看演出，她在等阿K出场。等待区还有几个人，他们本来在说话，突然都安静了。陈梦想说什么，回头就看到商谨言，他最近在做康复训练，腿已经能走路。他穿着黑色衬衣与黑色西装裤，面容冷冽。陈梦在短暂的停顿后，站起来跑过去，撞进了商谨言的怀里，搂住他的脖子就亲。

等待区还有摄像师，一下子陈梦成了焦点，其他人张大了嘴。她在高度紧张之后，都会发疯。商谨言已经习惯了，连忙抬手捂住陈梦的脸，低声说："在外面呢。"

其他人都笑了起来，陈梦现在飘飘然，感觉脚下都是棉花。她在商谨言手上亲了一口，搂住他的脖子："看到了吗？"

“看到了，过了，恭喜。”

“这是你男朋友？”摄像师问道。

陈梦拉过商谨言，面对镜头，点头：“他是我丈夫，我们已经结婚了。”

“恭喜恭喜。”

陈梦拉商谨言坐下，等待接下来的比赛。商谨言取出一瓶水，拧开递给陈梦。陈梦喝了一口，放回去：“谢谢。”

“还需要多久？”他的声音不大，这里有很多人，他也不会做太出格的事，陈梦毕竟是公众人物。

“大概半个小时。”

商谨言长腿长手，坐在这边显得有些拘束。刚刚陈梦站在舞台上，寂静无声的时候，他心里是揪着的，就怕她出了差错。他是不喜欢陈梦出风头，不喜欢陈梦走这条路，可这不代表他希望陈梦输。

陈梦的表现很惊艳，让他震惊。她变了很多，和三年前的她很像，可又超越了三年前。

商谨言握着陈梦的手，看向电视屏幕，一直到比赛结束。陈梦还有个访谈，就让商谨言去停车场等她。

商谨言揉了下她的头发，转身大步走了。陈梦的访谈安排得很靠前面，她现在已经完全不紧张了，坦然面对镜头。

“少爷退圈的事你怎么看？”

“我很遗憾，但是我尊重他的决定。”陈梦说。

“之前网上有传闻说你和少爷的那场比赛是少爷让着你，你怎么看？”

问题有些尖锐，陈梦立刻就笑了，斟酌了一下用词后说道：“如果他会在比赛的时候让，那他就不是商深行，也不尊重比赛规则。虽然说友谊第一，比赛第二，但规矩就是规矩，要有竞赛精神。”

“那就是没有让了？”

“我相信他没有让。”

“那是你的唱功比少爷好，所以才会赢？”

这不是找碴吗？陈梦看着面前的记者，依旧微笑：“不能说谁好谁坏，只能说，我们两个人对那首歌的理解不一样，评委老师和观众的喜好偏向于我。”

“你有信心拿冠军吗？”

“信心没有，这里的每个人实力都很强。”陈梦说，“我会尽我最大的能力去唱好每一场，谢谢。”

“最后想对你的粉丝说什么？”

“谢谢你们的支持，我才走到如今。”她双手合十，“谢谢。”

访谈结束，陈梦出了演播厅往停车场走。进了十强，无论后面在第几被淘汰，她都算成功了。

外面有等待的粉丝，陈梦和他们合照、签名后才匆匆赶到停车场。她看到商谨言的车在入口处，连忙跑过去拉开车门，身后有粉丝追来。陈梦上车关上车门，对司机说道：“走吧。”

商谨言回头看了一眼，摸了摸陈梦的脸：“那些都是你的粉丝？”

“是啊。”

陈梦回头抱住商谨言就吻了上去，她很热情，丝毫没有觉得羞耻。在舞台上，她觉得有什么东西冲出禁忌，释放了她的元神。

商谨言在短暂的停顿后，扣着陈梦的头就加深了吻。吻得陈梦差点起火把商谨言就地解决了，她才松开商谨言：“你什么时候过来的？怎么不告诉我？我以为你不过来了呢。”

“想看看你就过来了。你表现得不错，”商谨言擦过陈梦的嘴唇，笑道，“拿冠军有希望。”

“不想那么远。”陈梦说，“今天和徐薇分一组就被整成那样，真要到拼冠军的时候，如果威胁到她，估计她会下死手。”

“她不敢。”商谨言揉了揉陈梦的头发，语气缓慢，听不出喜怒。

“不敢？”陈梦看商谨言，笑了起来，“是吗？”

“我还没死呢，谁敢动我太太？”商谨言的声音低沉，他缓缓地说，“今天是最后一次。”

陈梦扬眉：“不至于吧？你还要报复回去？”夫妻同仇敌忾是好事，但是这么拼背景，有点过了，“不过是个小比赛，没必要啊。”

“你想什么呢？”商谨言敲了她一下，“没必要什么？”

“你去和节目组打个招呼，换了赞助商什么的。”

“想得挺美。”商谨言手搭在陈梦的肩膀上，偏头看窗外，“那需要很多钱，一个小比赛不至于，我们公司目前也没有需要代言的产品。”

“商人本性。”陈梦摇头，一副痛心疾首的样子，“我以为你会帮我拿钱砸人呢。”

商谨言掐了掐她的脸：“别做梦了，有那个钱不如给你开个唱片公司，自个玩。砸他们干什么？吃饱了撑的？”

陈梦现在不拿冠军会比拿冠军更好，更有商业价值，也更有话题。她选择唱歌就是想做一份属于自己的事业，可她不愿意像商深行那样，把自己的前途放在别人的手里，所以开唱片公司是必然趋势。

“你觉得我可以在这方面发展下去？”

“只要你想做、敢做，不要半途而废，我支持你。”

陈梦搂住商谨言亲了一口："我爱你。"

这是她第一次真情实意地说这句话，商谨言回头，漆黑深邃的眸子凝视她许久，嘴唇落在她的额头上，声音低沉："那就一直爱我吧，你想要的东西我都能给你，以后也只准爱我一个人，不能变心。"

陈梦心一沉，有些心疼。商谨言对他们的感情始终抱着怀疑的态度，他不太敢相信她真的能全心全意地爱他，毕竟，过去有太多的欺骗。

陈梦抱住他的脖子，下巴搁在他的肩膀上："那你爱我吗？"

"嗯。"

"嗯是什么意思？"

商谨言敲了下她的头："晚上想吃什么？回家吃还是在外面吃？"

陈梦从他怀里出去："别转移话题，你——"她看着他的眼睛，踌躇着，"你对我到底怎么想的？"

商谨言的目光变得严肃，半晌后他开口："如果我不爱你，对你没有感情，我不会等你这么久，也不会和你纠缠这么久，更不会和你结婚，心甘情愿被你利用，懂吗？"

陈梦的脸一热，她移开视线。她骗过商谨言那么多，他却依旧跟她好，还不能说明问题吗？

下午时分，夕阳西斜，余晖照射大地，为这座城镀上了辉煌的颜色。他们直接回家，下车的时候，商谨言突然伸手捏了下她的脸："我爱你，自始至终。"

陈梦的心脏瞬间跳得飞快，她咽下唾沫，抿了抿嘴唇："商谨言？"

商谨言拿着拐杖往家走，陈梦追了上去，嘴角上扬：“喂，你跑什么？等等我。”

话音刚落，眼睛就扫到了不远处停着的跑车，她问：“商深行过来了？”

商谨言眸光微动，步子放慢，看了一眼，蹙眉：“他不应该在D城吗？过来干什么？”

陈梦握着商谨言的手往里面走，说道：“你爸那边现在怎么样？什么时候能回来？你妈似乎很想见他。”

“下个月吧，他想提前退休。”商谨言的语气沉了下去，他也没想到父亲会为了母亲放弃唾手而得的功名，父亲谋划了那么久，最终还是放弃了，“我妈的病需要长时间休养。”

苏敏已经被接了回来，康复中心那边出人过来上门照看。房门没关，商谨言推开门进去，接过陈梦的包放在柜子上，然后撑着拐杖换鞋。

陈梦扶着他：“你爸妈的感情真好，他很为你妈妈考虑。”

“他们很相爱。”

陈梦换了鞋走进去就看到坐在客厅的商深行，他瘦是瘦了，不过气色好了很多，正和琳琳在下棋。

商谨言进去后坐下，看向商深行：“怎么过来了？D市的事你做好了？”

琳琳连忙放下棋子去给陈梦和商谨言倒水，十分乖巧：“阿姨叔叔，你们喝水。”

“谢谢。”

商谨言喝了一口水，看向商深行：“几点到的？怎么不提前说一声？”

“刚到。”他玩着棋子，也不看商谨言，只对琳琳说道，“你还来吗？”

琳琳摇头：“不玩了，我去看书。”

商深行身子后仰靠在沙发上，把棋子扔到棋盘上，打散了棋面，觉得没意思。

“我过来看看妈。”

商谨言回头看客厅没发现母亲的身影，刚要问，商深行看懂了他的意思，说道：“妈累了，刚睡着。”

商谨言说：“公司熟悉得怎么样？能不能上手？D城是公司总部，骨干精英都在那边，你想让他们服，就得拿出真本事来，干点实事。”

商深行低着头也不说话，他不知道商谨言知不知道，也许知道了假装不知道。他在公司混不下去了，没人服他，他什么都做不成。“哦，我知道怎么做，不用你教。”

商谨言抬眼打量商深行片刻，说道：“晚上在这边吃饭吗？”

“我想明天回去。”

“那好，我让阿姨准备你的房间。”商谨言站起来和阿姨说了一声，就要上楼。

商深行看向陈梦：“恭喜了。”

“进十强不算什么。”陈梦说，“阿K也进了十强。”

商深行的目光有些恍惚，他靠在沙发上，迷茫了一会儿才开口：“是我错了。”

他本来就错了，不过现在知道不算晚，陈梦说：“既然决定在公司上班，那就好好工作，别再想音乐了。”

商深行叹口气，打开电视胡乱调台：“也许吧，你说得很对，选择了就要负责到底。”

陈梦是个不喜欢坐办公室的人，她对工作没有一点兴趣，不过商深行既然选择了，她也不给他泼冷水。

“祝你早日成为成功的商人。”

商深行揉了揉头发，有些烦躁地开口：“我不如商谨言，他们根本不听我的话。”

陈梦给不了他太多建议，准备离开。

商深行胡乱地调台，说道：“小心徐薇的报复，今天的意外和她脱不了关系，你注意着点吧。你走到现在已经是意外了，后面几乎都是内定的，你想出线并不容易。”

陈梦点头：“我心里有数。”

商深行低头看着手指，半晌后他摸出烟盒取出一支烟点燃。陈梦起身：“我去厨房看看，该准备晚饭了。”

商深行扭头看过去：“喂，陈梦。”

陈梦看过去：“怎么？”

“你想在唱歌上有发展吗？”

陈梦一顿，一时间不知道该怎么回答商深行这个问题。于是她没有说话，只看着商深行。

“只是唱着玩玩那当我没说，如果想有发展，这段时间是最好的出名机会。有靠谱的公司找你签约，那就签，签了公司才有人捧你。”

“我有别的打算。”陈梦和商谨言的想法比较贴近，与其把自己的前途放在别人手里，不如自己掌握，“你看电视吧，我去厨房了。”

吃完晚饭陈梦就回房间了，昨天她有些失眠，今天想早点睡。

商谨言和商深行在客厅聊天，还是聊工作，商深行忍不住，想问商谨言当初怎么在公司适应下来的。

陈梦换了衣服进浴室，洗到一半听到敲门声，她连忙去扯浴巾：“等会儿。”

“陈梦？”

陈梦的浴巾被淋湿了，她连忙关掉水：“干什么？”

“我进去了。”

陈梦：“啊？”

陈梦还没回过神，门就被推开，她瞪着眼看商谨言。商谨言进门反锁上洗手间门，靠在洗手台上眯了黑眸看她。氤氲雾气中，陈梦的脸泛着红，黑白分明的眼湿漉漉的，十分诱人。

“我还没洗完。”陈梦话音刚落，胳膊上的泡沫就掉在了地上。她摸了摸鼻子，见浴巾摇摇欲坠，连忙抓着浴巾：“你进来干什么？我洗完就出去。”

商谨言没有出去，反而解开了衬衣扣子：“一起洗。”

陈梦被他的无耻给吓到了，想出浴室，热气让她喘不过气来。她没走出去，就被商谨言拉住反身压在了洗手台上，后背抵着洗手台。她抬起头：“商谨言，你不至于吧？去房间……”

第二天商谨言起得比较早，陈梦睁开眼看到他穿衣服，翻了个身，趴着闭上眼：“你起这么早？几点？”

“不早，你快点起床。”

陈梦拉起被子盖住头，她有起床气，恶声恶气地吼了一句：“我不这么早出门，我困。”

“快点，回来再睡。”

“干什么啊？烦不烦啊你！”

“去医院做检查。”

陈梦闭上眼："做什么检查啊？我身体很好。"

商谨言把她从被子里扒出来，说道："看看能不能现在要孩子。最近公司事情比较多，做完检查我还要去公司。"

"我不想现在要孩子。"陈梦不肯就范。商谨言掀开被子，拿过陈梦的衣服帮她穿："听话，快点去检查。"

陈梦不情不愿地起床，真是痛苦得不行不行的。

"怎么现在想起来去做全身检查？"

"该要孩子了！"

陈梦想到昨晚的荒唐，那么疯狂的时候，他都记得做安全措施，可能是真怕两个人身体不好，生出来不健康的孩子。

"你停药了吗？"

"嗯。"

"你戒烟成功了吗？不抽烟不喝酒？"

商谨言拎着她往楼下餐厅走："吃完早饭就去，检查回来，我不会再抽烟，你监督。"

"戒烟很痛苦。"陈梦拉住商谨言的手，"你考不考虑，你不戒烟，我也不要孩子？"

商谨言停下脚步，回头注视着陈梦大约有半分钟，然后一字一句道："做梦。"

应商谨言的要求，他们做了全身检查，检查结果要第二天才出来。商谨言要回公司，看向陈梦："你跟我去公司，我中午再送你回去？"

陈梦立刻摇头："那我打车回去吧，我很困，回家睡觉。"

商谨言蹙眉："睡太多不好，你现在需要适量的运动，跟我去公司吧？"

陈梦的头摇成了拨浪鼓："不。"

"这么抗拒？理由呢？"

陈梦挠挠耳朵，笑道："你不是不喜欢我去你公司吗？上次去脸都丢干净了，我不去。"

那时候他们闹别扭，陈梦去找商谨言被他训了一顿，还被他的助理欺负，被前台嘲笑。

"什么时候丢脸了？"

陈梦看着他，不说话。他是不是有健忘症？大脑也跟着受伤了？

"跟我走，别闹了。"商谨言拉陈梦，她挣脱他的手，直视他："你当我是傻子？你禁止我去你的公司，你在你的员工面前都说了，我去多丢脸。"

他们对峙片刻，商谨言说："真不去？"

"不去。"

商谨言松开陈梦，转身就大步走，走出大约五十米，回头喊道："过来。"

陈梦抬起下巴："我不去，是你不让我去你公司，现在还吼我，我不想跟不讲理的人在一起。"

商谨言折回来，拉着陈梦就走，简单粗暴："我错了行吗？我明天开会说我对不起我太太，闹别扭时说了不让她来公司的话。"

陈梦"扑哧"笑出声，跟着他往前走："认错态度很重要，你要早这么说不就好了？"

见她得了便宜还卖乖，商谨言点头："对，我错了。"

陈梦握住他的手："我也是要面子的好吧？不就是想让你哄哄我嘛。"上次被他训得跟狗似的，她一点面子都没有。

商谨言捏住她的脸："哼！面子？上次为什么你心里清楚。"

陈梦不作了，老账翻起来没完。

两个人上车，商谨言吩咐司机去公司。他伸手整理陈梦的衣服，咳嗽一声：“那些事都过去了，你还记着呢？”

“不记了不记了，再记我怕明天上头条——某商姓男子因和妻子发生口角，出手把妻子打死。”

商谨言顿时被气得说不出话：“你是真欠揍了？我什么时候动过你？”

陈梦扭头看窗外，商谨言拉着她让她面对自己，说道：“之前的事放在你身上你生气吗？嗯？”

陈梦：“旧事确实没提的必要，不过，商谨言，以后在外面能不能给我点面子，不要一言不合就提着我走？我不要脸了？”

商谨言无言以对，半晌后抬起大手掌压在她的脸上：“你什么时候要过脸？”

陈梦跟商谨言进了公司，刚走到楼层，小秘书就连忙迎了上来：“商总。”然后视线一拐落到了陈梦身上，有些诧异。

陈梦目光淡然，跟高傲的天鹅似的，走在商谨言身边。

商谨言点头，进办公室，指指窗户边的小沙发：“随便做什么，别弄出太大动静就行。中午一起吃饭，吃完我送你回去。”

陈梦走过去放下包，倒了杯水，拿出iPad，把耳机戴上：“你忙吧。”

商谨言最近非常忙，也没跟陈梦客气，接了个电话，拿着开会的资料就要出办公室。

“你去哪？”陈梦喊了一声。

商谨言抬起手腕看时间：“我得开会，你在办公室待着吧，一会儿我过来接你。”

“好吧，你去吧。”

商谨言离开了，办公室恢复平静，陈梦打开微博看到头条是“《最美声音》选手陈梦力挽狂澜，逆袭晋级”。

陈梦打开视频，看到的是自己唱歌那段。说实在话，她清唱这首歌非常有感觉。她就这么听着，一首歌听完，热泪盈眶。镜头扫到观众席，观众席上竟然有人在哭。

这条微博转发过万，评论过两万，还有好几万的点赞。这么高的热度，陈梦简直怀疑唱歌的是别人。她靠在沙发上，点开评论，夸的人比较多，不过也有骂的，骂她炒作。

她有必要这么炒吗？把自己的背景乐掐掉？陈梦注册小号怼了回去，她现在无所畏惧。

陈梦继续翻，发现关于她的新闻还不少，《最美声音》的其中一个评委老师针对昨天她的表现发表了意见。

“陈梦是个进步非常迅速的选手，她的表现让我惊艳。她在音乐方面的造诣，绝非传言中那么肤浅。”

陈梦不知道这条是什么意思，继续往下翻，然后就看到了一个八卦号黑她。

“陈梦踩着少爷上位，自称草根，实际上是后台雄厚的一个选秀歌手。海选时候的失声，现在的力挽狂澜，是炒作还是真的失误？”

配的两段视频，一个是陈梦海选时候的表现，那时候她确实因为紧张而失声；一个是昨晚她的清唱，被指为炒作。

内容也很过分，陈梦继续翻下去。

“陈梦本人是思杰总裁沈冰的女儿，嫁的丈夫是商谨言，其资本雄厚，从她开始参加录制起，这位先生一直出现在镜头内……这场选秀是真的《最美声音》，还是所有人都去为这位真正的公主抬轿子呢？选秀选的是秀，还是‘秀’呢？”

这条微博转发三万，评论过五万，点赞都十万了。陈梦气得差点断气，这都能胡扯？商谨言全家都被扒了。不过博主也很聪明，没有让商深行出镜，毕竟商深行的粉丝战斗力比较强，真能弄出人命。

陈梦有些不能忍，记下这个大V的ID，想告他了。这人胡说八道，商谨言有没有背景，和她唱歌没有一毛钱关系！

陈梦继续翻微博，关于她的话题有很多，有骂有夸，她怕自己再看下去会气死，便找了几首歌点开。

手机响了起来，陈梦取下耳机接通电话，眼睛还在看电脑屏幕上的歌词。

“姐姐。”

陈梦蒙了几秒，立刻把手机拿到眼前，看清楚来电显示后才把电话放回耳边，声音也冷了下去：“陈雅？你找我有什么事？”

“我们很久没有见面了，有时间吗？见面聊聊。”

“没有。”陈梦要挂电话。陈雅说：“你怎么去参加唱歌比赛了？妈妈很不高兴，商家愿意你出这风头？”

“与你何干？”

陈梦挂了电话，扔下手机继续听歌。电话再次响起，陈梦这回看了来电显示才接通。

“喂？”

商深行说：“刷微博了吗？”

“嗯，怎么了？”

“有人黑我们家，告吗？”

“告啊。”陈梦笑了笑，窝在沙发上按了按肩膀，“我马上和商谨言商量商量。”

“这种营销号就是收钱办事，后面肯定有人。”

“嗯，看得出来。”陈梦说，“我得罪的人太多，一个个去揪太难了，只告营销号。而且这种新闻，对你爸爸会不会有影响？”

“不知道，我问问看。”

陈梦挂断电话没多久，再打开微博，就发现那条微博被屏蔽了，所有关于讨论商家的事全部被屏蔽了。陈梦张了张嘴，心想这有点牛了。

陈梦的下巴都要掉了。十一点商谨言回来了一趟，他在办公室接电话，对方不知道说了什么，他面色严肃：“好，我知道。”

挂断电话后，商谨言看了眼陈梦：“网上发布任何关于你的消息都不要回应。”

“谁的电话？”

“我爸的。”商谨言说。

“你爸都知道了？”

商谨言最近很忙，也没有刷微博的习惯，商祺跟他联系时他才知道这事闹得有点过分。他沉着脸点头：“你不用回应，我会处理。”

“你的工作忙完了？”

“没有。”商谨言翻着文件，一边对比着电脑上的数据，迅速地整理资料，一边说道，“你再等我一会儿，中午一起吃饭，吃饭的时候再聊我爸这件事。”

他拿着资料匆匆出门。这一等等到下午三点，陈梦饿得差点晕倒。商谨言一边对秘书吩咐着接下来的工作，一边进了办公室，骤然看到陈梦，立刻抬手去看时间。顿了几秒后，他挥手让秘书先离开，关上门：“你一直在等？没去吃饭？”

陈梦瘫在沙发上：“你这回忙完了吧？再不结束我要饿死了。”

商谨言把文件放回去，拄着拐杖往门口走：“那走吧，先出去吃饭。”

陈梦走过去拉住他的衣袖，说道：“很忙吗？”

“有个工程出了点问题，一直在协调，最近问题很多。我妈和我的经营理念完全不同，这中间出了很多问题。”

“辛苦了。”陈梦看到他眼底的血丝，有些心疼，他最近忙得过分了。

他们路过秘书室，秘书看了陈梦一眼，然后冲商谨言点头：“商总。”

陈梦走到电梯口，回头看秘书室方向，说道：“你那助理看起来不大的样子。”

“刚招的应届毕业生，怎么了？”

陈梦收回视线：“长得挺漂亮。”

商谨言拧眉，也回头看：“嗯？”

商谨言的审美似乎有点问题，他没看出来那个秘书美在哪里，觉得就是普通的长相。因为勤奋也肯学，作为秘书她是合格的。

“嗯什么？你不觉得好看？”陈梦微笑面对商谨言，“年轻漂亮，大眼睛高鼻梁。”

这回商谨言听出来味了，捏着陈梦的脸，瞪她：“你这脑袋里一天到晚都想的什么？就是个同事，好看不好看和我们有什么关系？”

电梯上来，陈梦扶着商谨言走进去，笑道：“满心满腹想的都是你。”

电梯门关上，商谨言俯身在陈梦嘴唇上亲了一口，揽着她的肩膀靠着：“别瞎想，我要把秘书都换成男的，你是不是还要怀疑我的性取向？”

陈梦乐了，点头："值得怀疑。"

商谨言简直想把陈梦踢出去，这浑蛋："你想死是吗？"

好看不好看这个事，因人而异，商谨言就觉得陈梦挺好看，符合他的审美，有眼缘。

陈梦笑出了声："我这还不是太喜欢你，才到处吃飞醋？"

商谨言满意了。出了公司，商谨言把钥匙递给陈梦："你开车。"

"吃什么？"

"附近有个中餐厅还不错。"

陈梦把车从地下车库开出来，外面下起了淅淅沥沥的小雨，打在玻璃上，蒙上了一层水雾。

陈梦打开音乐播放器选了一首歌，手指轻轻敲着方向盘，说道："你觉得我唱歌怎么样？"

"可以。"

陈梦说："我这个事对你爸爸影响大吗？"

"反正他都要退下来了。"

陈梦若有所思："那些人别有用心，要不我退出比赛吧？我们家也不适合出风头。"

"退出更招人口舌。"商谨言说，"这事你就别管了，我爸那边已经负责查了。"

陈梦不知道商祺会怎么查。商祺出手，这件事非同小可。她以后唱歌的道路还能走吗？会不会惹麻烦？握着方向盘，陈梦看向远处。过了大约十分钟，她看到路标，打了一把方向盘，在路边停车。

"到了，你先下车去店里，我去停车。"

商谨言没下车，看着陈梦一会儿，说道："你担心？"

陈梦抿了抿嘴唇，抬头："如果影响到你的家人，我会选择退出。我最初选择唱歌是想要一份事业，想做出一份成绩，可如果因此殃及其他人，我宁愿不要，什么都不要。"

"我知道了。"商谨言说，"停车场在里面，我陪你过去吧。"

商谨言犹豫了，他完全可以借着这个理由让陈梦退出比赛，待在家里，做全职太太。他年纪不小了，想要孩子，等生个孩子，陈梦做全职太太挺好的。

面对陈梦的目光，他说不出口，也做不出这种趁火打劫的事。陈梦太喜欢唱歌了，比赛的时候，他看到了一个鲜活的陈梦，一个怀抱梦想的姑娘。她热情似火，热爱着音乐。

烟雨蒙蒙，商谨言拿出一把伞撑在陈梦的头顶。他揽着陈梦的肩膀往餐厅走，她也小心翼翼扶着他，怕他因为腿不好而摔倒。

进了餐厅，商谨言点菜，陈梦捧着杯子喝水。

"你希望我走音乐这条路吗？"

商谨言点完菜把菜单还回去，老实说道："说实在话，我希望你能回家。"

陈梦就知道，商谨言就是这么想的。他想娶个老婆，在家做家庭主妇。

"我年纪不小了，我想要个孩子。你做事业的话，可能会兼顾不了。"商谨言说，"再等几年，你野心更大，怕是收不了心。我挺喜欢小孩，也想要我们两个的孩子。"

陈梦握着茶杯，商谨言很坦诚，他确实一直很想要孩子。等检查结果出来，如果两个人身体都健康，陈梦就没有任何理由不要孩子。

事业和家庭不能兼顾，这是一个非常现实的问题。

陈梦把水喝完，点了点头："我知道了。"

“家庭需要经营，婚姻是两个人的事，你喜欢唱歌，我尊重你的选择。”商谨言说，“我会支持你到底，因为你喜欢。”

陈梦放下杯子，握住他的手：“谢谢。”

“这件事应该影响不了我爸，网上那些人胡说八道若能当真的话，就没有王法了。”

陈梦点头，随即说：“商深行在公司怎么样？”

“从头开始，什么都得学，分公司的人说他虽然脾气暴躁，但还算认真。”

“他不做音乐挺可惜，非常有天赋的一个人。”

商谨言有一下没一下地敲着桌子，说道：“他没有定性，做事冲动，又没有明确的目标，进公司磨炼几年也好。二十六了，也得学学负责任三个字怎么写了。”

商深行最大的毛病就是不负责任，不管对感情还是对生活、对工作，他都是那副态度。这样的人，做什么事都难。

“晚上早点回去，你妈应该挺想见到你，你多陪陪她吧。”想到苏敏，陈梦心情就很差。苏敏现在看起来很可怜，又成了那样。虽然有看护，但是她说话不利索，不能走路。曾经的商界女强人，现在却是个废人，她虽然什么都没说，但陈梦可以看出来她的失落。

“我知道了。”

吃完饭，陈梦把商谨言送到公司就接到节目组的电话，说有声乐培训，她就赶了过去。

晚上下课比较晚，天也下起了大雨。陈梦站在门口有些为难，这边打车困难。她今天应该把商谨言的车开过来。她还没带雨伞，淋雨肯定要感冒。她十分忧郁，最不喜欢下雨天。

空气潮湿，她穿的裙子，风吹过，她立刻缩起了脖子，十分的冷。

她等了大约十分钟，依旧没有车过来。陈梦拿出手机刚要打给商谨言，电话就响了起来。来电的是沈冰，陈梦拿着手机的手顿住，拧眉。沈冰给她打电话？又有什么事？

电话铃声锲而不舍地响着，响到第二遍，陈梦接通："喂？"

沈冰焦急的声音冲入耳朵，混合着暴雨声显得格外仓促："你能回D城一趟吗，现在？"

"不能，有事吗？"

"你弟弟的病复发了，梦梦，你就这一个亲弟弟，你得救救他。梦梦，你现在回来好吗？"

密集的雨滴砸在地面上，发出声响。雨幕沉重，陈梦抿了抿嘴唇。远处响起了汽车喇叭声，陈梦抬头看过去，一辆黑色汽车开了过来，看起来有些熟悉。

以前她想过这个问题，如果陈聪再发病，她管不管？在沈冰苛待她的时候，她恶毒地想陈聪的病再发作吧，到时候沈冰得求她，而她不会再救。

沈冰从监狱里把她接回来，又不是没有条件，沈冰要她的骨髓。沈冰凭什么看不起她？没有她的骨髓，陈聪能活吗？而且她成了现在的样子，难道沈冰没有责任？

陈梦深吸气，冷气涌入肺中，微微发疼："当初为什么把我扔了？"

电话那头的人沉默着。汽车在不远处停下，一个身材高大的男人走了出来，他一只手拄着拐杖，另一手打着黑色的雨伞，穿过雨幕朝她走来。

陈梦笑了一声，不知道是讽刺谁："你把我从监狱里接出来，我救弟弟的命，那时候就两清了。"

"我给你钱——"

"我不缺钱，我嫁给了商谨言，你觉得我还需要钱吗？"

"梦梦——"

陈梦的心脏猛地揪紧，她突然很烦躁，很痛苦。她不想再听沈冰说什么，挂断电话，把手机装回口袋，大步朝商谨言走过去。雨水打在脸上生疼，她冲下台阶飞奔过去，撞进商谨言的怀里，紧紧抱住他的腰。

商谨言站稳，低声斥责她："怎么不等着我过去接你？衣服都湿透了，这几步路你还跑过来？冷不冷？"

陈梦的脸贴在他的衣服上，她还抱着他，一言不发。商谨言没多余的手，也不知道她这是怎么了："先上车吧，怎么了？还赖在怀里不出来了？"

雨砸在伞面上，砰砰作响。陈梦也不说话，停顿了一会儿才松开商谨言，和他往车的方向走。上车后，陈梦看到他的肩膀被淋湿，连忙抽出纸帮他擦。商谨言吩咐司机："回家。"转过头，黢黑眸子盯着陈梦，开口，"怎么了？"

这反应不会是他来接她激动的，她眼睛有些红。商谨言拿了西装外套罩在她身上，她穿得少，衣服被雨淋湿后成了透视装。

陈梦裹着他的外套，拿纸巾擦头上的水，并不想回答这个问题，转移话题："你怎么来接我了？"

"你没带伞，怕你淋雨，可还是淋到了。你也太冒失了，这天气很容易感冒。"

车厢内很安静，他的声音低沉，陈梦心脏都跟着他的声音颤动。陈梦擦干脸上、头上的水，转头看窗外，脑子里很乱。

陈聪真的出事了，她该直接拒绝的。突然车厢里响起清唱的《小小鸟》，陈梦的嗓音在车厢内回荡，她看看自己又看商谨言。商谨言拿出手机接通，清了清嗓子掩饰尴尬，然后对电话那头的人说：“嗯，二十分钟后能回去。”

挂断电话，商谨言把手机揣回口袋。陈梦扬眉，心情因为商谨言设置的这个铃声而愉快：“这首歌很熟悉啊。”

商谨言以前的手机铃声是出厂标配，怎么突然就换了？

“这么听，我唱得还不错。”陈梦笑了起来，商谨言够捧她的场。

“还行。”商谨言言简意赅。

陈梦憋着笑：“只是还行吗？我这么差？”

“挺好。”商谨言又夸了一句。

陈梦转身抱住了他，把头放在他的肩膀上：“夸得这么敷衍？”

商谨言扬眉：“别得寸进尺。”

陈梦笑得花枝乱颤，车外的雨声都变得欢快起来。她圈住商谨言的脖子，闭上眼。

到家的时候雨停了，两人进门。阿姨已经准备好了饭菜，陈梦走向餐厅，没看到苏敏，问道：“阿姨呢？睡觉了吗？”

“回房间了。”

陈梦拉开椅子坐下吃饭，商谨言在对面坐下，问阿姨：“我妈晚上吃了多少？”

“发了脾气，把碗砸了，也没吃多少。”阿姨叹口气，说道，“她心里不舒服。”

商谨言也知道她心里不会舒服，突然变成现在这个样子，谁心里也不会舒服。她需要一个康复的过程。他沉思片刻后说道：“麻烦你了。”

“您太客气了。”

阿姨回房间，陈梦语气也沉了下去，说道：“要不我们找个时间带她出去走走？”

“她要面子，不会想让外人看到她现在的样子。”商谨言说，“再说吧。”

那是商谨言的母亲，陈梦不好说什么，给他盛了汤便低头吃饭。吃完饭陈梦就上楼了，马上就要进行十进九的比赛了。《最美声音》播出后确实是红火了，选出十强后，比赛全部是直播，每周五晚上竞赛开始。时间非常紧，陈梦进书房后就戴上耳机找合适的音乐。

楼下苏敏的房间，商谨言让看护先出去，他走过去给苏敏按摩手脚：“晚饭没吃？”

苏敏瞪他一眼，他笑了笑：“还气呢？”

苏敏眼睛瞬间红了，呜咽了一声。商谨言叹口气：“深行回公司了，他挺认真学的。”商谨言握着苏敏的手，“公司你就不用操心了。”

苏敏还看着他，费力地说道：“你爸——呢？”

“他快退休了，现在不好接你去B市，过段时间就回来了，你放心吧。”苏敏闭上眼，商谨言心情复杂，把她的手盖进毯子里，“你早点休息。”

商谨言要走，她一把抓住商谨言的手，看着他，咬着牙似乎想要说什么。商谨言停住脚步，回来蹲下：“你想说什么？慢点说，别急。”

“我是报应。”

商谨言的心顿了一下，他握紧了苏敏的手：“胡说什么！好好养病。”

苏敏的后遗症非常严重，半边身子都不能动，手脚、嘴巴都不听使唤，她用力说道："我的病和你们没有关系……不用内疚。"

"妈——"

"我想——回D城。"

商谨言看着苏敏，她还是不能接受陈梦吗？他选择谁，和谁在一起，那是他的人生。他没想到事情会发展成这样，他的喉咙滚动，声音低沉得发哑："我们跟你回D城。"

"不。"她拧眉，抓得商谨言有些疼，"分开。"

他们目光对峙，漫长的沉默后，商谨言松开她的手："好，等你身体好些我就送你回去。"

陈梦一边听歌，一边抽出纸笔在纸上记着音符。她对音乐是痴迷的，之前的每一份工作都让她感觉到压力，只有音乐，她能完全地沉浸进去，并且享受这个过程。

商谨言洗完澡还没看见陈梦，于是就走向书房，推开门就听到她唱歌的声音，不禁抬头看过去。陈梦戴着耳机，手一下一下地敲着桌面，哼着歌，整个人神情放松。

商谨言走到她面前，拉开椅子坐下，她这才抬头，脸上有一瞬间的愣怔。傻乎乎地愣了几秒后，她这才取下耳机："你什么时候来的？"

商谨言站起来拄着手杖走到她面前，倚靠在桌子上，低头看她："你唱的什么？"

"随便哼的。"陈梦迅速把手里的纸翻过去，脸瞬间红了，哼歌的时候被人看到，她脸上有些挂不住，"你进来不敲门？"

"敲门了，你可能没听到。"商谨言面不改色，目光落到她身上，“写的什么？还不能给我看？”

“不能。”陈梦立刻摇头，站起来，“走了。”

商谨言穿着浴袍，松垮垮地系着带子，露出一大片肌肤。他住院那段时间白了不少，整个人从糙汉变成了精英，陈梦看了一眼就移不开眼。

“你不冷吗？”

窗外又开始下雨，雨打在玻璃上发出声响，商谨言按住她的肩膀把她拉到怀里，低头亲她的耳朵：“不冷。”

他的嗓音沙哑，身上有剃须水的味道，很清淡。陈梦往前走了一步就碰到了他的大腿。商谨言扬眉，下巴搁在陈梦的肩膀上：“唱得不错。歌词是什么？你写的？”

“不告诉你。”

商谨言最近突然转性了，温柔得让陈梦有些怀疑他身体里的灵魂是不是换了。陈梦靠在他怀里，他闭上眼：“再唱一遍。”

他的声音低沉沙哑，在这样的雨夜里显得格外深沉。陈梦抱住他的腰，笑道：“不许笑我。”

“不笑。”他认真道，“我不懂音乐，外行人没资格评判。”

陈梦哼着歌词，很简单的旋律。待她哼到第三遍，商谨言抱起她放在桌子上，低头亲她的额头：“歌词写得不错。”

陈梦抬头啄了下他的嘴唇：“听清了吗？”

商谨言圈住她的腰，低头含住她的嘴唇，嗓音沉沉：“我想跟你生个娃娃——”

陈梦的后半段话被他堵了回去，他带她回卧室，反锁上门就把她压在了墙上。

干柴烈火，熊熊燃烧，陈梦在间隙发出声：“小心你的腿——残疾人——”

一番云雨过后，商谨言把陈梦搂在怀里，亲了亲她的额头：“洗澡吗？”

陈梦闭上眼，身体和精神都很困倦，并没有洗澡的精力：“不去。”

商谨言睡不着，他关了灯，睁眼看着天花板。陈梦也没睡着。他们共同沉默了大约有半个小时后，陈梦翻身，商谨言就开口了：“你没睡？”

“睡不着。”陈梦心情很差，她掐了掐眉心，“想事情。”

“想什么？”

“你觉得我坏吗？”

商谨言想了一会儿：“这个问题我回答不了你。”

陈梦对商谨言确实坏过。见没什么可谈了，陈梦翻身闭眼，背对着商谨言：“不聊了，睡觉。”

商谨言捏着她的后颈，稍微用了些力气：“怎么了？谁对你说什么了？”

陈梦自私自利，特别小人，这些她都不否认。

陈梦转头和商谨言面对面，昏暗的空间一片静谧，她和他的呼吸交缠。

陈梦沉默许久，叹口气：“我不知道该怎么说。”

“你生母那边的事？”商谨言说，“你的手机在客厅放着，响了好几次。怎么没拿手机上来？”

陈梦没有用手机的时候，也一直没想到这件事，她今天心里烦乱，也就坐在电脑前听音乐的时候暂时放下了手机。

“嗯？什么事？”商谨言又问了一遍。

“不知道他们是想让我捐骨髓还是捐血。”陈梦咬着嘴唇笑了一声，略带着讽刺，“陈聪的病又发作了。”

商谨言拧眉：“陈聪的病？”

陈梦想点根烟冷静一下，但是她答应商谨言不再抽烟。她拉过枕头靠着，打开了灯：“当初我能从看守所出来是有条件的，沈冰的小儿子陈聪得了白血病，他们需要我的骨髓。”陈梦没有再叫沈冰“妈”，沈冰恐怕也不愿意认她这个女儿，只是迫于儿子的病，才不得不养她。上一次陈梦就和商谨言说过，她和陈家没有多大关系。

“我从监狱出来了，出来就进了医院，我在医院待了很久，身体不好，抽骨髓很伤身体。”

商谨言对陈梦坐牢那段不知道该说什么，当初但凡她说一句软话，他绝对不会追究。那时候他们都太年轻，也太执拗。

商谨言心里很不舒服，他们刻意地不提过去，可陈梦坐牢是事实。这些事是事实，她受过伤害。

商谨言拧眉，脸色难看，他不知道陈家还这么对过陈梦。他拿出烟盒想要抽烟，最终还是没抽，把烟扔了回去：“然后呢？”

“然后啊，他们给我一口饭吃，养一个随时供他们提取骨髓的机器。”

当初就是交易，沈冰很清楚地告诉陈梦是交易。陈梦争取过，她以为人该有感情，毕竟她是沈冰亲生的孩子。可事实证明，一点用都没有。于是她就踩着沈冰往上爬。陈梦害怕被抽骨髓，那种疼她这一辈子都不愿意再经历。

“晚上你去接我的时候，沈冰给我打电话说陈聪的病复发了。”陈梦的语气很平静，人到了这个境地，突然就安静了下来。陈梦前所未有的冷静，她甚至觉得可悲。

“商谨言，我不想救他。”

商谨言握紧了陈梦的手，片刻后他抬手揽过她的肩膀。他和陈梦想的一样，本能地拒绝她再有任何身体上的付出。陈梦体质很差，经不起折腾，再捐就捐废了。

“我们可以出钱，不出人。”

“我脑瘤住院，沈冰也给我打钱了，不能说对我差。但是——”陈梦有些说不下去，半晌后叹一口气，“也许我真的是白眼狼吧。”

商谨言把她拉进怀里，手掌按在她的后脑勺上：“我们可以还钱，但是不再提供骨髓，有钱找配型也不是很难。”

陈梦把脸埋在商谨言的脖子上，突然就很难过，六神无主，她迷茫：“我真的——”后面的话说不出来。沈冰给她打电话的时候，她很无助。

“如果他们是因为爱你把你接回来，如果你足够爱你的弟弟，那帮还情有可原。”商谨言抚过陈梦的头发，“可一开始就是交易，他们也没资格要求你做任何事。不想帮就不帮，如果你开不了口去拒绝，我做这个坏人。”

“我再想想。”

“你身体差，经不起折腾，捐骨髓不是捐血。”商谨言说，“我不允许你被伤害，无论那个人是谁。”

第二天早上，因为他们要去医院拿体检报告，所以陈梦就起得很早。她吃早餐的时候，门铃响了起来，家里保姆阿姨匆匆往门口走，说道：“谁这么早？”

商谨言回头：“难道是深行？”

正吃饭的苏敏立刻就看向门口，目光热切，她很想见小儿子。商深行会哄人，也有耐心。

商谨言把牛奶推过去示意陈梦喝，陈梦刚端起来，门口就响起了一个女人的声音："我是陈梦的妈妈，我要见陈梦，陈梦呢？"

陈梦握着杯子的手骤然收紧，放下杯子要站起来。商谨言迅速起身拉住她，示意她坐回去，低声说："继续吃，我去看看。"

陈梦看着他，咬紧了牙齿，她现在心里很乱。她的心绝对没有嘴那么硬。商谨言站起来推开椅子："多吃点。"

商谨言走向客厅，保姆看过来，点头说道："商先生？"

沈冰看到商谨言，一把推开保姆，快步进门，急匆匆道："谨言，梦梦呢？"

"先坐。"商谨言走到客厅，示意保姆送茶过来，说道，"有事？"

餐厅和客厅之间半隔开，沈冰没看到陈梦，心急如焚。她甚至没有看到餐厅里的苏敏，只是心急。陈聪的病发得突然，再不做手术，怕是没有多少机会。

"我不喝茶。"沈冰坐下，眉头紧紧蹙起，"我是有急事，连夜赶过来的。陈梦呢？她在干什么？我去找她吧。"

阿姨送来茶水，商谨言说："请喝茶。"

沈冰想发脾气，但是她不敢对商谨言发脾气，这个男人绝对没有表现出来的这么和善。

"我想见见陈梦。她还没起床吗？她在家吗？还是去别的地方了？我打不通她的电话。"

"你有什么事直接说吧，梦梦最近身体不太好，在楼上睡。"

他压根不想沈冰去见陈梦，餐厅里还有母亲在，他也不想把话说得太明白。母亲本来就对陈梦有微词，再知道沈冰是个这样的人，不知道心里会怎么想。

沈冰蹙眉："我还是和梦梦谈吧，你不知道，她知道。"商谨言是陈梦的丈夫，这事告诉他就没转圜的余地，毕竟是伤身体的事，他肯定不会同意。

商谨言点点头："能理解，我去叫她。不过阿姨，有个好消息还没来得及告诉您，梦梦怀孕了。本来我们想这两天和你说，今天正好您过来了。"

沈冰猛地抬头，如遭晴天霹雳，她瞪大眼，难以置信："你说什么？"

"一个多月。"商谨言说，"陈梦身体不是很好，怕影响孩子，医生嘱托她多躺躺。"

在餐厅吃饭的陈梦差点把牛奶喷出来，不过她现在也实在不好和沈冰见面。见面说什么？虽然救人一命，胜造七级浮屠，可陈梦现在不想造浮屠。她不是圣人，她就是凡夫俗子。

陈梦怀孕了能抽骨髓吗？不可能，她同意，商家人也不会同意。沈冰抬头盯着商谨言，她甚至怀疑这是他搞出来的推托之词。

"怀孕了？"

商谨言点头，随即笑了起来："她身体不好，不太容易怀上，这孩子来之不易，我们就一直很小心。抱歉，今天才告诉您。"

孩子来之不易，他们珍视孩子，怎么可能打掉孩子去做骨髓移植呢？沈冰敢和商家人硬拼吗？强行把陈梦夺回来？

在她的概念里，即使陈梦为陈聪奉献了生命，她也没觉得有什么，这理所当然啊。

陈梦是个女儿，他们家儿子最重要，女儿可有可无。可是对面的是商谨言，陈梦已经嫁给了他，她现在是商家的儿媳妇。沈冰再看不上陈梦，也得考虑商谨言这面。

“不用去叫她了，我改天再来找她吧。”沈冰强行挤出笑容，“她身体不好，确实得多休养。”

“我送你。”商谨言站了起来。沈冰看他一眼，百般无奈地站起来，拿起包：“我今天来，实际上是有一件事，她弟弟生病了，很严重。”

“哦？是吗？什么病？那改天我和梦梦回去看看。在D城医院？”

“嗯。论起血缘，梦梦也就聪聪这一个亲弟弟，往后我们老了也是他们姐弟互相照顾。我想——”

商谨言打断她的话：“我记得梦梦还有个妹妹不是吗？”

沈冰被噎了下，随即笑笑：“你应该不知道我家的情况，雅雅非亲生。”

商谨言点头：“原来这样啊。”

沈冰没往下说，还在猜测商谨言知道多少，不过他肯定知道自己今天来的目的。她说道：“回D城就算了，聪聪过几天就要转到S市中心医院，你们要是有时间就过来坐坐。都是一家人，老不来往就生分了。”

商谨言点头：“你说得对。”

沈冰心里拔凉，想着商谨言肯定是知道昨天自己给陈梦打电话的事了。她心里开始恨陈梦不顾全大局。陈梦怎么能告诉商谨言？怀孕是真是假，她无从考证。

“那我走了。”

沈冰离开，商谨言活动手腕，蹙着眉，面色不悦。他快步走向餐厅，苏敏抬头看过来。商谨言拍了拍母亲的肩膀，走过去拉开椅子坐下：“吃饭。”

苏敏拧眉看着商谨言，半晌后，拍了下桌子：“孩子？”

“嗯。”商谨言面不改色，“她有了，也没来得及告诉你。”

陈梦埋头喝牛奶，任由商谨言胡说八道。她肯定不会怀孕。商谨言那么小心的人，在他们的体检报告出来之前，他不会让她怀孕的。

“陈家出了点事，现在不好让陈梦出面。”商谨言解释了一句，说道，“吃饭吧，你当奶奶了。”

苏敏沉默着吃完早餐。

商谨言带陈梦出门，走之前对苏敏说道：“我们去医院一趟，你在家好好的。”

走出门，陈梦揪住他的衣服：“有怀孕的可能吗？”

“不好说。”商谨言心里有数，但是不能和陈梦透露什么，握住她的手，“这些事都说不好，任何避孕手段都不是百分百有效。最近不要见沈冰，不要接她的电话。如果有必要，我们可以搬家。”

商谨言在这边住了这么久，住址不是秘密，沈冰能找来不意外。商谨言也很烦这个，他想搬家了。

“那我们就这样？”

“白血病很麻烦，二次复发的治愈率很低，难活。回头再把你的命搭上，何必呢？”商谨言绕到副驾驶座那边上车，说道，“如果你怀孕了，移植的前提是流产。她的孩子是孩子，我们的孩子就不是孩子了？我们可以出钱，帮忙找匹配的人，但是拿你去冒险我做不到。”

商谨言倒是希望陈梦能真的自私，说到做到，而不会为了那个弟弟牺牲什么。他们都不配！

商谨言可以出钱，也可以出力，算是还了那两年花他们的钱。钱可以还，但是凭什么要他媳妇出命？他说陈梦怀孕的时候，沈冰眼睛里闪过的是怨恨。他们对陈梦没有爱，只有利用。

陈梦拉过安全带，电话响了起来，她拿起手机，看到来电显示是沈冰，犹豫片刻后接通。

“有事？”陈梦的声音生硬。商谨言看了过来，立刻就知道是谁的电话。他脸色难看，拉过安全带，捂着嘴咳嗽了一声。

“刚刚我去找你了。”

“有事吗？”

“你弟弟生病了，你不管了是吗？”

“我怎么管？我拿什么管？”陈梦说，“你高估我了，我就是个普通人，我连我自己都管不了，更不会去管别人。”

“他是你亲弟弟，只会要你的骨髓，又不是要你的命。”

“我怀孕了。”陈梦打断了她的话。

“孩子可以打掉，你们年轻，什么都可以重来。”沈冰几乎没有犹豫，她为陈梦出谋划策，“你的孩子才一个多月——”

陈梦把电话挂断了，她怒了：你的孩子是孩子，我的就不是了？沈冰如果犹豫了，或者经过慎重考虑，陈梦也许会重新想想，可她没有，她根本就没把陈梦当成人。

陈梦把手机扔回储物盒里，启动车开了出去。商谨言的视线落在她的侧脸上：“说了什么？”

“让我把孩子打掉。”陈梦笑出了声，她舔过嘴角，微眯着眼睛看向远处，“她连面子活都没做，直接要我牺牲。”

今天天气很好，艳阳高照。阳光照射在车引擎盖上，反射出光芒，陈梦紧紧握着方向盘，面色不太好看。商谨言就知道会是这样的结果，反倒松了一口气。

沈冰太着急了，这样只会把陈梦最后那点怜悯给打压下去。人都是自私的，沈冰心疼她的孩子，商谨言也心疼自家老婆。

半个小时后，他们到了医院。拿到报告后，陈梦和商谨言进了医生办公室。他们两个的身体都算健康，陈梦养了这么久，现在要孩子也没问题。商谨言虽然腿还没恢复，可也停药了。

“以后定期过来检查，其他也没问题。”

两人离开医院，陈梦先开车送商谨言去公司。在公司楼下，商谨言看向陈梦：“身体健康，我们是打算要孩子。你生母那边我负责，我帮她找合适的配型，你不要再插手了。”

“嗯。”

商谨言看了陈梦一会儿才下车离开。陈梦坐在车里，靠着座位闭眼叹口气，掐了掐眉心。她打开了车载音乐，把体检报告拿出来翻看。

如果要孩子是必然结果，那就要吧。

陈梦启动引擎把车开出去，她的手指敲着方向盘。要孩子吧，她和商谨言生个孩子，也许挺好的。

电话又响了起来，依旧是沈冰，陈梦没有接。她漫无目的地开着车在S市晃荡，临近中午才回去。她回去的时候，琳琳在厨房帮保姆阿姨准备午饭，她打了招呼就上楼进书房。

她打开电脑，戴上耳机，把昨天写的那首歌拍下来发给商深行。商深行在这方面是天才，陈梦不得不承认，她需要他的意见。

商深行很快就回了信息：我在开会，等会儿看。

陈梦扬眉，想不出来商深行老实坐着开会是什么场景。她打开《最美声音》的前几期，听自己唱的歌。十一点半，门被敲响。

陈梦拿下耳机，抬头看过去：“进来。”

门被推开，露出琳琳的脸，她关上门，目光惶然。她看了一圈后，快步跑过来，抿紧嘴唇，紧张道："阿姨。"

"怎么了？谁欺负你了？"陈梦连忙站起来，"怎么回事？"

琳琳的眼睛突然就红了，一副要哭的样子，陈梦吓一跳："干什么？"陈梦连忙拉过琳琳，擦掉她脸上的泪，"发生了什么就和阿姨说。"

她心里七上八下，不知道琳琳发生了什么，情绪这么差。瞬间，无数坏的念头涌入大脑。琳琳还没开学，不至于是因为学校的事难过，难道是家里的人？可家里就这么几个人，谁欺负她？

"阿姨，我好像生病了，我是不是要死了？"

陈梦有些蒙："啊？生病？我带你去医院看看。"她立刻拉住琳琳往外面走，"什么症状啊？怎么就要死了呢？"

不管琳琳之前做过什么，在陈梦眼里，她依旧是那个小孩。她在遇到事的时候，第一个想到的也是陈梦，她们是最好的朋友。

琳琳紧紧抓着她的手，吸了吸鼻子，又看门口，生怕人进来："我下面……流血了。"

陈梦停住脚步看着琳琳，琳琳急得脸通红，眼睛也红了："刚刚去洗手间，我看到衣服上有血，我是不是要死了？"

足足沉默了一分钟，陈梦才开口："你是不是还没来过例假？"

"什么是例假？"琳琳小声问。

陈梦的生理知识也不丰富，她拎着琳琳进洗手间："是不是流血了？多吗？女人都会来例假，每个月有那么几天。"陈梦对上琳琳懵懂的眼神，失笑，揉了揉她的头发，心想她到底还是小孩子，"没什么，那只是女孩长大的象征，你长大了。"

陈梦拿了卫生巾教她怎么用，又让她换了干净的衣服，这才出门。

陈梦在客厅遇到保姆阿姨，阿姨指了指琳琳的房间："这孩子怎么了？"

"长大了，她之前的学校应该没有普及这方面知识，吓坏了。"陈梦笑着摇摇头，说道，"最近几天不要让她吃凉的，这傻孩子。"

阿姨明白过来，也笑了起来："大姑娘了，中午给她煮个汤。"

"麻烦了。"

陈梦看到苏敏在窗户边晒太阳，走了过去。看护在帮她按摩手脚，陈梦在旁边坐下。对于苏敏，陈梦心情复杂。

"阿姨。"

苏敏回头看她，拧眉，目光沉重。陈梦示意看护离开，自己帮她按摩，她还是没说话。

陈梦也没说话，阳光透过落地窗照射进来。许久后，苏敏开口："陈梦——"

陈梦看她，她叹口气，抓紧了陈梦的手："等——你有了孩子——"她艰难地说道，"你会理解……我的做法。"

"每个人在生出来之后，都是独立的个体，有选择的权利，父母只能伴他们一段路，最终权还是要交给他们。"陈梦认真道，"阿姨，我会好好对他，这辈子绝不会辜负他。我知道我的过去很糟糕，可我在努力，我在拼命地让自己变好。"

苏敏抓陈梦的手抓得很紧，陈梦已经感觉到疼了，她开口："绝不食言？"

陈梦点头："绝不食言。"

她闭上眼靠在椅子上，不再看陈梦。陈梦和她坐着晒了一会儿太阳。什么是对，什么是错，没有一个标准。苏敏始终介怀，陈梦没办法让她接受，也就不想了。

晚上商谨言没回家吃饭，商深行倒是回来了。他沉默着喂苏敏吃完饭，然后自个儿坐在餐厅扒饭。陈梦看了他一眼，走到客厅坐下。

很快商深行也过来，瘫在沙发上看电视："琳琳，给我拿罐啤酒。"

"家里没啤酒，任何酒都没有，全部清理出去了。"陈梦及时斩断他的所有妄想，"商谨言最近戒酒，我也是。"

商深行蹙眉："一点都没有？"

"厨房可能有料酒，你要是喝得下去可以试试。"

商深行唾弃，拿起遥控器调台："我哥怎么还没回来？这么忙啊？"

"是啊，他最近很忙。"陈梦拿出手机看时间，已经七点半，他怎么还不回来？她发短信给商谨言。

"你早上给我发的谱子我看过了，挺有意思，谁写的？"

"我。"陈梦放下手机看向商深行，有了兴趣，"随便写着玩玩，行吗？"

商深行扔下遥控器上楼："去书房说。"

陈梦上楼，商深行从他房间拎出一把吉他，拨动弦音，悦耳的声音在房间里回荡。陈梦进门把歌词和谱子拿给他，说道："上班怎么样？"

"还行。"商深行抽了一支笔在谱子上刚要写，抬头征询陈梦的意见，"介意吗？"

陈梦摇头："你改改看。"

商深行改了两个地方，然后用吉他弹奏起来。这首歌有点童谣小调的味道，歌词很简单，韵律也非常简单，从商深行的嗓子里唱出来，特别有味道。陈梦靠在桌子上，算是明白了昨天商谨言为什么会有那种表情。

这首歌唱出来非常温暖，很美好。陈梦笑了起来，歌词配合吉他，很和谐。

“叫什么名字？”他停下弹奏，看向陈梦，目光里是对音乐的狂热。

“《旧时光》。”陈梦转头看窗外，随即笑着回头，“我和他的过去。”

商深行突然觉得陈梦的笑容特别刺眼，他不知道自己为什么要千里迢迢从D城赶回来。他的心脏发疼，让他喘不过气。

商谨言进门的时候听到楼上有吉他声，抬头看了一眼，问阿姨：“深行来了？”

“嗯，和太太在书房呢。”

商谨言解开领带走向餐厅：“有吃的吗？”

“我这就准备。”

商谨言吃完饭上楼，商深行正好从书房出来，两人对上视线，商深行点头。

“大哥。”

“怎么回来了？D城那边怎么样？”

“还好，就那么回事。”商深行抬起手腕看了看时间，“我订了晚上的机票，我先走了。”

“不住一晚？”

“不住了。”

商深行匆匆下楼，商谨言回头喊道：“你急什么呢？”

“明天早上还得回去开会，八点的会议，不能迟到。”

那你回来干什么？商谨言话没出口，商深行已匆匆出门，车引擎声响，很快就远去了。

商谨言刚要推开书房门，里面响起了吉他声，和刚刚的不太一样。商谨言停顿了一会儿才推开门，陈梦抬头看过去。她停住手上的动作，抬起头看着商谨言。

他们对视，陈梦抬起下巴，笑得有些张扬：“帅哥，喜欢听歌吗？”

商谨言扬眉，走向她：“嗯？”

“下面这首歌送给眼前的帅哥哥。”陈梦的声音里含着笑意。

商谨言走到她面前，抱臂看着她。

陈梦开口，声音低低的，含着笑意：“怎么就爱上了你？我在问自己。”

商谨言笑出了声，靠坐在旁边的桌子上：“嗯？”

“我什么都能放弃……”

商谨言捏了下她的脸：“商深行来干什么？”

陈梦把歌词递给商谨言：“这个。”

商谨言看了一遍，扬眉：“这个怎么了？”

“他觉得有两个音节有问题，然后从D城跑过来修改。”

商谨言扬眉，陈梦放下吉他起身：“你不能理解音乐人的执着，他不做音乐真的可惜了。”

“他的选择，我们干涉不了。”商谨言还坐着，说道，“我们什么时候把婚礼给办了吧。”

陈梦震惊：“婚礼？”

“嗯。”商谨言把陈梦圈进怀里，“我们领证也有一段时间了，十一办婚礼怎么样？凑个热闹。”

猝不及防提到婚礼，陈梦有些蒙。她以前想过婚礼，商谨言最后还是没办，现在他又提。陈梦脸上的笑容渐渐消散，抿紧了嘴唇："办吗？"

"你不想？"

"在哪里？"

"S市或者D城。"

陈梦握着商谨言的手，和他十指交握："随便吧，在哪里都行，你决定。"陈梦抬头看着他的眼睛，"我都听你的。"

商谨言笑了起来，揉了揉陈梦的头发："怎么这么听话？"

"学乖了嘛。"

"那我安排了。"

第二天，因为苏敏突然发烧，商谨言就推了工作在家照看。医生给苏敏挂上输液的药水。外面响起了门铃声，陈梦就走了出去。阿姨去买菜了，家里也没有其他人，陈梦打开门就和沈冰四目相对。

陈梦抿了抿嘴唇，目光冷了下来："你有事吗？"

"我没事就不能来看你吗？"沈冰往里面看了一眼，没看到商谨言和其他人，立刻就硬气起来，"你是不打算救你弟弟了吗？"

陈梦拧眉："我救不了，实在帮不了你。"

琳琳从餐厅出来，看到陈梦在门口和人说话，低声问道："阿姨，有事吗？"

"没事，你回房间看书去吧。"陈梦回道，对上沈冰的视线，说道，"要没什么事你就先走吧。"

沈冰恨得不行，简直想打陈梦，可她现在不能动手。她强忍着怒气，拼命转移注意力，视线落到琳琳身上："那是谁的孩子？"

"我的。"

“胡说八道什么呢！”说完沈冰可能觉得语气不对，咳嗽一声，放柔了声音，“我昨天来找你，你没在，今天我想和你好好谈谈。”

她们对峙半晌后，沈冰说：“我是你妈妈，你就不能让我进去说话吗？”

陈梦还真不想让沈冰进门，她沉默片刻，然后让开路：“进来说吧。”

进门后，陈梦指了指沙发的位置：“坐吧，喝什么？”

“不喝，我过来就是找你说几句话。”

陈梦也没跟她客气，见她不愿意喝便也不会强迫，看着她：“对于聪聪的事，我很抱歉，但是我真的帮不了。”

她直接拒绝了，没有给沈冰开口的机会。她接着说：“我让谨言帮忙找找配型，有合适的一定会联系你。”

沈冰拧眉，面色十分难看：“你弟弟的病复发了，必须马上进行二次手术，他等不了。梦梦，你真这么狠心？”

距离上一次手术有两年了，两年前的取样也不够二次手术，必须有陈梦的配合。沈冰也不懂陈梦怎么回事，为亲弟弟移植有这么困难吗？那毕竟是她亲弟弟，打断骨头连着筋，她也太心狠了。

“你就这一个弟弟，你得救他，你不救他他就完了。”沈冰苦口婆心。她想伸手拉陈梦的手，陈梦立刻躲开，看着她：“我已经帮过你一次了，上一次，我们已经明确说清楚，我和陈家脱离关系。沈女士，你忘记了吗？”

陈梦没有叫沈冰“妈妈”，她做脑瘤手术的时候，他们就口头协议，当时沈冰也答应了。钱给了，他们恩断义绝。

沈冰怔怔地看着陈梦：“你什么意思？”

“我不可能再抽我的骨髓给你。”陈梦一字一句道，眼睛直直看着沈冰，微笑着，强势起来，“沈女士，我没有义务帮你吧？”

沈冰怔住了：“那都是气话，无论如何，聪聪都是你弟弟，你们有血缘关系——”

“那是你儿子，和我半毛钱关系都没有。当初你把我扔了的时候，你怎么没想过血缘关系呢？”陈梦强行压下情绪，看着沈冰，她问过王家的人，她确实是被沈冰扔了，而非被抱错了，“生而不养，算父母吗？如今又要求我报恩，凭什么？”

“扔你的不是我，是你奶奶。”沈冰攥紧了拳头，她发现一个可悲的事实，她发现自己左右不了陈梦。陈梦能拒绝，也有权利拒绝，沈冰拿她一点办法都没有。“你奶奶重男轻女，生出来他们就大闹产房，等我能动的时候就发现孩子不见了。我找了好几天才在那个女人家里找到，小孩子长得都一样，我怎么分得清？”

“血型不对你不知道？”

沈冰张了张嘴：“知道，但是他们家搬走了，我找不到你。”

知道，但是并不想找，他们家不需要多一个女儿。沈冰也重男轻女，她只喜欢儿子。

陈梦心里堵着，很恶心，也无话可说。大约过了一分钟，陈梦站起来：“这辈子，老死不相往来，你走吧。”

陈梦转身打算走，沈冰突然扑了过去抓住她：“你就是白眼狼，没有我们陈家这个台阶，你能嫁给商谨言？你嫁入豪门就把我们踹开，你是个什么东西！”

陈聪死了，她也不活了。她唯一的儿子，必须活着！

“我把你从牢里救回来，没有我你早死了。你的命是我给的，你的一切都是我给的！”

她已经求陈梦到这个地步，可陈梦仍然不帮忙，她感到绝望。她恨商家人，也恨陈梦的薄情。

陈梦被拉得踉跄着摔回沙发，心也彻底冷硬了："你再动我一下试试！沈冰，我告诉你，再碰我一下，我让你把牢底坐穿！"她眼睛发红，紧紧抓着身下的沙发，拼命地压抑情绪。

琳琳本来在房间，此时出来去厨房倒水，看到陈梦被推倒，立刻就冲了过来，一把推开沈冰，瞪着她凶狠道："你干什么？！你想干什么？！"

沈冰一把推开琳琳，居高临下地指着陈梦，怒发冲冠，简直失去了理智："商谨言能因为你是陈家的女儿娶你，也能因为你是诈骗犯和你离婚。你以为你嫁入豪门，就能高枕无忧了？"她冷笑，"陈梦，你以为你找到靠山，就可以踢开我们陈家了？"

陈梦拉开挡在面前的琳琳，站起来微笑着看向沈冰："你去试试。"

房间门被打开，闹这么大动静，商谨言也听到了。他快步过来，目光冷冷地扫过沈冰。

"怎么回事？"

沈冰脑袋有些蒙，她以为自己捏着陈梦最大的把柄，可陈梦一点都不怕。为什么？难不成她都告诉商谨言了？告诉了商谨言，他还能娶她吗？

商谨言拉过陈梦护在身后，看向沈冰："我妈身体不好，在静养，你有什么事？"

沈冰没想到商谨言在家。他妈静养？苏敏也在？一瞬间，沈冰的脸色非常难看。

"我和陈梦谈点事。"

陈梦没有跟她客气，指着门口："你自己走还是我叫保安？"

商谨言握住陈梦的手，她虽然看起来很强势，但手在发抖。

沈冰要气得吐血了：“我最后问你一遍，真见死不救？”

“抱歉，我做不到。”

沈冰转身就大步离开。待门关上后，商谨言转身看向陈梦：“你没事吧？”

“她把阿姨推到了沙发上。”琳琳立刻告状。闻言，商谨言面色沉了下去。

“有没有受伤？”

陈梦摇头，她心事重重，心情很差。保姆阿姨也赶了过来，商谨言说：“以后那个人不要让她进门了。”

“好的，我明白了。”

商谨言带陈梦上楼，关上书房门：“怎么回事？你让她进来的？”

“嗯。”陈梦掐了掐眉心，走到窗户前坐下，看着窗外，“商谨言，我是诈骗犯，诈骗犯的罪名一辈子都要背在我身上。”她把脸埋在手心里，低头压在腿上，“她看不起我，他们一家都看不起我，却要我付出，就因为我犯过罪，我就不算个人。”

人啊，千万别犯错，千万别被猪油蒙心，不然一辈子都摆脱不了罪名。

商谨言的手掌放在她的头顶，他蹙眉：“以后不要来往了。”

如果沈冰把这些事曝光给媒体会怎么样？陈梦现在刚有些名气，事业刚刚起步，如果现在曝光了会怎么样？那陈梦完蛋了。

那些罪名，她洗不清。

“她拿过去威胁你？”

“嗯。”

商谨言出来得晚，听到的东西有限，闻言就有了怒气：“她是有病吧？非得拿你给她儿子救命？这种人做什么父母！”

陈梦不说话，商谨言顺了顺她的头发：“我出去一趟，你别想太多了。”

陈梦回头，商谨言已经快步出了书房。他到一楼打电话给沈冰。很快那边就接通，商谨言说道：“沈总，你好，我是商谨言。”

沈冰受宠若惊，商谨言竟然主动给她打电话了，连忙说道：“谨言？”她因为激动，已经忽视商谨言的那句“沈总”。

“我们见面谈谈吧。”

“在什么地方？”

商谨言说了个位置，然后挂断电话，随即换了件衣服就匆匆出门。二十分钟后，他到约好的地方。他进门看到沈冰，点点头，目光清冷。

“沈总。”

沈冰错愕：“你怎么——”

“关于梦梦的事，我想我有必要和你谈谈。”

“你什么意思？”沈冰脸上的笑容一点点消散，最后只剩下尴尬。

“陈梦身体不好，不会再捐献骨髓。”商谨言直接道，“这件事我希望你能明白，不要再去逼她。虽然你是她的生母，但是你没权剥夺她的生命，控制她的人生。”

沈冰沉默，看着商谨言，心也跟着沉了下去。

“关于你小孩的事，我们也觉得很遗憾，深表同情。”商谨言的语气清冷，没有多余的感情，“你若是需要经济支持，或者需要我们帮忙找配型，我都愿意帮忙。”

沈冰还是没有说话，商谨言的话像刀一样扎在她的胸口，没有挽回的余地。

“你知道——陈梦坐过牢吗？”

“我知道，那又如何？她坐过牢就不配有生活吗，就不配活着吗？我们三年前就认识，她是个什么样的人我最清楚，我接受她的一切，不管是好还是坏。”商谨言微笑，黑眸却深不见底，“陈梦现在是我太太，有人如果想对她不利，那便是和我作对。虽然我们家势单力薄，但若是遇到这种人，我们也愿意去拼一拼。言尽于此，沈总，那我先走了。”

这是威胁，赤裸裸的威胁，他就是那么明确地告诉沈冰，她若敢动陈梦，他不会放过她。

商谨言出了茶馆，司机打开门，他弯腰坐进去。直到黑色的汽车开走，沈冰才发现自己出了一手心的汗。

电话响了起来，沈冰茫然地接通，电话那头是丈夫的声音：“聪聪病情恶化，她同意移植手术了吗？”

“没有。”沈冰抬头看向远处的天空，只觉得世界一片昏暗，“把聪聪转到S市吧，D城治不好的。现在找配型，这么大的国家，我就不信找不到一个合适的配型。聪聪不会有事，他一定不会有事。”

陈梦在书房坐了很久，最后还是打电话给商谨言。很快商谨言就接通，低沉的嗓音从电话那头传过来：“陈梦？”

“你去哪了？”

“去公司。”商谨言说，“还有工作要处理，中午不回家吃饭了。”

陈梦：“……”

她以为商谨言去给她出头了，敢情去公司了，她这自作多情得让她想吐血。

“有事？”

“没事。”陈梦现在已经缓过来了。她刚刚是被沈冰气到了，仔细想想，气什么呢，她既然对沈冰没有感情，那沈冰怎么样都和她没有关系，“你忙吧。”

商谨言低笑：“好点了？”

“好什么？”陈梦没好气地说，“我不好。”

“下午有声乐课吗？没有的话，我让司机回去接你来公司，晚上一起吃饭。”

“有课。”陈梦依旧闷闷不乐，说道，“不去了，你自己吃吧。”

“她不敢再去骚扰你了。”商谨言的语气沉了下去。

陈梦心脏猛地一跳，抿了抿嘴唇：“啊？”

“她做得过分了，我提醒了她一句。”商谨言说，“这样的父母，不要也罢，不值得因为他们难过。别想了，晚上我去接你。”

陈梦扬起嘴角，还真是她亲老公，到头来还是他出头。

她“嗯”了一声，随即说道：“谢谢。”

接下来的两天，陈梦忙着准备即将开始的竞赛。周五早上，商深行给她打电话。

陈梦从跑步机上下来，接通电话：“喂？”

“你最近刷微博了吗？”

“没有，怎么了？”陈梦最近忙得半死，哪里有时间刷微博，她忙得连和商谨言见面的时间都没有。

“那个人又出现了，黑你，黑我们家。”商深行说，“不过微博出现后很快就被封了，这样一封，那些好事的人就借题发挥，在论坛扒得热火朝天。晚一会儿你问问商谨言，这事会不会影响到爸爸。”

陈梦拧眉：“这么严重？可是我做什么了？我做伤天害理的事了吗？”

“现在这个网络时代，人多即正义，管你做没做，他们非把这个脏水泼你身上，你一点办法都没有。”

人多即正义，多荒谬啊！可就是这样。

陈梦回到书房，打开电脑查看八卦新闻，气得差点吐出血来。网上那些人胡说八道，什么话都说得出来。虽然帖子很快就被删了，但陈梦还是得气得手抖。她打电话给商谨言，商谨言没有接，大概在忙。他最近非常忙。

她看着电脑屏幕，突然就心跳加速，心里乱得很。商谨言的父亲是什么人，在这个节骨眼上被黑，会不会受影响？

陈梦换了衣服直奔商谨言的公司，他在开会，她便在他的办公室等，等到中午依旧没有见到他。节目组那边打电话给陈梦，要她过去排练，马上竞赛就开始了。

九进八，比赛更加激烈，在这个时间点，陈梦一点都不敢马虎。她的实力不算强，能冲到前九的都是实力高手。

等待期间，陈梦咬着手指，闭上眼。她现在心思很乱，排练的时候几次唱歌音准都不对，声乐老师对她失望的眼神刺痛了她的心。她深吸气，如果她的事影响到商谨言的家人，她可能真的会退圈，虽然她只踏进来半只脚。

下午六点，即将进入会场，陈梦灌了一瓶水，让自己脑子清醒。电话响了起来，陈梦拿起来，看到来电的是商谨言，接通。

“喂？”

“开始比赛了吗？”

“马上开始，你过来吗？”

“有时间就过去。”商谨言说，“秘书说你中午来找我，怎么回事？发生了什么事？”

“那件事好像又炒起来了，会不会影响到你的家人？”

“哪件事？”

“上次那个扒皮帖，说我背景雄厚。”

“哦不用管，我会处理。”

有摄像师进来，陈梦说：“竞赛马上开始了，先挂断了。”

“好，安心比赛。”

挂断电话后，陈梦把手机放在胸口，闭了闭眼，然后关机，继而大步往等候区走去。

九个人抽签决定比赛顺序，成绩最好的一个人直接晋级，随后两两PK。陈梦的强项就是高音，她选的两首歌都有高难度的高音。

她换上黑色的衬衣加西装裤，她不算高，但是足够瘦，换上这一套后非常英气。她把头发扎起来，露出精致的脸蛋。可能这是最后一次上台，等候的时候，有人过来录视频。

节目组有个三分钟访谈，陈梦在镜头推过来之前全然没有准备。

“走到现在，你有什么想对观众说的吗？”

“感谢你们的支持，我会用最好的歌声来回报你们。”

“你觉得你能走到第几？”

“随缘吧。”陈梦双手合十，鞠躬，“感谢大家的支持，没有你们的支持，我不会走到现在。”

“还有最后一个问题，这个是我们从网友问题中筛选出来的。”

“你说。”陈梦目光平静，脸上甚至还带着微笑。

“网上有人爆料你背景雄厚，这个你怎么看？”

“和我的歌声有关系吗？这个节目是靠实力说话，我家庭如何，我爱人如何，都和我今晚的比赛没有关系。”陈梦面对镜头，不卑不亢，“我希望你们关注我是因为我的歌声，我是歌手，我和你们交流的途径也只是音乐，谢谢关心。”

如果平庸得不够彻底，不如剑走偏锋，她打算走犀利路线，不再软弱，任人欺凌。

比赛开始，陈梦在上一轮的成绩不错，是第三个出场。她走上舞台，只觉灯光刺眼，观众席黑乎乎一片，什么都看不到。眼前是摇晃的荧光棒，还有零星的几个广告牌，陈梦鞠躬：“我是五号选手陈梦。”欢呼尖叫声响彻整个演播厅，陈梦等声音小一点后，微笑，比了个飞吻，“我爱你们。”

又一波欢呼浪潮，陈梦眯了眼睛，看向远处。她今天从妆容到服装，全部走的中性路线。陈梦不怕输，她现在也没什么可怕的。她有退路，她有商谨言。

音乐响了起来，陈梦闭上眼，前奏终于放完。

“If I were a boy……”

这是很经典的一首歌，陈梦的声音唱这首歌可以说非常轻松，她的声音通过话筒传播出去，响彻演播厅。

到高潮处，全场观众尖叫，陈梦听到他们的声音，勾起嘴角露出邪魅的笑容。声音顶到了最高处，她解开衬衣领口，声音极具穿透力。陈梦唱完一曲，静了有几秒钟，观众似乎才反应过来，接着响起了雷鸣般的掌声，还有尖叫声。陈梦鞠躬，转身下台。

她的声乐老师和她拥抱，她有些缺氧，大脑还是一片空白，她和老师拥抱，然后和其他队员击掌。短暂的休息，陈梦灌了半瓶水，她定了定神，找了个位置坐下平复心情。后面还有好几场要战呢，她不能立刻倒下。

第一轮结束，投票结果出来，毫无意外，徐薇安全晋级。陈梦扬起嘴角，笑得有些讽刺，随即才想起来摄像机可能在拍自己，赶紧敛起笑容坐端正。再次抽签，这次陈梦的对手是阿K组合，陈梦蹙眉，为这个结果感到不满。

阿K走过来和她击掌："我不会手下留情。"

陈梦也笑，微微偏头，抬手用食指比了下额头："我们第一次对决，拿出你的全部实力。"

"放狠话哟！"阿K大笑，和陈梦捶了下拳头，"加油！"

陈梦换了一件衣服，背心牛仔裤加铆钉外套。很快就又轮到了她，她换了新歌，全高音。陈梦选了那首最经典的《死了都要爱》，她走上舞台，拿起话筒，当她的高音飙上去时，整个演播厅都是她的声音

观众欢呼，站了起来。陈梦闭着眼，身子微微往后仰，她唱得随意，唱得肆无忌惮。牛仔外套、破洞牛仔裤，让她整个人看起来像个叛逆的小孩，她的声音渐渐低下去。

最缠绵低沉的一段，她的声音里情绪浓郁，让人的情绪跟着她走。所有人的心脏都跟着她的声音揪了起来，音乐突转，她突然扯掉外套摔在地上，抱着话筒声嘶力竭地吼了出来。

声音在空气中炸裂开来，燃烧着观众的情绪，全场的人都站了起来，拼命地挥舞着手里荧光棒。

商谨言看着舞台上的陈梦，她光芒四射。商谨言解开领带装进口袋，眉头拧成一团，心想她是玩疯了。身边几个女孩大声地喊着陈梦的名字，一副痴狂的样子。商谨言默默感叹，陈梦到底给他制造了多

少情敌？

台上的陈梦声音极具穿透力，商谨言穿过人山人海看向她，这个时候的她最美、最迷人。她全神贯注地热爱着这件事。

商谨言很早之前就在思考，他到底想要一个什么样的爱人。

现在他有了答案，不是他想要一个什么样的爱人，而是他的爱人就在舞台上，无论她是什么样，未来她朝什么方向发展，他都无法不爱她。

手机响了起来，商谨言看到来电的是商祺，立刻站起来拄着拐杖往外面走。

台上的嘶吼声低下去，低到碰触灵魂，有些沙哑："……把每天当成是末日来相爱……"

商谨言回头看过去，陈梦闭着眼站在舞台中央，垂下手臂，声音很轻。他的心脏骤然疼了下。隔着人群，他静静看着舞台上的陈梦。那是属于她的舞台，她在自己的舞台上美得让人移不开眼。

这样的陈梦，怎么会不让人爱呢？她的身体里蕴含着无穷的能量，会在意想不到的时候突然爆发，给你惊喜。她就是这么一个人。商谨言扬起嘴角，想抱抱她。

这首歌的原唱怎么唱的他不知道，他只知道，台上的女人唱得很好，唱到了他心里。

商谨言有时候会后悔，他当时但凡成熟一点，都不会做那样的事。陈梦疼，他也会疼。他会去想过去的那三年，她到底经历了多少痛苦。本来她不用那么苦。

商谨言一开始反对她唱歌。他们谈过未来，她说她没有经商的天分，没有学历，也没有好的悟性。她一直是失败者，她唯一的技能是唱歌。唱歌是技能吗？也许是吧。这是她唯一能找到自信的途径，她热爱着音乐。

伴奏结束，她鞠躬，大屏幕上露出她噙着笑的嘴角：“这首歌——送给我的爱人，我爱你。”

因为刚刚的嘶吼，此刻她的声音沙哑低沉，似乎有些疲倦。她鞠躬，站起来面对观众，扯起嘴角露出笑容：“我爱你们，无论未来我还能不能站在舞台上唱歌，参加这个比赛我都不会后悔。因为这个舞台，我认识了你们。”

手机在手里急促地响着，商谨言收回视线，匆匆往安静的地方走。他接通电话，父亲的声音传过来：“你在什么地方呢？”

“陈梦今晚有比赛，在这里陪她。”

“她怎么去唱歌了？”

“她喜欢音乐。”

“能不能退出比赛？”

商谨言蹙眉：“爸？”

“虽然不知道网上是谁在操纵，但现在对我很不利。我们家不应该有人进娱乐圈。”

“很麻烦？”

“如果真喜欢音乐，什么途径都可以，没必要非要参加这样的选秀节目，这并非好事。”

“我明白了。”

“你妈身体最近怎么样？我下周回去。”

“恢复得还算好，医生说乐观的话能恢复到以前的状态。”

“陈梦坐过牢的事也在网上传得沸沸扬扬，这件事暂时压下去了。她这条路并不好走，你和她好好聊聊吧。”

商谨言心思沉了下去，点头：“我明白了。”

挂断电话后，商谨言点了一根烟，深吸一口，靠在墙上。烟雾在手间缭绕，渐渐融在空气中，他拧眉，脸色难看，按着手机给陈梦打电话，依旧是暂时无法接通。商谨言想了想，又打给商深行，他倒是接得很快。电话那头声音嘈杂，商谨言凝神听着，然后问道："你回S市了？"

"你怎么知道？"

"我来等陈梦，你也在吧？"

商深行被抓包，停顿了一会儿后说道："是啊，阿K今天可能是最后一场了，我来看看。"商深行说完，那边掀起一阵浪潮，等声音停息后，他才说道，"陈梦今天表现得很惊艳。"

"她在音乐上一直很认真，她的每一场比赛都令人惊艳。"商谨言说完觉得太夸她了，可这就是事实，他笑了笑，"我想去后台看看陈梦。"

"你要我带你进去？"

"还算聪明了一次。"

商谨言等了一会儿，商深行就到了。他穿着黑色长款外套，戴着帽子、口罩，看到商谨言后挥了挥手："如果没有黑幕的话，陈梦有拿冠军的希望。"

"她估计不能再比下去了。"

商深行猛地抬头："什么？"

商谨言摊手，抬步往后台的方向走，商深行回过神后追上来："她的事影响到爸爸了吗？"

"嗯。"

"啧，这样对陈梦很不公平，她做错了什么？！"

商谨言想到这件事只觉得愤怒，拧眉半晌，然后开口："可能嫁给我就是错吧。”

商深行忽然觉得悲哀，他们的父亲没有任何特权，反而在大多数时候成了束缚。他很少看到商谨言露出这样的表情，可能是无奈。

陈梦在音乐上非常有天赋，她是个天才型歌手，放弃了很可惜，但是现在不放弃会很麻烦。

手机响了起来，商谨言看到来电显示后接通，陈梦的声音有些沙哑：“你给我打电话了？在哪里？来了吗？”

“我马上去后台。”

“好。”

等他挂断电话后，商深行说：“你要怎么和她说？下次就不参加了吗？以后陈梦还唱歌吗？真的挺可惜。”

“再找别的机会。最近家里的事比较多，她也不适合。”

商深行踌躇片刻，看向商谨言：“陈梦的事你都知道，对吗？”

商谨言看过去：“你说的哪件事？”

“她的过去，她三年前的事。”

商谨言点头：“过去的都过去了，那件事我也有错，并不能全部推到她一个人身上。”

商深行一时间不知道该说什么，心里堵了一下。陈梦选择和商谨言在一起不是没有道理，他们两个更合适，无论陈梦是什么样的，他都会一如既往地和她在一起，对她好。

商深行带商谨言到后台，不过没进等候区：“我就不去了，现在这样丢人。”

商谨言看了他一眼，并不发表意见。商深行很有自知之明，他是个逃兵，确实丢人。

第二轮PK有结果了，陈梦拿了好成绩，成功晋级，成为九进八的第二名。她的视线落在电视屏幕上，现在唱歌的是阿K。阿K的声音条件不如商谨言，高不上去，低不下来，中规中矩。

陈梦觉得这样的阿K想要晋级有些难，后面的选手实力都太强了，他的唱功勉强能看，但绝对不如商深行的十分之一。

突然肩膀被拍了一下，陈梦回头就对上了商谨言的视线。他在旁边坐下，视线落在面前的屏幕上："唱歌的是阿K？"

"嗯。"陈梦不断地用余光瞄他，"你什么时候来的？我唱歌的时候你来了吗？怎么进来的？"

"商深行带我进来的。"商谨言说，"今天唱得不错。"

陈梦笑了起来，握住商谨言的手，手上夸张的戒指硌到他了。商谨言说："你今天穿的什么玩意？"

"舒服。"陈梦给了个答案。

商谨言往她的短背心上看，她属于穿衣脱衣都不显胸的人，不过领口开得这么低，也露出了大片肌肤。他帮陈梦整理衣服："什么时候可以结束？"

"今天还有个访谈，估计会晚点。"

陈梦也没想拿什么成绩，她一开始就抱着试试看的心态。反正她当时也没有别的出路，这是她唯一的技能，走到哪里算哪里。可没想到，她一路冲到现在，成了最有实力的歌手之一。

阿K唱完了，他PK的对手是一个女孩，实力雄厚。陈梦握着商谨言的手，目光落在电视屏幕上。待女孩唱完，陈梦叹了一口气。商谨言看她，她捏了捏商谨言的手："商深行不参加可惜了。"

"他有他的追求，我们不好干涉。"

"他来了怎么不过来找阿K呢？"

"大概怕丢脸吧。"

两人对视一眼，而后耸肩笑出了声。陈梦坐在角落处，光线昏暗，她头靠在商谨言的肩膀上，闭上眼：“我喜欢舞台，那是个有魔力的地方，走上去，我会舍不得下来。”

商谨言揉了揉她的头发，看四周没人，就低头在她额头上亲了下。

远处闪光灯一亮，商谨言抬头看过去，一个人匆匆离开，他没看清那人的脸。

很快评分结果就出来了，阿K晋级了。陈梦一愣，不只是陈梦，还有等候区的其他人都傻眼了，不过很快他们就反应过来，连忙鼓掌。阿K有经纪公司的后台，所以晋级了，只是可怜了那个有实力的女选手。

陈梦手握成拳放在嘴边，拧眉看着电视屏幕，等了大约有十分钟，她站起来：“我得上台了，你在这里等还是先回家？”

“我在停车场等你。”

“那好。”

陈梦要走，商谨言突然伸手拉住她，帮她整理头发：“好了，去吧。”

陈梦扬起嘴角笑了起来，张扬又好看，微微偏头：“商谨言。”

“嗯？”

“如果你看了今天我的演出，那句话是对你说的。”

她转身快步就走，商谨言注视着她的背影，半晌后笑出声。他抬手拂过嘴唇，微微眯眼。她在说那段告白吗？脸上的笑容越来越灿烂，他喜欢陈梦的那段话。

陈梦走上台，万众瞩目。走了个过场后，陈梦下了舞台，被导播拦住，导播说道：“马上还有个专访，你先不要走。”

“好。”

导播越来越喜欢陈梦的性格，说道：“明天有时间吗？上次约你，你就放了我鸽子，这次还能约吗？”

“我不知道。”陈梦闻言，顿时笑了起来，表情从容，“要不晚上我给您回复？”

“行。”导播拍了下陈梦的肩膀，“前途不可限量，我看好你。”

陈梦等了半个小时后，被带到一间大办公室，对面是电视台八卦频道的一个主持人。陈梦点头致意，这才过去坐下。

“很高兴认识你，你本人比在舞台上显得腼腆。”

陈梦微笑，精致的五官显得格外美好：“谢谢，也很高兴认识你。”

“我叫蔡静。”

“陈梦。”陈梦和她握手，这才坐回去，“我很喜欢你的节目。”

蔡静笑了起来，随即说道：“访谈很随意，不要拘束，没什么的，我不会问你很尖锐的问题。”

陈梦微笑，嘴角上扬。

“你怎么会参加节目？”

“我挺喜欢唱歌，一开始是深行——也就是少爷问我想不想来参加节目，我们在一起唱过歌。我觉得很有意思，就试试，非常意外在这条路上走了这么远。”

“你不是专业歌手，以前也没有学过相关知识，唱歌的时候觉得困难吗？”

"在越走越高之后，确实会有压力，所以我报了音乐班进修，又因为节目能跟很多老师交流，他们让我进步，让我更懂得音乐。"

"徐老师说你是个进步非常快的人，他很喜欢你。"

"老师都喜欢认真学习的学生。"陈梦的眉梢都带着笑，"我属于先天不足、后天勤奋的学生。"

"你大学学的什么专业？"

陈梦顿了一下，主持人没换问题，她在第一时间感到了难堪。她没有上过大学，甚至没有读过高中，她初中都没读几天，家里穷，确实也没有条件读书。

"我没有读大学。"陈梦老实回答。

主持人也明显愣住了，不过很快她就反应过来："你还没到年龄吧？"

陈梦一瞬间不知道该说什么，不远处镜头外有人举牌：陈梦二十五岁！

主持人迅速转移了话题："你和你先生感情很好，什么时候结的婚？"

"今年年初。"

"你不避讳自己的婚史面向观众？"

"也没什么可避讳的，结婚了就是结婚了，我和我爱人是合法夫妻，也没什么见不得人的。"陈梦笑道，"不过我还是希望歌迷们能把注意力放在我的音乐上，而非我私人生活上。"

主持人笑了："你是个坦荡的人，和你的音乐给人的感觉一样。以后会签约唱片公司吗？会在音乐这条路走下去吗？当成职业？"

"看缘分吧，没有特定的计划。"

访谈结束，陈梦换了衣服直奔停车场，这回外面等的人比较多。陈梦被堵在里面没法出去，最后还是电视台的保安出面才解了围。陈梦打电话让商谨言去电梯口。

出了电梯，陈梦就看到商谨言的车，刚准备跑过去就有粉丝追上来，围住她。陈梦看人数不是很多，就签字合影，拍完照片后连忙过去上车。

“走。”

车子开出去，陈梦皱了皱鼻子，蹙眉：“你怎么又抽烟？你不是说不抽烟了吗？”

车厢内有很大的烟味，物证齐全，商谨言没办法反驳：“就抽了一根，等了你两个多小时，这不是闲着没事做嘛。”

陈梦找到烟灰缸拿到商谨言面前：“剩余的烟头都是他抽的？”陈梦指了指司机，对商谨言说，“一根会有这么大的味道？”

烟灰缸里烟头都是新鲜的，牌子也是商谨言喜欢的那款，商谨言哑口无言。陈梦把烟灰缸放回去，打开车窗散味：“对你身体不好，而且抽烟生出来的孩子，畸形的概率很大。”

商谨言：“……”

陈梦靠在座位上，闭上眼，窗外天已经黑了下来，灯火绚丽：“我有点累。”

“要不躺下睡？靠在我腿上。”商谨言提议。陈梦摇摇头，歪头靠在窗户上：“我真的很想唱一辈子的歌，什么都不管，只是唱我想要唱的歌。”

商谨言看着她的侧脸，沉默了许久后说道：“接下来还要比几场？”

“现在进了八强，还有三场。”

商谨言伸手把陈梦揽进怀里，和她十指相扣。陈梦说：“选秀比赛黑幕太多了，和阿K比的那个女孩，真的挺可惜，实力那么强，可强不过别人的背景。”

“这种比赛就是这样，真正的冠军可能只是另一种实力，而非真正比赛项目上的实力。”

陈梦扬起嘴角，笑容有些讽刺，不过也确实是这个道理。她叹口气：“这就是规则，也不知道我还能走多远。”

商谨言沉默，大约过了两分钟，他突然开口：“能不能不比了？退出比赛。”

第六章

梦想与现实的距离

陈梦错愕，猛地睁开眼看着商谨言：“为什么？我唱得不好吗？还是什么？”

“我们太高调了，我爸那边受到了影响。”商谨言蹙眉，觉得自己一开始就不该出现在陈梦面前，他的出现，让一切都变了味，“现在退出比赛是最好的选择，或者，你再比一场。”

陈梦的大脑一片空白，嗡嗡作响。她做错了什么？她什么都没做错。她兢兢业业地唱歌，她没有对不起谁。她也没有陷害过谁，她一直在认真地唱歌。

陈梦抿着嘴唇，她有些茫然。早上她接到商深行电话的时候，她就有预感可能是这个结果。可又有什么办法呢？她改变不了什么，她只能接受。

她把脸埋在商谨言的脖子上，片刻后，商谨言只觉得脖子处一片潮湿。他的手掌按在陈梦的头上，声音沉了下去：“以后还有别的机会。选秀都是凑热闹，鱼龙混杂，什么都有，难免会被有心人找出错来。”

陈梦没有哭出声，她紧紧抱着商谨言。商谨言安抚她，抚着她的肩膀：“没事，以后想唱歌就出专辑，或者趁这个机会，去考个音乐学院。音乐是不分年龄、不分时间的，只要你能做出好的音乐，便永远不会被埋没，只要你想做，一定能做成。”

到家的时候，陈梦已经恢复情绪，她很平静地下车。他们回来得太晚了，苏敏已经睡着。陈梦和商谨言在餐厅吃饭。晚饭丰盛，陈梦却没有什么胃口。她拼了这么久，到头来还是一场空。

一无所有。

吃完饭，商谨言收拾碗筷，陈梦上楼，她回到书房对着电脑，脑袋里很乱。无数的念头涌入大脑，也许她一开始就不应该走上这条路，嫁给商谨言时她就应该知道自己必须牺牲一部分东西。

她身上污点太多，成为公众人物并不合适。假设她真的红了，那些糟糕过往早晚会被挖出来，那是她一辈子的污点。不单单她要接受外界的唾骂，可能还会影响到商谨言。他什么错都没有，也会平白遭殃。

陈梦身子后仰靠在椅子上，迷茫地看着天花板，在这一瞬间她想了很多，想得很远。

现在退出，她是传奇；继续拼下去，后面的都是关系户，她不一定会有好的结果，权衡利弊，现在退出最有益。

陈梦一下一下地敲着桌面，门被推开，她抬头。商谨言进了门，端着一杯牛奶放在她面前："想通了就睡觉，不要熬夜。"

陈梦抱着牛奶杯，牛奶温热，她的心也跟着暖了起来。她喝了一口，抬头看商谨言："我明白道理，但就是过不去自己这个坎。"

"把牛奶喝了。"

陈梦喝了半杯，放回去，又躺回去："我喝不完，撑，你帮我喝了。"

商谨言看她这得寸进尺的样子，就想揍她："我把你喝了。"

陈梦"扑哧"笑出声："你是不是还要来为爱情鼓掌？我心情很差，你哄哄我。"

商谨言扬眉："什么叫为爱情鼓掌？"

陈梦晃着椅子："你把牛奶喝了，我告诉你是什么意思。"

商谨言盯着陈梦看了有半分钟，拿起牛奶杯喝完剩余的，放下杯子："什么意思？"

陈梦眯着眼睛看商谨言："啪啪啪啊！"

商谨言眸光渐沉，看着陈梦。陈梦觉出危险，立刻坐直想跑："你看什么？"

商谨言一步跨过去，陈梦撒腿就要跑，他抓住她扛到了肩膀上，拎过拐杖，扛着她大步往卧室走。陈梦低声叫："你快放我下去！"

"不放。"

商谨言的腿恢复得不错，只是他习惯了用拐杖，一时间离不开。陈梦拍了下他的肩膀，低吼道："你的腿不要了？快点放我下去。"

商谨言进了卧室把陈梦扔在床上，反锁上门便往床边走，一边走一边解衣服："我们来为爱情鼓掌。"

陈梦翻身爬起来就要跑，商谨言动作迅速，拉过她就按到了身下，激烈地吻她，随即嘴唇滑到她的耳旁，沙哑嗓音带着蛊惑：“我给你个工作室玩吧？想签人就签，不想签就自个玩……”

翌日，陈梦是在腿麻中醒来的，睁开眼就看到放大的商谨言的脸。窗帘拉得严实，陈梦也估摸不出到底几点，手机可能在书房，她挣脱出来，商谨言就醒来了。他打开床头灯，然后拿手表看了一眼，打了个哈欠：“八点半了，早会迟到。”

陈梦腰疼的同时又毫不留情地嘲笑商谨言：“说好的节制呢？”

商谨言翻身压住陈梦，低头亲她。陈梦忍无可忍，一脚踹开他。商谨言低笑，抬手压在额头上：“春宵苦短日高起，从此君王不早朝。”

陈梦翻身下床，拿起睡衣穿上，往洗手间走：“起床吧唐明皇。”

两人下楼时已经九点了，陈梦走在前面，一眼就看到客厅里坐着的商祺，蒙了几秒。

商谨言已经走到陈梦身边，揽着陈梦的肩膀：“爸，你几点到的？”

“早上。”商祺面不改色，淡淡看了他们一眼，“中午就走。”

他主要是回来看苏敏。

商祺换了衣服，穿着休闲装依旧铁骨铮铮。陈梦点头：“叔叔。”

商祺说：“你们赶快去吃饭吧，我带你妈出去走走，晒晒太阳。”

“那行。”

等他们离开后，陈梦连忙奔向餐厅。吃到一半听到电话响了起来，她去二楼书房找到手机，是个陌生号码打来的，她接通电话。

“你好。我是梦玉，《最美声音》的编导。”女人的声音传入耳中，“你能来一趟公司吗？”

“现在？”

“是。”

“好的，我马上过去。”

“再见。”

陈梦挂断电话，咬着面包蹙眉深思。商谨言看过来：“谁的电话？”

“节目组，应该有事要谈。”

陈梦也不知道他们要谈什么。商谨言放下杯子：“要我陪你过去吗？”

“不用了，我过去先看看怎么回事，估计是谈签约的。我在想怎么拒绝，我不会签约任何公司。”

商谨言若有所思，收回视线：“你这个想法很正确。”陈梦和他想的一样，他也就不用再操这份心了。

陈梦刚要放下手机，手机上跳出来一条推送的新闻——《最美声音》黑马陈梦再创奇迹，网友称其为高音女王。

陈梦点开新闻，看到是自己唱歌的视频，发微博的时间是昨晚节目播出之后，转发超过五万，评论已经有三万，下面好多评论喊陈梦“老公”。

陈梦扬眉，把手机递给商谨言看：“好多女孩哭着求着要嫁给我呢。”

陈梦脱衣服那段实在太帅了，她昨晚火力全开，撩得观众不要不要的。商谨言看了一眼，把手机还回去：“她们又满足不了你，叫也白叫。”

陈梦一脚踩在他的拖鞋上："你欠揍了？"

商谨言把一杯果汁推过去，言简意赅："喝。"

陈梦继续翻着新闻，看到另一个热门微博，一怔之后立刻打开大图，把手机拿过去给商谨言："我们俩又被拍了，评论五万呢。"

商谨言打开评论，看到下面一群粉丝嗷嗷叫"梦哥被情敌抢走"了，失笑："这张拍得不错。"他保存图片并发给自己的手机。这照片拍得确实不错，照片上的他低头亲陈梦，而她的姿态也柔软了很多，显得小鸟依人。

陈梦继续翻手机，笑道："记得设为屏保。"

商谨言吃完早餐，说道："我得去公司，你什么时候去见编导？"

"马上就去。家里不是还有一辆车吗？我自己去。"

"注意安全，有事就跟我打电话。"

"好。"

商谨言先走，陈梦随后才开车前往电视台办公大楼，见到了编导梦玉。梦玉在办公室接待她，泡了两杯茶过来。

"你的表现很不错，观众反响也很好，你对未来有什么打算？有没有想法把唱歌作为事业长期发展下去？"

"想过，但是——"

陈梦话没说完，梦玉说："那我给你介绍一个人吧。"

陈梦闻言，沉默片刻，说道："好的。"

很快一个年轻男人就到了，他伸手："时代娱乐的总监，周晨。"

"你好。"陈梦听到名字就反应过来，应该是谈签约，"陈梦。"

"想在娱乐圈发展，把音乐作为事业，一个正确的定位太重要了，陈小姐，你觉得呢？"

"我觉得你说得很正确。"陈梦微笑。

“你考虑过签约经纪公司吗？”

陈梦摇头：“我是个性格比较直的人，有什么就说什么了。我爱人不希望我签约音乐公司，我目前还没有这方面的打算，希望你们能理解。”

周晨拧眉，很快就松开：“你不想听听我们的条件吗？你的资质很好，我很看重才会来跑一趟。”

“抱歉，我暂时真没有这方面的想法。条件对我来说都不重要，我只是不想签约任何经纪公司。”

编导梦玉看陈梦的目光也沉了下去，停顿一会儿后说道：“我们尊重你的想法，今天是我唐突了。”

“谢谢你的理解。”陈梦转向周晨，说道，“也谢谢贵公司的青睐，希望以后有合作的机会。”

时代传媒在业内名气很大，签约肯定前途无限，可陈梦压根就没想过签在别人手下，把自己的前途交到别人的手里。而且，现在商家根本就不愿意她继续在这条路上走下去，所以她不会签约任何公司。

走出电视台，到底是有些心酸，陈梦拿出手机打开微博，看官博下面小迷妹们的鼓励评论，眼睛有些热。她终归是要放弃了，商谨言让她开工作室，她也没有信心。她心里堵得慌，唱歌是她唯一的强项。

走出大楼，陈梦转头看向电视台，微微眯眼。在这里，她找到了自信；在这里，她的梦想起航。可也是在这里，她亲自中止了自己的妄想。

站了一会儿后，陈梦往停车场走，拨通了商谨言的电话。电话响了很长时间，一直没人接，陈梦刚想挂断，电话奇迹般地被接了起来。

商谨言：“陈梦？”

“嗯，中午有时间吗？一起吃饭？”陈梦勉强扯出笑容，说道，“想你了。”

“好啊，来我公司吧。那边找你干什么？”

“就是谈签约，我拒绝了。”陈梦偏了下头，心情很复杂，“商谨言。”

“嗯？”商谨言感受到她的情绪，开口道，“以后会更好，这只是一个小比赛，放弃比赛并不是说放弃音乐这条路——”电话那头突然响起一声尖叫，商谨言一愣，立刻喊道，“陈梦？”

“砰”的一声响，随即电话就被挂断。商谨言连忙再拨过去，提示暂时无法接通。他脑中嗡的一声响，一片空白。

办公室门被推开，秘书说：“商总？会议要开始了——”

商谨言一边拿过拐杖快步往外面走，一边打110报警。

“商总？商总你去哪里？不开会了吗？”

“先放着，都先放着。”商谨言匆匆往外面走，整个人都急疯了。他在慌乱中几乎忘记了自己的腿伤，丢开拐杖就狂奔进了电梯，狠狠按着按钮。陈梦怎么了？她出什么事了？

电话拨通，商谨言拼命让自己冷静下来，回忆刚刚从电话里听到的信息，说道：“××广播大楼那边，应该是在停车场附近，我老婆在那边发生意外了，请赶快过去。”

“先生，发生了什么意外？”

“我不知道，你们先派人过去。”

陈梦不会开这样无聊的玩笑，除非是真的出事了。商谨言握着电话的手很用力，几乎要把电话捏碎了。电梯到了一楼，他手心全是汗。他迅速打电话给商深行。

电话接通，商深行吊儿郎当的声音传入他耳朵：“喂？什么事啊？”

“你走了吗？”

“没走，怎么了？”

“你离××广播大楼近吗？”

“不远。”

“快去那边停车场附近，陈梦可能出事了。”

“啊？”

“你快点过去！”商谨言急疯了，已经过去好几分钟了，他还不知道发生了什么。

“好。”

挂断电话后，商谨言再次打陈梦的电话，仍然是暂时无法接通。商谨言直奔停车场，不断地打陈梦的电话，该死，还是无法接通。商谨言抓着手机砸在座位上，抬手狠狠揉了一把脸，深吸气。

“商先生？”司机回头看他，“你没事吧？”

“赶快去××大楼！快点去，越快越好！”

“好的好的！”

车子一路疾驰，他还没到××大楼，商深行的电话就打了过来，语气慌张：“警察已经到了，我们找到了陈梦的手机——被摔碎了，没看到人——”

商谨言的一颗心瞬间沉到谷底，电话那头的商深行说：“现在正在调监控，马上就有结果，你先别急。”

商谨言能不急吗？他快急疯了，他老婆被人掳走了，就在他们通话的时候。

车子飞驰在路上，他闭上眼，咬着牙扯松了衬衣领口，然后点开手机通讯录找到沈冰的电话号码，打过去。

“商——”

“陈梦呢？”

“你说什么？”

现在除了沈冰还有谁？商谨言想不出来自己还有什么仇家！

“我再问一遍，陈梦呢？”

“我怎么知道？”沈冰语气也有些冲，“陈梦不是在你家吗？”商谨言不知道她说的是真话还是假话，现在实在想不到第二个仇家，他攥紧拳头：“不管谁，胆敢伤了陈梦，我要他全家陪葬！”商谨言恶狠狠地把手机挂断，掐了掐眉心。

“商先生，先不要着急。”司机说，“太太不会有事的。”

车在××电视台楼下停下，商谨言没等车停稳就冲了出去。看到了商深行，他拉住弟弟：“人呢？”

“一辆黑色S市牌照的SUV把陈梦带走了，他们一共三个人，警察在查。”

商谨言喉结滚动，咬了咬牙，松开商深行快步往里面走。有警察拦住他，他又打了一个电话，那些办案的人员才愿意陪他再仔细地查。他看监控录像的时候，尾指不受控制地抖：“查一路的监控，看车的方向。”

“已经去调一路的监控了，工作量比较大，很麻烦，需要时间。”

商谨言站了一会儿，很快就有了消息。S市牌照的SUV在一天前被盗，车主并不知道那些人拿他的车干了什么，案件与他无关。

商谨言心急如焚，快疯了。他和商深行连忙赶往另一地查交通路段监控，最终在一个桥洞下找到SUV，里面空空如也。这一段是监控盲区，人消失了。

短暂的沉默后，商深行说：“我给爸打电话。”

“他也在S市。”商谨言压抑着情绪，他现在处于情绪崩溃边缘。那些人到底想干什么？他们是谁？为什么要带走陈梦？

“那我联系了。”商深行说着就去一边打电话。

商谨言看向警察：“再看一遍监控录像，前后两个监控都调出来，线索只可能在这两段监控里面，肯定有漏洞，不会凭空消失。”

“监控我们看了很多遍，没问题。”

“再看一遍。”商谨言坚持，“人不会凭空消失，排查所有车辆。黄金二十四小时找不到人，那后面更难找了你们明白吗？那是我太太！”

商谨言找了交通部门的朋友，要求再看那部分录像。商深行开车，一路就差把车子开飞起来。

“怎么会有人绑架陈梦？是爸的仇人吗？”

商谨言手指捏得很紧：“那也不应该绑陈梦，绑你和我都比绑陈梦强。”

“那会是谁？陈梦虽然在赛场上耀眼，但是也不至于让人嫉妒到杀人的地步。”

商谨言低头，他不知道怎么排解情绪，强烈的无力感铺天盖地朝他袭来。他就是个普通人，至多是家里做点生意，不至于穷。他们对待这种突发状况，没有任何办法。

再次看监控是刑警队的人陪同，商谨言盯着那几段监控录像看了很长时间。商深行都快急疯了：“大哥，这几段监控真没什么可看——”

“别说话。”商谨言打断他的话，暂停并放大视频中的一个车牌号，说道，“麻烦去查查这个车牌号，看看使用人是谁。”

“啊？”

旁边的警察一脸茫然，商深行更蒙：“大哥？”

“时间乘速度等于路程，这段路就这么长，算匀速的话，只有这辆车的时间对不上，他们在桥洞里停留了。查这个车牌号，也许会有线索。”

警察连忙拿着车牌号去查，查出那是一辆黑色面包车，外地车牌，然后继续电子跟踪。现在全城监控，想找一辆车并非难事，很快就找到车子所在位置，锁定后警察立刻进行抓捕。

从陈梦失踪到现在有三个多小时了，商谨言上了商深行的车，跟着警车直奔过去。

“你别担心，一定会没事，陈梦命大着呢。”

商谨言闭眼，拳头捏得咯咯响，他不敢想，不敢想现在陈梦经历着什么。

“爸的一个老朋友在S市公安局，已经派人跟了过来。”

凡事都有意外，商谨言低着头看自己的手，头疼欲裂：“开车，看路。”

陈梦睁开眼就看到了戴着黑色头套的男人，迅速地回过神，昏迷前的记忆瞬间涌现。

她和商谨言在打电话，一辆汽车突然在这边急刹车，冲下来两个男人。

陈梦还没回过神就被捂着嘴拖上了车，她想挣扎，但刺鼻的气味冲入鼻腔，她顿时陷入了昏迷，再没有了意识，醒来就已经在这里了。

“你们是谁？”这看起来是一间出租房，装修简陋。被绑架这几个字，陈梦翻来覆去地想都没想出来和自己有什么关系。她要钱没钱，要什么没什么，他们绑她干什么？

绑匪脑袋有问题啊！陈梦以前以为绑架都是电视上演出来的，结果现在发生了自己身上。她想会不会下一刻门被推开，门后露出个摄像头，导演跳出来说："逗你玩呢，我们在拍恶作剧短篇。"

可现实就是现实，戴着黑色头套的男人抬腿就踹了她一脚："闭嘴。"

"把她嘴堵上。"有人吩咐。

踹她的人扯了一块脏布就塞进了她的嘴里，十分暴力。恶心的臭味涌入她的口腔，她忍不住干呕。刚刚踹她的人立刻回头看过来，目光凶狠。陈梦忍着恶心，眼泪汪汪。

陈梦动了下手，手脚都被绑着，绑得血管不通，疼得她快要失去知觉了。

这个艰难的姿势维持了有二十多分钟，突然房间里响起了电话声，为首的男人接通。他也戴着头套，声音沙哑，像个年迈的老人，听着让人很难受，像砂纸刮在玻璃上的声音。

陈梦听得浑身鸡皮疙瘩都起来了。那人挂断电话，阴沉的眸子看过来："行踪暴露，转移地方。"

陈梦都没回过神，就被拖起来拿衣服包裹着，被拎了出去。陈梦拼命地去看墙上的广告纸之类的，试图找到一点身在何处的线索，没找到，腰上却多了一把枪，冷冰冰的枪口指着她："想活命就老实点。"

陈梦乖了，不再四处看。在这边的一共是四个人，陈梦被拖进了电梯，黑衣男人维持着一种搂抱她的姿态，他换了口罩。另外几个人也都换了口罩，陈梦还是没看到这几个人的长相。电梯在四楼停下，进来了一对情侣。

陈梦刚想动，腰上的枪往前戳了一下，她咽下唾沫，打消了逃跑的念头。电梯在一楼停下，那对情侣先走了出去。他们大约是觉得这边几人行为怪异，就回头多看了一眼。

远处突然响起了警笛声，情侣看了一眼外面，又看向电梯："你们——"

男人抽出枪，抬手就是两枪。子弹打出去，陈梦瞪大了眼睛，两个人倒下去后，血瞬间就流了一地。大片大片鲜红的血，让陈梦脑袋里一片空白，她被拖了出去。

领头男人吩咐其余人："老吴、老七去开车，条子跟上来了。"

两人领命跑了出去，领头男人勒着陈梦的脖子，拖着她往外面走。陈梦傻了，他们杀人不眨眼。

陈梦也算是见过世面的人，见过很多残酷的场面。她理应冷静下来，可现在她的心脏狂跳。她和商谨言还没能生个孩子。

警笛声越来越近，车开了出来，几名警察突然横在路中间挡住了去路，设置路障。

领头男人一只手拖着陈梦躲入柱子后面，枪抵在她的脑袋上，大喊："都让开！不然我弄死她！"

"里面的人听着，你们已经被包围了——"

男人警惕地观察四周，取车的两个人没有回来，应该已经被警察制服，他现在只剩下自己："退回去！都给老子退回去，不然老子杀了她！"

他扯掉陈梦嘴里的东西，嘶哑的声音吼道："让他们退开，快点，想活命就让他们走！"

陈梦的视线仍是模糊的，稍远就看不清楚了。她抿了抿嘴唇，心想自己也有被枪指着头的一天，真是稀罕了。

“把人质放下——”

“放个屁！我要你们撤，听不明白吗？明白的话赶快撤。”

“让开吧。”商谨言下车，他看着远处的陈梦，其实看不清脸。他闭了闭眼，开口：“保证她的安全，她得活着。”

男人没有等到车，拖着陈梦隐入柱子旁边的死角。他掐住陈梦的脖子，低声威胁：“听话，你活命；不听话，你和那些人的下场一样。”

他的食指不自然地弯曲着，微抖了一下。陈梦的脑袋轰的一声炸开了，她不敢相信。她不顾脖子上的手，回头去看绑匪。绑匪一拳砸在她的腰部：“瞎看什么！”

陈梦疼得痉挛，她看着前方灰蒙蒙的天空，心想：谁要绑架自己？这是谁？为什么他的食指也没办法伸直？她认识的人里面有一个人的手指是这样。

“帮我准备车，让我离开。只有我离开，人质才能安全！”他冲人喊道，“听清楚了吗？给老子准备车！”

这个人反侦察意识很强，狙击手没有任何机会。警察强攻的话，陈梦可能会丧命。

商谨言看着男人的半张脸，目光阴沉，他静静地看着，警察在讨论，无论如何，都不能保证陈梦的安全。短短几分钟，对商谨言来说是煎熬。

“我们答应你的要求，你释放人质——”子弹打过来，喊话的人连忙趴下，子弹打在警车上，玻璃“哗啦”成了碎片，滑落下去。

“听不懂人话吗？我要车！把车送过来！”

他根本就不会放了人质，他不会的。可现在商谨言他们这边没有任何办法，陈梦在绑匪手里，他们只能满足他的一切要求。

“让他走吧……”商谨言的声音很沉，他抬手捂在脸上，深吸一口气。

“狙击手准备——”

商谨言看过去：“有百分百把握吗？他的枪里有子弹，他那是枪，不是刀，他会杀了陈梦。”

“让你们的狙击手撤，都撤开！”

警察面面相觑。商谨言恨不得杀了他，可他手里有陈梦。他突然对陈梦动手，她忍不住惨叫一声。

商谨言猛地站起来就要往前冲，商深行抱住他：“别冲动，别冲动，陈梦现在还没事，不能轻举妄动。”转头对警察说道，“不管你们怎么做，保证人质的安全。”

狙击手撤下来，男人拖着陈梦上车，商谨言眼睛通红。那人盯着警察，扬起嘴角，比了个手势，迅速坐进车里。枪还顶着陈梦的头，他吼道：“让开！不要挡路！”

商谨言静静地看着，没有任何办法。像回到了很多年前，他看着自己的战友死在面前，无能为力。他们都是普通人，在很多时候，都渺小得不值一提。

陈梦的手脚都被绑着，她隐隐约约看到了商谨言。陈梦看不清他的脸，只知道他在。她张了张嘴，没发出声音。那一瞬间，天地突然就静谧下来，没有一点声音。

车的速度很快，绑匪单手握枪指着陈梦，另一只手握着方向盘，迅速把车开了出去。隔着一段距离，陈梦和商谨言遥遥相望。陈梦抿了抿嘴唇，心脏生疼，终究还是不舍。

如果我死了，尽快忘记我。我不是什么好人，只会拖累你，骗你坑你。不过，我不后悔认识你。若有来生——算了，她已经和商谨言纠缠了这么久，并不想和他继续纠缠下去了。

还是不要来生了，有过一段就够了，再不牵扯。

陈梦觉得这次她运气不会好，可能要死了。

男人突然用力把枪往陈梦头上戳了戳，低声威胁："老实点，配合你才有命。"

"你是谁？"

陈梦想转头看他，枪口移到了她的太阳穴上，冰凉的金属让她不能动弹。陈梦的牙齿咬得很紧，打着战："你到底是谁？"

这个人是谁？他为什么和刘成有着一样的习惯？可声音又不是。陈梦眼睛死死瞪着前方的路，手指已经麻木，绑得太久，血液不流通："你们到底要什么？"

"想要命就别说话。"

他不应该是刘成，刘成死了，被炸死了，根本没有活着的可能，怎么会是刘成？她是糊涂了吗？而且刘成绝对不会绑架她。

车子开得很猛，好几次差点撞上路边的行人，陈梦的心提到了嗓子眼。她从后视镜里看到紧跟的警车，很近的距离，可他们现在不敢动手，她还在绑匪手里，生死攸关。

男人暂时放下枪专心开车，他逆行冲上了一条路。车子一路急速行驶，带着一股不怕死的气势直冲过去，有两辆车避让不及，直接就撞了上去。司机打方向盘强行变道，冲到分支上，车祸让交通陷入暂时的瘫痪，后面的警车没法跟上。

他停车，立刻换车，换车方式非常粗暴，用抢的。他把陈梦扔进车里，拖出司机就坐上了驾驶座。

司机追了上来，陈梦连忙喊道："别追——"

话音没落，绑匪抬手一枪打在司机的眉心，司机直挺挺倒了下去。车子猛一甩尾，横冲直撞飙上了另一条道，换车的速度太快，警察要找需要一段时间。

用同样的方法，一路上换了三次车。他杀人不眨眼，极其疯狂，极其残忍。

车子拐进一条巷子，终于停了下来，陈梦被扯出来，踉跄着摔下车。男人拖着她直奔对面的一辆货车，把她塞进后面货箱，关上车门。

车厢内彻底陷入黑暗，车子启动。陈梦的头撞在车厢壁上，她疼得蒙了。货车开了出去，不知前路。

车厢内各种肉类混合的味道，腥臭让她恶心，她干呕了一会儿。她胡思乱想着。比商谨言有钱的人多了，她有哪点值得人下这么大手笔来绑架？不是为了钱，还能是为了什么？沈冰？不至于吧？沈冰又不是没有脑子，怎么会弄这么大阵势？而且把她弄到这里也无济于事。陈聪只要在正规医院就医，就不能强行抽她的骨髓。

事情来得太突然，也太快。陈梦实在搞不明白，快被撞晕了。大概过去了一个小时，车子停了下来。

有人过来打开了后面的车厢，陈梦看出去，似乎是海边。她还要仔细看时，男人上车，把一个黑色袋子罩在她头上，她眼前重归黑暗。

陈梦闭上眼，人就被扯下了车，一路跌跌撞撞。

空气里有海腥味，陈梦没猜错，就是在海边。S市临海，至于具体位置，她也没有概念。

脚下的路崎岖不平，她的头被罩着，什么都看不见，全凭绑匪带着往前走，很快她就被扔到了一处潮湿的地方。鱼腥味非常浓郁，她皱眉，连忙蹲着，地上有水。她刚要开口，头上黑色罩子被拿下去，男人拿胶带贴在她的嘴上。陈梦瞪大眼，她的视线一片模糊，还没适应光明。

几个人再次把黑色袋子给她罩上，她“嗯”了一声。他们起身离开，脚步声越来越远。“哐当”一声铁门响，室内彻底陷入黑暗。

铺天盖地的黑暗中，陈梦“嗯”了一声，没有人回应，安静得让她头疼欲裂。在浓郁的鱼腥味中，她感受到死亡越来越近。

“人跟丢了。”

“这么大的阵势，怎么说丢就丢？关卡戒严，不要放过任何车辆。”

劫匪换车来混淆视线，警察很快就跟丢了，绑匪的反侦察能力很强。他们开始猜测绑匪的身份，到底是什么人才能干出来这么丧心病狂的事？

刑警队长站起来往外面走，说道：“尽快找到劫匪的行踪，人质很危险。”

“知道了！”

下午四点，他们找到了嫌疑车辆，在东码头。车里已经没有人，车内有血迹，采样得出的结论——血是陈梦的。

他们果然是走水路了。东码头在很早前就被弃用了，是监控盲区。警察查码头的船只，询问当地渔民，最后得出一条有用的信息：一条船在下午四点出海，再没有回来。

暮色降临，华灯初上。商谨言手支着额头坐在车里，静静地思考。商深行把一份盒饭送过来：“哥，你吃点饭吧，还要找下去呢。既然是绑架，肯定有所求，他们早晚还要来找我们。”

商谨言摆摆手，他什么都吃不下，满脑子都是陈梦现在怎么样了，她还活着吗。

“不吃，去警局吧，再看看什么情况。”

沈冰出了公司，走向停车场。电话响了起来，她接通：“喂？”

“人在我们手里，三百万定金什么时候付？”

“我让你们绑架了吗？我只是让你们吓唬吓唬她，你们闹出这么大的动静，现在警察都盯着，我怎么给你钱？这很危险，你们马上把人放了，这件事——”

“怎么，反悔了？”

沈冰看了看四周，攥紧了手指，咬牙道：“我只是想让你们吓唬吓唬她，可你们杀了人，还杀了那么多，你们这是犯罪——”

“三百万，如果明天中午看不到，我杀了她，顺便把这段录音寄给警察，再见。”

“你等等——”沈冰一急，连忙说道，“你们不要胡来！”

电话已经被挂断，沈冰蒙了几秒。陈雅找的这都是什么人？这些人都是疯子，中午的一幕已经在网上传疯了。他们一路疯狂地杀人，这根本不是沈冰想要的结果。

陈聪快死了，现在找不到合适的配型，陈梦见死不救，她的心坏透了。沈冰把她从看守所里带出来，她却以怨报德。陈梦借着陈家的台阶上去，嫁入了豪门就立刻踹开陈家，沈冰怎么会甘心呢？她不能明着来，可暗里还是想给陈梦一些教训。

沈冰生陈梦的时候吃尽了苦头，生出来发现是个女儿，面对陈家人的嘲讽奚落，她真的想过掐死这个孩子，她恨这个孩子。

她把孩子放到医院门口，希望她能死，然后自己再生个儿子。那时候计划生育很严，实行独生子女政策，有了这个女儿，她生不了二胎。

可兜兜转转，女儿还是回来了。两岁之前的陈雅，她一眼都没看过，她不喜欢女孩。陈雅两岁的时候，思杰公司发生了天翻地覆的转变，一个机遇，让公司转危为安，随即步步高升。

沈冰也是借着这个机会，成功跻身思杰的领导层。他们陈家从一般人家一跃进入了有钱人的行列，公司上市，开分公司，越来越好。沈冰夺权成功，成为思杰的掌舵人。

一个算命大师说，沈冰的财运是女儿带给她的，让她善待女儿。

于是沈冰才开始对陈雅好。陈雅升高中的时候体检，她发现陈雅的血型不对。沈冰去找了，发现自己的亲生女儿和刚出生的时候一样，是个彻头彻尾的倒霉扫把星，也就放弃了换回来的念头。

陈梦克死了养父，没读过几年书，一身的不良习气。沈冰很看不上陈梦，也不承认陈梦是她的女儿。

如果不是陈聪生病，沈冰大概永远想不起来自己还生过那么一个人。她把陈雅当成亲生的孩子了，因为陈雅能给她带来好运。她无奈地领陈梦回来，之后思杰开始走下坡路。她又想到了那个大师的话，陈梦是她的克星，她的女儿只有一个，就是陈雅。

沈冰快步往自己的车走去，高跟鞋敲在地板上发出清脆的声响。她咬咬牙，觉得不能给钱，只要给钱自己就完蛋了。她希望那些警察能击毙绑匪，死人是不会说话的。

沈冰想到这里就气，抽骨髓又要不了陈梦的命，她怎么能不同意呢？如果不是她狠心，自己也不会招惹上这群亡命徒。

沈冰拿出钥匙，按下遥控，还没拉开车门，一辆警车开了进来。车停下，两名警察快步走向沈冰，亮出证件：“我们是S市刑警，需要带你回局里了解些情况。”

沈冰心里一咯噔，表面上泰然自若：“发生了什么事？”

“希望沈女士配合我们的工作，上车吧。”

沈冰：“你们没权带我走吧？这应该——”

“现在只是协助调查，你女儿被绑架了，”警察解释，“希望你能提供有效信息。”

陈梦不知道时间过去了多久，她又困又饿，手脚被绑着，没办法伸直。她陷在黑暗里，有种被困在棺材里的错觉，非常痛苦。如果到最后她还是要死，那还不如早些死呢，那样也不用受这些折磨。

她倒在冰冷的地板上，冻得瑟瑟发抖。半睡半醒之间，陈梦听到了脚步声，然后铁门被打开。陈梦没有动，她在等，因为不知道对方的底细，她现在只能静观其变。陈梦被拎起来，头套被摘掉，她眼前一片花白。嘴上的胶带被粗暴地撕掉，疼得陈梦眼泪瞬间滚了出来，太遭罪了。

剧烈的咳嗽声响起来，那人拿着矿泉水瓶对准了她的嘴，嗓音粗哑：“喝水。”

陈梦喝了两口，冰凉的水涌入胃里，她打了个哆嗦：“能把我的手脚放平了绑吗？”

那人没搭理她，她咳嗽：“绑得太紧，手脚要废了。你们既然不希望我死的话，能换个绑法吗？”

陈梦几乎是哀求的态度：“我的手捆得太紧，已经没有知觉了。”绑匪停顿片刻后，把她腿上的绳子解开，绑到了脚腕上。他拿了个小马扎坐在陈梦面前，把面包掰成块喂给陈梦。

陈梦不说话，狼吞虎咽地吃着，她饿了。腿上的感觉慢慢恢复，她疼得钻心，但是不敢说话，也不敢停止吃东西，因为吃饱了才能活下去。陈梦吃得噎住，又被喂了一口水。

“你们到底想要什么？我也不是有钱人。”她突然被强行喂了一口水，顿时呛住，咳得惊天动地，“你想要什么总得告诉我吧？”

他仍不说话，拿胶带准备往陈梦嘴上粘。陈梦立刻拒绝：“你能换个东西来堵嘴吗？胶带太疼——嗯！”

她的嘴还是被封住了。绑匪走出了小黑屋，门一打开，海腥味扑面而来。陈梦刚要松一口气，很快他就回来把一条毯子扔在她脚边：“别想着跑，我会杀了你。”

他这回是彻底地离开，铁门再次关上。头套没戴，陈梦隐约感觉那门似乎在斜上方。难道这间房子在地下？

陈梦挪到毯子上，腿终于伸直了，她打了个滚把毯子全部裹在身上。身上有了暖和劲儿，陈梦又想活着了，她不想死。

陈梦这一觉睡得有些久。那个人仍旧过来喂了她一瓶水、一个面包，她始终处于吃不饱也饿不死的状态。

毯子不能御寒，陈梦感冒了，头疼欲裂。她咳嗽了很长时间，求他：“给我一片药行吗？”

绑匪没应她这个要求，她也不知道自己在这个黑暗潮湿的小黑屋里待了多久。她有些绝望，想一头撞死在墙壁上，一了百了。

第二天，警察在海上找到了船，可船上已经没了人。人跑了，线索似乎又断了。警方把东码头搜了一遍又一遍，就差掘地三尺了，依旧没有任何发现。

船在海上，他们可能已经离开S市了，这片海四通八达，能到的地方太多，一一排查的话是个很大的工程。

商谨言仍不死心，他和商深行又细致盘查了一遍码头，真的没有任何可以藏人的地方。陈梦不在这里，那她会被带到哪呢？她还活着吗？

沈冰那边什么都没说，商谨言想不到自己还有什么仇人，他实在想不到。

第三天，凌晨四点半，商谨言被电话铃声吵醒，他立刻就清醒了，迅速起身。面前的监控散发着白光，商谨言怔了几秒，连忙拿起手机，是个陌生号码，他接通："喂？"

"商先生，"电话那头是个沙哑的声音，"你太太在我手里，想要她活命的话，准备一千万。"

商谨言瞬间清醒，迅速按下录音："钱可以给你，我需要确认她还活着，你让她跟我说话。"

电话那头突然传来一声哀号，商谨言立刻提起了心脏，那是陈梦的声音。他想说话，张了张嘴，理智被强行压下去。

"商谨言，我——"电话那头的陈梦声音沙哑，咳嗽了一会儿，然后带着哭腔号了一嗓子，"我想你了。"

商谨言喉结滚动，他快把手机捏断了。房间里的警察全部清醒，他们盯着商谨言，他此刻眼睛通红，拳头紧攥。

电话里绑匪的声音落入耳朵："听到了吗？是不是你太太的声音？"

商谨言让自己冷静下来，有声音传出来不代表陈梦真的安全，他迫使自己的声音平静："电话里的声音和你现在说话的声音背景都不同，绑匪先生。"商谨言的声音尽可能轻松，他说，"你别糊弄我。你想要钱可以，我给你，但是我必须要确认她安全，我要她亲自和我说话。"

电话那头的人沉默了，他没想到商谨言识破了他的计谋，停顿了有一分钟之久。商谨言的心都要跳了出来，对方说："可以让你们通话，不过涨价了。三千万，少一毛都不行。”

劫匪挂断了电话。商谨言站起来，狠狠抹了一把脸，几个警察忙碌着：“正在定位。”

陈梦的那段录音很快就被分析出来，里面不单单有陈梦的声音，有回音，还有水声，看来是在水边，但具体是哪里的水边，谁也不知道。

三千万要怎么交易，他们也不知道，一切绑匪说了算。电话号码是临时的，在路边摊买的，不过最后信号发出的位置他们已经找到了，是S市市中心。

市中心人流量很大，即使是午夜也有不少人来往，他们没办法找出那个人，只能等绑匪下一次打过来，可等了一整天，他再没有打电话过来。已经三天了，商谨言濒临崩溃。

第四天凌晨，这回是五点，电话响了起来。

商谨言立刻清醒，整个房间的警察都动了起来，迅速启动仪器。商谨言接通电话：“喂？”

“钱准备好了吗？”

“准备好了。”商谨言说，“我要和我太太说话，确认她安全。”

“可以。”

商谨言听到走路的声音，似乎是踩在铁板上，有回音，他眯了眼睛——这是什么房子？

电话那头的绑匪凶神恶煞：“起来，说话！”

商谨言浑身紧绷，他宁愿自己被绑架，涉险的是自己，那样都没有这么煎熬。他看不到陈梦，不知道她正遭遇着什么。电话那头陈梦咳嗽起来，随即沙哑的声音从电话里传过来：“说什么？什么？”

“陈梦？”商谨言试探着叫了一声，电话那头瞬间静默。

“嗯。”陈梦不想哭，但一开口泪就滚了出来，声音沙哑，“商谨言。”

绑匪夺走了电话，把陈梦推到一边：“听到了吗？”

“钱给你，可你必须保证她的安全。”

“拿到钱我就放人。”

“希望你能做到。”商谨言看向对面的警察，比了个“OK”的手势。

“明天我会给你打电话，具体交易地点到时候再通知你，准备好钱。”

电话被挂断，商谨言站起来，他几天没洗澡，没出这间屋子，此时胡子拉碴，眼睛里有血丝，整个人显得阴沉暴戾：“坐标？”

“我听到水声，可能是在江边。铁的屋子，或者——船？”

“详细坐标定位出来，东码头。”

“马上行动，人还在东码头，搜索全部船只还有铁房子。秘密行动，不要惊动绑匪。”

这个案子造成的影响极其恶劣，上级不断地施压，必须在最短的时间内破案。

商谨言站起来，刑警队长说：“你守着电话，绑匪会随时打电话过来。”

“好。”商谨言又坐了回去，一下一下地敲着桌面，心想陈梦还活着就好。

待其他人走后，商谨言又点了一根烟，然后静静地看着电脑屏幕。白色烟雾缭绕，遮住了他的视线，他眼睛发酸。

三年前他也想不到自己会和陈梦结婚，两个人会纠缠这么久。

现在他们已经结婚了，他以为能安定下来了。过个安稳日子就这么难吗？

八点，对方再次打电话过来，商谨言连忙接通，对面的警察立刻戴上耳机，快速操作着定位系统。

“喂？”

“中央百货，开一辆越野车过来，把钱放进去。”

“我老婆呢？”商谨言站起来，“她在哪里？”

“废话别那么多，钱收到我自然会放人。”

商谨言揉了揉脸：“不行，我给钱，你给人。”

短暂的沉默后，他说：“好，不过丑话说在前面，不要报警，一旦发现有警察跟着，我马上杀了她。只能你一个人过来，最后警告你一遍，不能报警。”

“我腿骨折了，不能开车，我弟开车过去，我们两个人。”

电话那头的人沉默半晌，随即说道：“你敢骗我，我就杀了她。”

商谨言看向对面的警察，点头：“我怎么联系你？”

“你到了我会联系你。”

电话挂断，这回是个公共电话，在人民公园附近。警察立马行动，他们分两路，商谨言带钱去交易，警察在四周布置。钱早就准备好了，三千万。

东码头那边很快就传过来消息，没抓到绑匪，不过在一间地下铁仓库里发现了一片血迹，已经取样和陈梦的DNA做对比。

“我们的同事扮作你弟，陪你一同过去。”

“我不确定那个人我是否认识，万一是身边的人，他发现有警察跟着，怕是要撕票。我不希望陈梦有任何的闪失，就不要冒险了。”

“我们需要开会探讨一个安全的方案。”

商谨言抬起手腕看时间：“你们有十分钟的商讨时间，不能耽误太久，人命关天。”

十分钟后，他们计划好方案，对接了方案，他和商深行准备钱。

商谨言戴上了通讯器，钱里面也做了手脚，一切准备就绪。商深行开车，商谨言坐在后面。他转着无名指上的婚戒，静静看着前方，眸子黑得压抑。

商深行从后视镜里看了他一眼：“哥，你别担心，不会有事，一定不会有事。”

“待会儿交易的时候，你有多远就走多远，不要回来。”

商深行顿住：“我陪着你，别出事了。”

“你跟着警察，不要轻举妄动。”

商深行说：“我不走。”

商谨言看过去：“我让你撤就撤，废话别那么多。”

商深行也气愤：“你厉害，这天都靠你撑呢！”

商谨言把戒指戴到了手指根部：“如果我出事了，你照顾爸妈，就这样。”他们家得留一个。

商深行转头看他，拧眉：“你胡说什么呢？”

商谨言说：“听懂了吗？停下车你就撤。”

电话再次响了起来，商谨言接通。

绑匪的声音落入耳朵，他用沙哑的声音说道：“把车停到东门，车牌号多少？”

商谨言报了车牌号，然后问道：“我老婆呢？”

“你让司机出去，留你一个人在车里，车钥匙留下。”

电话被挂断，商谨言看向商深行：“把车停到东门，你走。”

"你怎么办？"

"让你走就走，你管我呢？"商谨言发了脾气，"马上走。"

商深行快速开到指定位置，停下车就走。他走出去，商谨言的电话再次响了起来。

"你下车。"

"我要听她的声音，确认她活着。"

"再废话我杀了她！"

"我需要确认她活着。"商谨言重复了一遍，"她活着，我才能给钱。我给钱，你把人交给我。人在什么地方？"

电话那头的人沉默，商谨言的耳机里有警察的声音传过来："再拖半分钟，我们在监测他的位置，注意安全。"

商谨言握着手机，指腹抚过机身。电话那头突然响起了喇叭声，很短促。商谨言手指一顿，飞快地搜寻着刚刚听到的那个声音里的线索。

耳朵里突然就响起了陈梦的咳嗽声，她嗓音沙哑："商谨言——"

"陈梦？"

"好了，可以下车了。"绑匪的声音传来，还有陈梦的"呜呜"声，不过很快就停止了。

商谨言："好，我下车，不要伤害她。我在什么地方接她？你总要说个地点吧？"

商谨言下车，左右看看，绑匪的声音落入耳朵："进商场，不要回头。"

商谨言走进商场："钱我给了，人在哪里？"

"上七楼电影院。"

商谨言：“具体位置？”

“你照做就知道了。”然后电话被挂断了。商谨言攥紧电话匆匆往楼上走。耳机里警察的声音传来：“去七楼吗？人在七楼？我们的人已经到七楼了。”

商谨言刚要往楼上跑，突然反应过来：“等等，去地下停车场，赶快。”他转了个身，飞快地朝负一楼跑去，他声音压得很低，“人在负一楼停车场。”

电话响了起来，商谨言接通，商深行的声音传入耳朵：“车被开走了？你接到陈梦了吗？”

车子迅速调转方向急冲出去，陈梦撞在后座上，她看了眼旁边黑洞洞的枪口。额头上有汗沁出，陈梦因为发烧，整个人都恍惚着。嘴被堵着，她发不出声音。

“拿到钱了吗？”那个声音粗哑的男人一只手握着方向盘，另一只手拿着手机，“撤。”

地下停车场的出口越来越近，亮点渐渐变大。他踩下油门，突然一辆SUV斜着冲了出去，直撞上他们的车。车子撞上来后并没有停下，反而加大油门拼命地拱了过来，他们的车斜着被撞到了柱子上。

拿枪的男人在巨大的撞击下，飞出去撞在车玻璃上，枪也掉在地上。陈梦的头撞在车门上，她迅速回神，一脚踢飞了枪。

身上的人刚要爬起来，一颗子弹飞过来击中他的头部，瞬间血混合着脑浆飞溅。陈梦只觉得眼前一黑，人就砸了过来。

重感冒加上这几天的折磨，她的神志有些恍惚，也顾不得恶心和害怕，大脑一片空白，温热的血流淌了她一身。远处响起了巨大的爆炸声，只一瞬间，车玻璃被砸开，有人抱住她把她拖出了车。她恶心得想吐，也看不清楚来人是谁。

“陈梦！”

商深行？

“你——”陈梦从车玻璃上看到一个身影，情急之下用尽全力推开商深行，“小心！”

枪响了一声，他们两个就滚到了地上，商深行仰面躺着，血从伤口涌了出来。

远处密集的子弹打了过来，警笛声大响。男人甩出烟幕弹，下车扯起陈梦，拉到副驾驶座上，然后迅速上车，踩下油门就冲了出去。

绑匪的面具被扯掉，陈梦喘息着看过去，终于看清楚了男人的脸。

陈梦蒙了几秒钟，忽然笑出了声，真是太可笑了！

陈梦一身的血，也不知道是谁的，只知道有很多。

“闭嘴，不准笑！”

陈梦一头朝刘成撞了过去，刘成没想到她会这么疯狂，敢做撞枪口的事。他两只手抓住方向盘，顿时被撞得失控，车子一头撞上了墙壁。

他的头撞上仪表台，他狠转了一下方向盘，抬手要拿枪，陈梦狠狠咬住他的手腕，他手里的枪掉在了地上。他一巴掌把陈梦扇开，怒吼：“滚！我不想杀你。”

陈梦摔回副驾驶座，脑袋里嗡嗡地响。外面警笛声连成了一片，喧哗让陈梦产生幻觉。她从没有玻璃的窗户看出去，阴郁的天空没有阳光。

她觉得很可笑，很想杀了自己。这么多年，她竟不知道刘成还活着。她帮刘成养孩子，以为他死了。她以为自己对得起朋友，以为自己没有做错。

刘成骗了她，骗了琳琳，骗了所有人。

陈梦嘴角涌出了血，剧烈地咳嗽起来。她吐出一口血，觉得自己要疯了。

“刘成，竟然是你！竟然是你！”

“我在七楼安了炸弹，你的男人会被炸死，粉身碎骨。梦梦，你怎么嫁给了我们的仇人呢？你怎么能这么贱？因为他，我才变成这样。”

刘成的声音粗哑，像是沧桑的老人，他眼睛通红，阴鸷地盯着前方的路，笑声陌生而恐怖，带着仇恨：“他杀了我那么多弟兄，让我活成今天这个模样。他让我生不如死，活成了鬼，你怎么能和他结婚呢？你们都应该死！我还容忍你活着，已经够仁慈了，你别逼我！”

他是个狰狞的陌生人，不再是曾经温厚的大哥。

陈梦初入社会时，被很多人欺负。刘成帮她，对她好，管她吃喝。陈梦感受到了什么叫宠爱，刘成宠她和琳琳，把她们两个都当女儿来宠。陈梦以为自己遇到了好人，她没办法相信这个狰狞恐怖的男人是刘成，他和记忆里的人扯不上关系。

刘成撞开了一辆警车，他开枪打在警察身上，陈梦的眼睛里只有血。因为顾及她，警察始终没敢太强硬阻拦，他们处于劣势。陈梦的手脚都被绑着，挣扎不开，于是她咬牙用尽全力撞向刘成。

陈梦听到了爆炸声——商谨言死了吗？

陈梦眼睛血红，她咽下了嘴里的血，重重撞向方向盘。刘成来不及调整方向，车子斜着冲了出去，急速冲出护栏，撞到了路边的树干上。

刘成来不及掏枪，就因为惯性被甩了出去。车玻璃已经全部碎裂，陈梦被甩到了绿化带中，他卡在玻璃中间。

爆炸之后的七楼浓烟滚滚，警笛声响成一片。警察快速冲了上来。他们去探陈梦的鼻息，她的嘴里全是血，一张嘴，血就顺着嘴角流出来："商谨言……"

视线一片模糊，她产生了幻觉，她看到穿着黑色西装的商谨言款款走来。他一直走到她身边，单膝跪地，说："梦梦，我带你回家。"

"商——"陈梦没叫出来，意识撑不住了，她歪头昏迷过去。

地下停车场，商谨言扯下衣服紧紧按着商深行中枪的腹部，回头大喊："叫救护车！快点叫救护车！"

商深行中了两枪，血淌了一地，灰白色的水泥地变成了暗红色。商谨言用沾满血的手抹了一把商深行的脸："别睡，别闭眼，听到了吗？"

他没想到商深行会撞上去，也没想到商深行会为陈梦挡枪。所有的事情都发生在一瞬间，他根本来不及做出别的反应。

绑匪下车的时候，他也看清楚了那人的长相，是刘成。上一次他去K市就是打击这一伙人，刘成竟然还没死。刘成不仅没死，而且回来绑架了陈梦。

医生的车开不进来，外面发生车祸堵住了路，他们带着医疗用品冲进来做紧急救护。商谨言站起来，茫然地看着出口。

陈梦呢？刘成会不会杀了陈梦？他是个疯子，彻头彻尾的疯子。

"商先生，你太太也发生了车祸，现在已经被送往医院，可能要紧急手术，你赶快去医院吧。"

商谨言回头，脸色黑得瘆人："你说什么？"

"你太太撞到绑匪身上，大概是想和绑匪同归于尽——"

商谨言直接冲出去。陈梦出事了。

商谨言赶到医院的时候，她已经被送到了急救室。这边商深行也要手术，商谨言连忙签字，他心急如焚。

幸运的是，陈梦摔在了潮湿的泥地里，虽然身上都是血，可没有明显的伤，只是轻微脑震荡，检查之后就被推到了病房，人仍昏迷着。商谨言擦掉她脸上的血痂，把脸埋在她的脖子上，紧紧抱住了她。无论如何，人没事就好。

很快商祺就到了。商深行还没出手术室，商谨言站起来看到父亲。他很愧疚，也非常难受。

“你弟弟——”商祺一句话没说完，停顿了一会儿，才接着说，“情况怎么样？”

商谨言摇头：“不是很乐观。”

他们都没说话，商祺皱眉站着。过了很长时间后，他们走到了窗户边，巨大的落地玻璃窗外下着雨，雨滴打在玻璃上噼啪作响。

商祺好像老了，他的鬓角有白发，他看着远处，目光深沉：“小时候我总担心你们长不大，那么小的孩子。”

商谨言看向远处，心沉了下去，他的弟弟和老婆都受伤了，他没有保护好他们，他谁也没有保护好。

“可你们转眼就长大了，有自己的想法。”

商谨言垂在身侧的手捏紧。

商祺继续说道：“我最不放心的人就是深行，也许我们都错看他了。”

商深行的手术时间有些长，持续了五个小时。当手术门打开时，商谨言快步过去：“病人怎么样？”

“手术很成功，已经取出了子弹。”

商祺松了一口气，踉跄着往后退了半步，商谨言连忙扶住他的肩膀："爸？"

"没事。"商祺摆摆手，"你弟弟没事就好。"他长叹一口气，重复了一遍，"没事就好。"

陈梦一直睡到第二天中午，睁开眼的时候她恍惚了几秒，又重新闭上眼。

"陈梦？"熟悉的声音传来，她一时间没想起来是谁，再次睁开眼。

视线渐渐清晰，她盯着面前熟悉的人，扯起了嘴角。商谨言摸了摸她的头："退烧了。"

陈梦的脸颊上有一片擦伤，不过她已经这样了，再丑也丑不到哪里去。

陈梦又笑，还盯着他。

商谨言抚着她的脸，捏了下："笑什么？傻了？"

"这是天堂吗？"陈梦艰难开口。

商谨言盯着她的脸："你觉得我像天使？"

"我们都死了？"

商谨言捏着陈梦的脸："我们都没死，刘成被抓住了。"

陈梦用尽全力抱住商谨言就哭了起来，起先是小声哭着，随即大哭。

商谨言把她抱在怀里，摸了摸她的头："别哭了，都没事了。"

陈梦哭累了，抱着他："对不起！商谨言，我对不起你……"

她不知道刘成还利用了她什么，她就是个傻帽，现在终于看清了。商谨言曾说过刘成是人渣，陈梦还反驳。现在那些话都变成了巴掌，狠狠扇在她脸上。她是个愚蠢的人。

“傻子。”商谨言揉着她的后颈，“你就是傻子。”陈梦是个傻子，彻头彻尾的傻子。

她是最愚蠢的人，她一直是别人手中的一颗棋子，却以为能掌握命运。

“你弟弟——”陈梦说不出话。她太蠢了，所有的事情都源于她的蠢。商深行流了那么多血，他能活下来吗？

“没事，明天就可以出重症病房。深行没事了，都没事，我们都活着。”

陈梦紧紧抱着商谨言的脖子。她那时候是奔着死去的，她不想活了。商谨言若是死了，她活着还有什么意思？

陈梦身上都是小伤，没有太严重，只是如今，心境变了，过往的一切都被推翻。陈梦的世界被颠覆，她心里慌乱、迷茫，不知所措。

商谨言和她讲了一遍营救的过程，她静静地听着，一直抓着他的手。过了很长时间，商谨言沉默了一会儿，看她：“坏人就是坏人，他们没有良心，所以才会那么残忍。”

“我恨我自己。”

商谨言的手指拂过她的脸：“你什么时候知道的？”

“在地下车库，从车上摔下来时。”陈梦抿紧嘴唇，半晌后才开口，“我不能相信。你知道吗？我真的无法相信。当年——”陈梦说不出话，闭了闭眼，“他怎么变成了这个样子，面目可憎？我不知道，我不知道现在的自己该做什么、该说什么。他真的是琳琳的爸爸吗？还是我看错了？”

商谨言揉了揉她的头：“睡一觉，醒来就什么都忘记了。”

那是琳琳的爸爸，陈梦一直信任的人，可他是穷凶极恶的罪犯，是个骗子。

刑警队长过来询问陈梦一些情况，顺便告诉他们案情的发展。全部嫌犯被抓到，刘成被抢救回来，等待他的是法律的制裁。

“还有一件事。”

“什么？”

警察看看商谨言，又看陈梦，说道：“沈冰是你的母亲？”

陈梦点头，心也跟着提了起来。怎么了？难道还有事情发生？

“被抓到的几个人供出了沈冰，最初是她出三百万雇他们绑架你，目的是想要吓唬你，逼着你把骨髓移植给她的儿子。”

陈梦知道沈冰不喜欢自己，可没想到对方会用这样的手段，身上一阵阵发冷。她想扯出笑容，却没扯出来，面色冷硬。

“她？只有她儿子的命是命，我的就不是——”

“绑匪的头目是刘成，三年前在K市因为涉嫌贩毒，假死逃跑到金三角，混了几年成了气候就回到S市报复，顺便接了沈冰的活，他的直接目的就是报复你和商先生。”

一周后，陈梦痊愈，却不想出院。陈梦不知道怎么面对琳琳。小姑娘很无辜，可她也无辜，她被刘成害成这样。陈梦现在非常理解当初商谨言的感受。

所以，不要站在道德制高点指责别人，不是当事人，谁都没法感受那种痛苦。刘成杀了那么多人，差点弄死陈梦，她还养他的孩子？陈梦觉得自己真没那么伟大。

“要不先把琳琳送到D城读书，她的学校也找好了，以后的事再说吧。”

陈梦看向商谨言，抿了抿嘴唇：“合适吗？”

“回头找个机会告诉她，这些事瞒不久，再瞒下去可能会成仇。以后的路让她选择，无论她选择什么，那都是她的人生。选择我们，我们会一直帮她，一直到她毕业嫁人；选择她父亲那边，我们也会帮她，不过再不见面。”

陈梦也觉得现在只能这样，她没办法面对琳琳。虽然父母的罪不能放在孩子身上，可她迈不过这道坎。

“我还是无私不起来，我没你善良，我自私。”陈梦说实话，她的心没有商谨言那么大，“琳琳本身没有错，她什么错都没有。”

“你的想法没问题，琳琳也没错，只是有些事，我们都得面对。”

现实给陈梦上了一课，残酷得让她几乎丧命。她叹口气，握着商谨言的手不说话。

“那你还出院吗？”

“深行怎么样？”

“已经稳定了，我们马上过去看看他。”商谨言去倒了一杯水，过来说道，“刘成醒来了，你要见他吗？”

陈梦立刻摇头，想都没想就拒绝：“不见。”

商谨言敛了黑眸，静静看着她一会儿：“不去见也好。”他也不希望陈梦再见刘成，刘成太恶心人了。

安排人送琳琳到D城后，商谨言去见了刘成。因为刘成始终不交代，并且要求见商谨言，刑警队那边经过申请后，就要商谨言过去见面。

刘成还在医院，他伤得比较重。病房外面重重看守，十分严密。商谨言走进去看到他身上插着管子，手还被铐在病床上。商谨言走到床头，居高临下地看着他，嗤笑了一声。

刘成睁开了眼，目光瞬间阴鸷起来：“你？”

“还记得我？”商谨言拉过一把椅子坐下，点了一根烟，深吸一口。不远处的警察提醒他：“这里不能抽烟。”

商谨言恨不得把烟插刘成脸上，他又吸了一口，才把烟摁灭并扔进了垃圾桶：“为什么绑架陈梦？”

“哼！”刘成目光阴沉，全然是憎恨，“你们这些该死的人！你们都该死！”

“那你该死吗？你女儿该死吗？”商谨言换了个姿势，目光阴沉下去，“你知道陈梦为了救你女儿做了什么？”

刘成一怔，猛地瞪大眼：“你说什么？琳琳还活着？”

“刘琳琳，今年十二岁，一直跟着我和陈梦过。”商谨言看着他，恨不得弄死他，“很讽刺是吗？陈梦当初为了救你女儿差点没命！很好啊，你又绑架了她，让她差点没命。以怨报德，你做得很好。”

刘成直直地看着他，眼睛血红：“你说什么？你到底在说什么？”

商谨言冷笑：“讽刺吗？嗯？你是不是觉得你很傻？”他站起来，几次想伸手抓起椅子砸到刘成身上，都强行忍了下去，“陈梦为了救你女儿去坐牢，背负一辈子的罪名。而你干了什么？你杀了那么多无辜的人，绑架了你最应该感恩戴德的人。你这种人渣就不该活下来，你活下来干什么？让你女儿再经历一次千夫所指，让她这一辈子都活在唾骂中，这就是你带给她的。你造的孽要落在她的身上，你有什么资格活着？你早该死了。”

刘成张了张嘴，他以为琳琳死了，他真的以为琳琳死了。琳琳病得那么严重，他去弄钱没弄到，还差点被炸死，再次醒来时就已经出国了。他人不人、鬼不鬼地活着，心里只有仇恨。他想，没有人管琳琳，他的宝贝女儿一定死了。

“你的女儿得为你的罪行买单，用一辈子去弥补你犯下的错。”商谨言微笑，“很好。”

商谨言说完，转身大步就走。走出门，他偏头罩着打火机点燃了烟，狠狠吸了一口，然后拧眉看向前面的警察：“谈谈。”

“好。”

他们走出医院，上了车。

刑警队长姓李，是个三十多岁的男人，他刚刚全程在听，问道：“他还有个女儿？”

“嗯。”商谨言弹落烟灰，靠在座位上，掐了掐眉心，“我媳妇收养了他的女儿，她现在是我们名义上的养女。”

李队长也点了一根烟：“你太太和他怎么认识的？”

商谨言简短地讲了事情的来龙去脉：“她以为他死了。”

李队长沉默许久，摁灭烟头，打开一瓶水灌了一大半，手指在空中挥舞了半晌，然后开口：“你太太确实……挺单纯的！”

商谨言又点了一根烟：“他会说的，就算是为了他女儿，他也会说的。”

“他的孩子品行好就算了，如果真有问题，把她送到我这里。”

商谨言点头，推开车门拄着拐杖下车，关上车门大步朝医院走去。李队长又叹气，觉得他们夫妻也不容易。人心怎么能那么坏呢？这个刘成真是……一言难尽。

商谨言和陈梦都默契地不再谈这件事，假装遗忘。因为绑架案，陈梦宣布退出比赛。节目组给她打过电话，她以身体差为借口给推了。

彻底恢复后，陈梦出院回家。商谨言把琳琳送到了D城读书，就又忙上了工作。陈梦在家睡得难受，一天三趟地跑医院给商深行送汤。她觉得挺对不起商深行，他帮她挡了两枪，差点就没命了。

她煲汤的技术还不错，起初商深行是极其喜欢的，渐渐就崩溃了：“我想吃肉，能换个做法吗？”

陈梦窝在小沙发上给商谨言发信息：“你不爱喝啊？不爱喝我就不煮汤了，以后你还是吃医院的病号饭吧。”

商深行：“……”还能不能好了？病号饭更清淡，没滋没味。

“明天给你换个鲫鱼汤。”

“我又不是坐月子，喝鲫鱼汤干吗？下奶啊？”

陈梦笑了起来：“是啊。”她盯着他胸口看，颇为认真，“还真是大了。”

商深行瞪大眼，连忙捂住胸口：“你这女人……要不要脸？”

陈梦笑倒在沙发上，逗商深行是她最大的乐趣：“我从来都没脸。”

陈梦打开电视看《最美声音》的重播，已经到六进四了。正好阿K在表演，陈梦说：“阿K如果没有后台的话，早该被淘汰了。”

商深行本来想反驳，但看到阿K的唱功，对她的说法心服口服：“你说得很对，如果没有黑幕，他的唱功连十强都进不去。”

陈梦伸手拿走桌子上洗干净的草莓，酸甜的果汁在舌尖上迸发，她叹口气：“可惜了，如果不是闹这么一次，我还能再唱一场。”

“遗憾？”

“还好。我打算开工作室，把那个路华签下来。”

“路华？”商深行扬眉，“哪个？”

“九进八被PK下去那个。她有实力，就是背景不行，我最近正在联系她。”

“那个姑娘确实很有实力，签下来可以，好包装。”

“能走商业歌手的路线。”陈梦说，“主要是能赚钱，她有前途，谈下来我会告诉你。”

“工作室什么时候开业？”

“我没有多少头绪，谈妥她的合同就开业。”

商深行倒了下去，看着天花板叹息一声：“反正我又不唱歌了，管这么多干什么，与我何干？”

晚上陈梦送完汤，商谨言过来接她，商深行告状：“你管管你媳妇，我喝汤都快喝成傻子了，你听听。”商深行拼命地晃脑袋，“听到了吗？脑袋里都是水，汤灌多了。”

商谨言把他的头推回去：“老实待着，你的智商跟你喝不喝汤没关系，天生蠢。”

商深行受到了一万点的伤害，受到暴击的他目瞪口呆。

商谨言麻利地收拾好保温桶，找到陈梦的包：“走了。”

天气渐暖，出了门陈梦就接过包，又要去拿保温桶：“给我拿吧。”商谨言的腿虽然好彻底了，可陈梦依旧担心他腿疼。

“我拿着吧。”商谨言没给她，两人并排往外面走，“深行恢复得怎么样？医生怎么说？”

“挺好的，再过一段时间就可以出院了。”

走到停车场，商谨言停下脚步，陈梦抬头看过去：“怎么了？”

商谨言俯身在陈梦嘴唇上亲了一口：“没事，回家。”

软绵绵的一个吻，顿时让陈梦脸红心跳，她挽着他的胳膊：“商谨言——”

商谨言笑了起来，表情温和：“干什么？”

“亲一下就跑？”

商谨言的嗓音沉下去，意味深长：“不然呢？在这里为爱情鼓掌？”

陈梦在污上面终于败给了商谨言，她瞪大眼：“你好坏，你不纯洁了。”

商谨言打开车门，把陈梦塞进去，说道：“夫妻鼓掌怎么了？哪里不纯洁？”

这个梗被商谨言玩坏了，陈梦乐得不行，上车后趴在他的肩膀上笑：“别这样，营养跟不上。”

商谨言扬眉：“营养跟不上？”

“这车飙得太快。”陈梦松开商谨言，“太污了，以后不许这样说。”

商谨言捞过陈梦来了一记深吻，然后黑眸凝视着陈梦，嗓音沉哑：“系上安全带，回家。”

陈梦推开商谨言，狂笑得差点喷出口水。

他们到家放下东西，刚要上楼，阿姨就叫他们吃饭。吃饭期间，陈梦一直在桌子下面拿脚钩商谨言。商谨言瞪了她一眼，拧眉，表示不赞同她的动作，毕竟母亲也在这边吃饭。陈梦老实了，商谨言给她盛汤：“多吃点，营养得跟上。”

陈梦埋头喝汤，假装听不懂。

吃完饭，陈梦推着苏敏出去散步，商祺因为B城有事，在商深行身体好一些的时候就走了。

朗月疏星，桂花散发着幽香，入秋了。陈梦推着苏敏往前面走，商谨言走在她身边，风吹过有些凉。商谨言看她一眼，说道：“怎么不穿厚一点？冷不冷？”

“我不冷。”

商谨言握着陈梦的手，和她并排走着，她笑了笑。夜晚安静，倒是散步的好时候。

之后陈梦忙着弄工作室的事。《最美声音》终于播完了，冠军不是徐薇，而是一个名不见经传的小人物。徐薇比赛造假的事被扒出来了，他们家公司的产品被曝出有害物质超标，质监部门已经严查下去，快出结果了。

陈梦默默感叹一句，人怕出名猪怕壮。到九月，徐家的事已经出了结果，公司被查封，负责人全部要被追究刑事责任。

晚上陈梦和商谨言讨论这件事，商谨言目光淡淡的："做食品公司，食品安全最重要。他们自身有问题，还大肆宣扬，有这样的结果不意外。"

陈梦看他，扬眉："你没添一把柴？"虽然陈梦没有问，但是她猜测当时扒她的那些帖子估计是徐薇干的。

"我没有。"商谨言抱起陈梦放在桌子上，低头亲她的额头，一直到鼻子，"不屑。"

陈梦抱住他的脖子，笑道："这倒像是你的脾气。"

商谨言亲着陈梦的脖子，随口说道："十月一号把婚事办了，明天爸爸回来。"

陈梦被他亲得上火，仅存的理智让她发出疑问："十一吗？你都准备好了？"

"嗯，过几天去拍婚纱照，想在国内还是国外？"

"随便了，我的工作室刚签了人，还有很多事要忙，估计不能去国外，你觉得呢？"

"那国内吧。"

第二天早上，陈梦开车和商谨言到机场接到商祺。商祺已经提交申请，他不往上升的话，那就快退休了。

"这次在S市待多久？"

“十月中旬去B市。”苏敏突然生病，他才觉得世事无常，两个儿子都不愿意跟他走仕途，他又何必呢？“十二月基本上都能办妥，到时我带你妈回D城。”

“在S市不好吗？”

“D城毕竟是根，年纪大了，总想个落叶归根。”

商谨言劝不了他，说道：“今天深行出院，我先送您回去，然后再去接深行。”

“他好了？”

“嗯，年轻恢复得快。”

陈梦和商谨言把商祺送到家后，换商谨言开车，他们直奔医院，想中午一块吃个饭。好歹人是凑齐了。路上陈梦接到《最美声音》节目组的电话，她犹豫了片刻后，接通。

“陈小姐，你最近有时间吗？”

“还行，有事吗？”

“我们八月十五有个晚会，想邀请你来参加。”

这个电视台知名度很高，八月十五的晚会应该有很多知名的歌手，这是个很好的机会。

“可以带一个人吗？”

“谁？”

《最美声音》的编导现在是中秋节晚会的策划，她很喜欢陈梦，所以才打了这个电话。

“参加过《最美声音》，路华。”

“最近有时间见个面，商量下具体是合唱还是个人单唱。”陈梦的人气更高，路华显得无足轻重。

“好的。”

陈梦挂断电话，商谨言看了她一眼："谁的电话？"

"《最美声音》的编导，她想让我参加中秋之夜，是个机会，我把路华带去。"

"你这个算盘打得不错。"商谨言笑道，敲了下方向盘，"就去唱首歌，也不招事，可以。"

陈梦笑了起来，她特别喜欢商谨言支持她事业的样子："我也觉得不错。"她顿了一会儿，说道，"《最美声音》对我来说是个遗憾，我走都没来得及和观众道别，悄然无声。"

"不开个微博？"

"不开，是非多。"

在陈梦离开《最美声音》那期，好多观众都哭了，他们在官博下喊着让陈梦回来，喊了上万条。陈梦没有和他们正式道别，她走得像一个逃兵，她和商深行一样，匆匆离场。

来不及说一声再见，来不及鞠躬感谢那些可爱的观众，陈梦很遗憾。她需要一个正式的场合，无论是永别还是再见，她需要面对，她欠那些粉丝一个解释。

他们接到商深行，商深行依旧是那副作死的样子，歪戴着帽子，穿得吊儿郎当："我能不回D城吗？"

商谨言说："你选的路和我可没关系，你和我说不着。D城那边公司没有人管，现在乱成一团，那是你的事。"

商深行哀号一声靠在座位上，目光呆滞，有些绝望："一想到要回去面对那些老顽固，我头都大了。"

"琳琳放在D城。"商谨言说，"暂时住在你那里，等她升初中就换寄宿学校。"

商深行不解："为什么？你们怎么把琳琳放在D城了？"

“她的父亲是刘成。”

商深行没听懂：“什么意思？”

“绑架陈梦的人是刘成，打伤你的人也是刘成。”商谨言觉得商深行早晚还是要知道的，说道，“我不想把她养在S市了，怕出意外。”

商深行蒙了，他一时间不知道该说什么、该做什么反应。那个劫匪是琳琳的爸爸，那琳琳的身世到底有多不堪？

商深行心情很复杂。陈梦和商谨言的选择没有错，琳琳也没有错，错的是刘成。可他们是绝对不能待在一起，不然势必成仇。

“那……要不再找个孤儿院——”商深行话没说完，自己都觉得荒唐，“对她太不公平了。算了，在D城就在D城吧。她知道这件事吗？你们告诉她了？”

“目前还没有。”商谨言说，“我们在考虑怎么和她开口，这件事不好说。”

商深行犯愁了，觉得很为难：“这件事必须告诉她，她如果不知道，只会恨你们。”

“她知道了就不会恨我们了吗？”商谨言反问。商深行哑然，沉默。他心情很差。琳琳怎么会是那个绑匪的女儿呢？这颠覆了他的认知。

周五陈梦和梦玉见面，他们同意陈梦带路华过去，不过需要她们两个人拍宣传照片。官方微博放出照片后，陈梦的粉丝就炸了。编导找陈梦要歌曲的时候，她犹豫了。作为歌手，一直唱别人的歌算怎么回事？

她写过一首歌，不过不算成熟。

她打电话和商深行商量。

“你觉得我那首单曲可以拿到中秋之夜唱吗？”

“我觉得完全没有问题，要不你先录一遍，然后让中秋之夜的编导做决定？”

“那行。”

陈梦录了三首歌送过去，其余两首是商深行的歌，他写过不少。虽然他现在转行了，但是写歌的能力还没有丢。他是个天赋型创作人，陈梦挺看好他写的那两首歌。

梦玉很快就给了结果，选了陈梦写的那首类似小调的歌，这把陈梦给激动坏了。

中秋之夜很快就到了。

需要提前排练，陈梦大半时间都在排练室。中秋那天，她给全家都送了票：“有时间就过来。”

“没时间。”商谨言拿着票看了看，上面印着陈梦的脸，虽然在角落，“我得加班。”

苏敏最近虽然恢复得不错，但也没到能看演唱会的地步，而商祺那么古板的人，还真不会去看演唱会。商深行在D城，根本就没回来。

吃完午饭陈梦就赶往演播厅。一下午，家里没有一个人给她打电话，她心里确实有些失落。前面的一个个表演完，当陈梦走上舞台的时候，她突然百感交集。音乐声响起。

这是她最熟悉的舞台。

她鞠躬，随即站直。陈梦的头发已经齐肩，她穿着深蓝色的纱裙，扬起嘴角，下面有无数粉丝尖叫。她的声音通过话筒传入音响，回荡在整个会场。

可爱的歌词，搭配上她柔软的声音，听着是种享受。陈梦看着远处挥舞的荧光棒，笑了起来。有舍有得，有时候，人必须做出选择，这是没有办法的事。

如果再回到三年前，她会做什么？她可能依旧会毫不犹豫地去追商谨言。

安静的小情歌结束了，会场静谧了几秒，随即响起热烈的掌声。陈梦热泪盈眶，忽然鼻子就酸了。她鞠躬，再抬起头："感谢这个舞台让我认识了你们，抱歉，我做了逃兵，没来得及和你们说一声再见。"

有歌迷大声喊着她的名字，她抬起头，扬起嘴角，又成了那个不羁的陈梦。她用手指在额头上比了一下："再见。"

她转身大步下台，身后喊声、尖叫声不绝。

陈梦走到化妆间换衣服、卸妆，电话响了起来。

陈梦接通，商谨言的声音落入耳朵："出来。"

陈梦扬眉："出来？去哪里？"

"在后台门口等你。"商谨言说，"不出来我就走了。"

"你敢走！"

陈梦挂断电话就走了出去，在出口处看到商谨言怀里抱着一束红玫瑰，玫瑰火红耀眼。他穿着黑色衬衣、黑色西装裤，双腿修长，身材挺拔。陈梦扬眉，随即笑出声，手背在后面，朝他走过去。

一直走到商谨言面前，她抬起下巴："这是干吗？嗯？"

商谨言把花递给她："接你啊。"陈梦接过花放到地上，然后抱住他亲了一口。花香很浓，呛得陈梦一连打了两个喷嚏，商谨言要亲回去的念头就打消了。

"怎么了？感冒？"

"没事。"话音未落，又接二连三打了几个喷嚏，陈梦捂着鼻子去拿花，瓮声瓮气道，“怎么想起来送花了？”

“别人都有。”商谨言握住陈梦的手，然后两人往外面走。她不捂鼻子就又打喷嚏。商谨言这才意识到问题所在，拿走了花：“你过敏？”

“可能花香太浓。”花很大一束，非常壮观，也很俗艳，非常符合商谨言的品位，他就爱这口。

“那扔了吧。”

陈梦连忙拉住他的手：“别啊，你第一次送我花——阿嚏！”

商谨言：“……”

他们走出门，商谨言说：“你等着，我去接爸妈。”

陈梦感到意外：“你爸妈也来了？”

“嗯，在看晚会。”

“那让他们看吧。”陈梦拉着商谨言往停车场跑，“晚一会儿来接他们，至少让他们看完。”

“那我留司机等吧。”商谨言低笑，“你想干什么？”

“你猜？”

“刚刚唱的那首歌是写给我的吗？”

“你猜啊！”

商谨言抱起她扛在肩膀上：“我猜——我们该换个地方，好好深入交流。”

陈梦不是什么好人，她很自私。别人有的毛病她都有，别人没的毛病她也有。她虚荣、爱钱、喜欢作，商谨言能包容她的一切，对她来说，这就够了。

第七章

婚礼

婚礼前，他们打算回D城一趟。陈梦必须面对琳琳，她不能再逃避了，逃避下去对谁都不好。一路上陈梦都很忐忑，她心里很乱。陈梦把脸埋在商谨言的胳膊上。她和琳琳的感情是真的，她救琳琳的时候，也真是因为琳琳可怜。

商谨言捏了捏她的后颈："晕车吗？"

陈梦点头："有些恶心。"

"快到了。"

车子在小区门口停下，商谨言拖着行李走在前面。两人还没走到家门口，琳琳就跑出来了，笑得很灿烂："叔叔阿姨。"

琳琳满脸的期待刺痛了陈梦的心，可她终归要面对，她逃不了。琳琳不知道他们为什么要把自己送到D城，可送就送了，她不会去问，她觉得他们总有道理。

她连忙去接商谨言手里的行李箱。商谨言当然不能把这么大一个行李箱让一个孩子拿。

“不用，你拿不动。”

琳琳跑去接过陈梦手里的一个小袋子，抱着她的胳膊：“阿姨，你不舒服吗？”

陈梦看着她的脸，她长得不像刘成。陈梦心神恍惚，想着她如果不是刘成的女儿就好了，又觉得自己傻，她如果不是刘成的女儿，自己又怎么会认识她。

“阿姨，你怎么了？”

陈梦回神，连忙摇头：“没事。”

琳琳和陈梦一同上台阶，说道：“这边比S市好，同学、老师都对我很好，家里奶奶做饭也很好吃。”

陈梦摸了摸她的头发，她又长高了一些。商谨言走在前面，陈梦看看琳琳，到嘴边的话又咽了回去。

家里有一个阿姨，收拾房子和做饭。商深行很少回来，她就管这个半大的孩子。午饭是典型的D城口味，也不知道是不是饭菜不合口味，陈梦吃到一半就跑去洗手间，吐了个天昏地暗。

商谨言走过去拍着她的肩膀，把水拿过来：“慢点，喝口水。”

陈梦眼前发黑，喝水漱口。商谨言扶着她：“晕车？”

“可能是吧。”

商谨言把她扶到客厅坐下，又去接了温水过来：“喝口水压压。”

陈梦难受得半死：“你去吃饭吧，别管我了，我缓缓。”

商谨言摸了摸她的额头，也不热，就说：“要不你上楼睡觉吧？马上给你煮点粥。”

“不想上楼，我坐一会儿。”

琳琳也过来看陈梦的情况，商谨言让琳琳过去吃饭，然后强行拖陈梦起来带她上楼：“去睡一会儿。”

陈梦被塞进了被子里，她闭上眼：“没事了，你去吃饭。”

商谨言关好门下楼，洗手后走进餐厅。阿姨小心翼翼地问道：“太太怎么了？东西不合口味吗？你们喜欢吃什么，以后我就照做。”

“可能晕车，让她睡吧，醒来再煮些清淡的。”

商谨言也怕陈梦再出个什么事，她刚刚吐得脸都白了。

商谨言皱起了眉头，心想要是她醒来还吐的话就得去医院看看了，她身体弱。

陈梦睡到四点，阿姨给她煮了很稀的米粥。

陈梦喝了两口就吐了，商谨言的心提起来了——她吐成这样，这还了得？他拿了陈梦的外套下来递给她：“穿上，上医院。”

陈梦吐得头晕，瘫在沙发上：“不用了吧。”

“别废话，赶紧起来。”

陈梦被拖到医院，医生检查了也没什么问题，就开了一些药，结果她晚上又吐。阿姨炖了鱼汤，陈梦闻到味，脸色就变了，直冲洗手间。

商谨言连忙跟了过去。

等陈梦出来，商谨言去厨房拿水，阿姨走过去，问：“去医院检查的什么？”

“肠胃。”

“没事吗？”

“没事，可能还是晕车。”

阿姨看商谨言要出去，连忙叫住他：“太太是不是有了？”

商谨言顿住：“什么？”

“你们有没有去检查这方面？她很像怀孕的迹象，如果你们没有打算要孩子，那是我唐突了——”

商谨言呆愣了几秒，把杯子一放就跑了出去。陈梦手里捧着胃药正等着商谨言的水，干咽毕竟不如有水好吞下去。商谨言快步过来，拿走了她手上的药。

陈梦抬头：“干什么？”

商谨言看着她的眼：“你例假多久没来了？”

陈梦：“……”

她怎么知道！

两人大眼瞪小眼，短暂的沉默后，商谨言摸她的脸：“你会不会怀孕了？”

一道雷劈下来，陈梦被炸得焦黑。好大个乌龙！她张了张嘴：“不是吧？”

“你先别吃胃药了。”幸亏没吃胃药，饭前陈梦要吃，商谨言以马上就吃饭为理由就把这件事岔过去了。万一是怀孕，吃药就要注意了。

“去医院？”商谨言问她。

陈梦也不知道，她对这事了解得很少：“我听说有那种测纸，你要不去药店买个回来让我试试？”

商谨言二话不说就出门了，动作干脆利落。陈梦喝了一杯温水，胃里好受一些就上楼回卧室，趴在床上算自己的例假日期，看看到底多久没来。她不算不知道，一算了不得，怀孕这事恐怕八九不离十。

商谨言把验孕棒买回来，陈梦测过后，两人坐在床边看着上面的红杠杠。谁也没想到陈梦会在这个时候怀孕，都很意外。足足过了一分钟，商谨言抱起陈梦狠狠亲了她一口，嘴角带了笑："明天去医院再做个检查。"

"我听说到医院也是用试纸，都差不多。"

"那也去看看。"商谨言把陈梦放到床上，搂着她的腰，"不知道是哪一次怀上他的。陈梦，我们有孩子了。"

陈梦没有一点概念，谁知道什么时候怀的，商谨言要的频率那么高。

"我去给爸打个电话，告诉他们一声。"

陈梦："……"

商谨言挨个打电话通知，他要当爹了。陈梦不忍看了，他怎么……那么像哈士奇啊！

第二天商谨言就和陈梦去医院检查，结果是有了，四十天。

初期孕吐属于正常情况，陈梦这个虽然有点早，但也不算稀奇。商谨言咨询医生也是这个结果，没办法，她只能熬着了。等胎儿稳定后，孕吐的情况会好很多。

很快商祺带着苏敏还有商深行就都赶回来了，他们家终于出了一件喜事。苏敏现在说话已经利索了很多，趁着没人的时候，审视着商谨言："怀孕？那上次呢？"

"假的。沈冰想拉她去捐骨髓，我不愿意。"商谨言把沈冰家情况说了一遍，然后说道，"沈冰还想要她的命。"

上次沈冰说话过分，当时苏敏病得严重，实在不好出面，不然大耳刮子都扇她脸上了。她一个劲儿地想让陈梦付出，商谨言说陈梦怀孕后，她还不死心。

“现在他们家——怎么样？”

“沈冰被刑诉了，明年四月一审。”

“她是活该。”

苏敏叹口气，半晌后才说道：“既然有孩子了——你们就好好过。”她算是恢复不错的，可说话依旧有些僵硬，“我跟你爸回D城，你们结婚后，我们就回来。”

“不想和我们住一块？”商谨言说。

“我们也有生活。”现在商祺要退休了，大多数时间都能陪苏敏，他们也是夫妻，需要独处空间，和商谨言他们住一起实在麻烦。

“明白。”

“琳琳留在D城也好，我们闲着没事也能带带她。”

商谨言说：“初中就让她读寄宿，提高自理能力。”

苏敏拧眉：“她现在还不够自立？”

陈梦叹口气，商谨言在她身边坐下，她靠在他身上：“我不知道怎么和孩子说。”

S市的刑警联系到商谨言，想让他们把孩子带过去见见刘成，说刘成还有事没交代。刘成怎么都不说，条件是见琳琳。他不只是绑架，他还贩毒。现在警方想抓住这条线上的其他大鱼，刘成不说，他们一点办法都没有。

晚上，商谨言和陈梦说这件事，她犹豫：“我怎么和琳琳说？她怎么能接受？我说不出口。”

“要不我去说，拖下去只会造成更大的伤亡。”

第二天是周六，商谨言和商祺出去跑步，陈梦和琳琳面对面坐着吃早餐。

“琳琳。”

琳琳正在吃包子，闻言抬头看过来，黑白分明的大眼睛十分水灵。陈梦心里一窒：“我有事想和你说。”

“什么？阿姨你说。”

陈梦放下勺子：“你先吃吧，吃完我们去书房聊。”

琳琳转着眼珠子，快速吃着东西，她现在吃东西的姿态非常的优雅，已经有大姑娘的样子了。陈梦心里堵得慌，觉得刘成太造孽了。

琳琳吃完擦了嘴，又要帮忙收拾碗筷。陈梦站起来：“让阿姨收拾吧，我们上楼去，我和你说点事。”

进了书房，陈梦把门关上，两人在茶桌前坐下。陈梦看了琳琳一会儿，说：“你知道你爸爸的事吗？”

琳琳一顿：“什么？”

“你知道当年他为什么离开我们吗？”

琳琳脸色变了，沉默了一会儿，然后说道：“他们说爸爸犯罪了。”

陈梦掐了掐眉心：“前段时间在S市，我消失了一段时间，你知道为什么吗？”

琳琳摇头，她什么都不知道。陈梦不见了一段时间，随后她就被送到了这个陌生的城市。

“我不知道。”

“我在医院躺了很久，你商深行叔叔更是差点丧命。”

琳琳有些怕，她总觉得陈梦要说什么了不得的事：“阿姨？”

“别急，我话还没说完呢。”陈梦看着她的眼睛，半晌后开口，

“你爸当年贩毒，他杀了很多警察。”

琳琳脸色更白了，盯着陈梦，惶惶不安。她心里有个念头，却不敢说出口。

“当初我们都以为他死了。”陈梦抿了抿嘴唇，深吸气，“琳琳，他没死，只是骗了我们，他离开了。”

琳琳张大了嘴，却没发出声音。她瞪大眼睛看着陈梦，已经无法思考了。

“他绑架了我，向你商谨言叔叔要钱。他要杀我的时候，商深行因为救我中了两枪，在医院躺了很久。那个新闻你是不是看到了？他滥杀无辜，杀了很多人。”

琳琳眼睛有些红。商深行回来过一次，他很瘦也很憔悴，他们说商深行受伤了。原来都是她爸爸干的。她捂着嘴，脑袋里一片空白。

陈梦说：“这些事我本来不想告诉你，他犯的错，犯的罪，不该让你承担。可是，你有知情权，你已经是个大孩子了，这些事你也懂。当时把你送回来，有很多原因，我其实不想你去见他。”

琳琳眼睛里的泪滚了出来，她手在发抖，身体因为压抑着哭而一阵阵地抽搐。她狠狠擦了一把脸，脑袋里很乱：爸爸没死，可爸爸是个彻底的坏人。他为什么要杀梦梦阿姨，要杀小叔叔，要大叔叔的钱？

琳琳紧攥着拳头，指甲掐进了肉里。她无声地哭，哭得浑身颤抖，脸憋得通红。

陈梦说：“你长大了，我想你应该懂得分辨善恶。”

顿了顿，陈梦说：“我们两个的感情和你父亲无关，你做什么选择，我都尊重你。”

过了很长时间，琳琳离开椅子蹲下身号啕大哭。陈梦静静看着她，许久后，她擦着脸上的泪，抬头看陈梦："我想见他。"

她想知道他为什么消失了三年，在最艰难的时候，他把自己扔给陈梦就跑了。现在她的生活好不容易走上了正轨，他为什么要出现，为什么要伤害陈梦？她是小孩子，可她不是傻子。

外面响起了敲门声，陈梦站起来过去开门，是商谨言。商谨言探头往里面看："吃早饭了吗？怎么这么久？"

看到琳琳在哭，没发生激烈的争吵，他这才放下心。他揽着陈梦的肩膀按在身侧，摸了摸她的额头："穿得有点少，手脚冰凉。"

陈梦抱住商谨言，脸埋在他的怀里。她什么都没说，可商谨言懂，他说："我们回去吧。"

"好。"

他们在D城没有待多久，就返回了S市。他们要办婚礼，商谨言也要带琳琳去和刘成见面，事不宜迟。

一路上谁也没有说话，下了飞机，商谨言先送陈梦回家，然后带琳琳去看守所。琳琳坐在车里，眼睛看着窗外，手指攥得很紧，骨节微微发白。

商谨言没进去见刘成，他站在外面点了一根烟，和刑警队长聊了一会儿案情。

"你太太现在怎么样？"

"还行。"商谨言弹落烟灰，笑了笑，"谢谢关心。"

他们客套了两句，就听到里面有很大的动静，有重物落地的声音，两人对视一眼后，立刻往里面跑。

琳琳进去时也不是她一个人，他们怕刘成丧心病狂到连孩子都不放过，就让两个警察跟着。商谨言闯了进去，很快就被警察挡住："你出去！"

商谨言看了一眼，琳琳在中间站得笔直，对面是锁着手脚链的刘成，他剃了个光头，更显苍老。商谨言退了出去。房间内，琳琳死死瞪着刘成："你想过我吗？你抛弃我的时候想过我吗？现在你装什么好人？我用你安排我的人生？你根本就不配做我的爸爸！我的爸爸早死了！我恨你，你死我也恨你，永远恨你！"

琳琳被警察拉了出去，她走出那间房子，蹲在门口把脸埋在膝盖间，手指紧紧掐着自己的腿。过了很长时间，她被拎起来，手里被塞了一团纸："擦擦脸。"

琳琳抱住面前的人"哇"地放声哭出来，商谨言把一团纸压在她脸上，对这个半大的孩子有些束手无策。

他对琳琳没有感情，最多是看在陈梦的面子上客气一下，所以她哭，他也没有多大感触。她可怜，那些被刘成害死的人的家属也很可怜，找谁说理去？

她想哭就哭吧，商谨言也不想说什么。

琳琳哭了很久，商谨言在自动贩卖机上买了两瓶饮料，递给她一瓶："以后有什么打算？"

琳琳很茫然地看着远处，她不知道。她爸爸差点害死陈梦，她不能再住在陈梦家，这对陈梦来说不公平。当年刘成突然消失，都说他死了，陈梦一人挑起了全部的重担。他们全家都对不起陈梦，对不起这份感情。

"我想住校，马上就小升初了，到时候我会选住校的中学。"琳琳抿了抿嘴唇，"我原谅不了他，也原谅不了自己。"大家都不容易，可各有立场，她接着说，"叔叔，我很感激你和阿姨对我的帮助，这辈子我都不会忘记你们的恩情。"

琳琳很清楚自己的处境，即使陈梦和商谨言什么都不说，她也没脸在那个家待下去。她有什么资格？他们给她钱读书，让她过最好的生活，这些她一辈子都还不清。

商谨言点头："我尊重你的任何决定，你阿姨那边我会说服她。"

"谢谢叔叔。"

商谨言没有带琳琳回S市的房子，把这边事情办完便订好机票，直接送琳琳回D城。

候机室里，商谨言拿出手机发信息给陈梦：我晚上尽量赶回去，不用等我，该睡就睡。

信息刚发出去，斜对面一个女人快步冲了过来。他抬头，眯眼看过去。女人花枝招展，他觉得眼熟，却不认识。

"姐夫？"女人快步冲到他面前，就在旁边坐下，"真巧。"

"你是谁？"商谨言蹙眉。

"陈雅，陈梦的妹妹。"

商谨言脸色不太好看："有事？"

"正好看到你，打个招呼。"陈雅从小就是众星捧月的小公主，走到哪里都是全场瞩目的焦点，她就不信商谨言真对自己没半点想法。

沈冰被抓走，别人都不知道发生了什么事，只会恨陈梦。可陈雅知道始末。这一切都在她的掌握之中，她怎么能不知道呢？处在陈雅的位置，陈聪要是死了，对她来说是最好的局面。陈梦已经被踢出了陈家，陈聪死，沈冰坐牢，陈明那个尿包没有任何的能力，她坐收渔翁之利。

"姐姐最近怎么样？我真是没想到，妈妈竟然能做出那样的事。"

商谨言抬眸，微微扬起了嘴角："陈小姐。"

陈雅心里一喜，难不成商谨言对她有意思？伸出了橄榄枝？陈雅计划得很好，可她实力有限，在思杰企业上位并不容易，毕竟她太年轻。如果能把商谨言这根树枝拉过来，陈雅就能借助他得到自己想要的一切。

"姐夫你太客气了——"

"别胡乱叫。"商谨言敛起了笑容，目光冷下去，"不要打我和陈梦的注意，否则，你的下场和沈冰一样，下半辈子都得在牢里度过了。"他听到广播，拿起登机牌站起来，微微颔首，转身就走。

商谨言送琳琳回去，再回到S市时已经是晚上十点。陈梦因为头疼，已经睡了。阿姨连忙去热饭菜，商谨言脱掉外套就上楼去了。

打开卧室灯，陈梦已经睡着了，商谨言走到床边看她。她睡得不安稳，眉头还紧着。商谨言拂过她的眉头，她就睁开了眼睛。

短暂的迷茫后，她开口，声音沙哑："你什么时候回来的？现在几点？"

"十点。"商谨言说，"刚到家。听阿姨说你头疼？"他的手掌移上去按着陈梦的头，"现在还疼吗？"

他的掌心温热，陈梦闭上眼蹭了蹭："还好。琳琳送回去了？"

"嗯。"商谨言突然想到一件事，说道，"在机场碰到了沈冰的那个女儿。"

"陈雅？"

商谨言点头，陈梦拧眉："有什么特殊吗？"

"她很热情地主动来和我打招呼。"商谨言说到这里，拧眉，"事出反常必有妖，不知道她打着什么坏主意。"

"管她呢，上不了天。"陈梦说，"吃饭了吗？"

“还没有，马上下去。”

“你先去吃饭吧。”

商谨言没有继续和陈梦聊陈家的事，不说也罢。沈冰坐牢，陈家基本上算完了。年前的风波已经让陈家伤筋动骨，就剩个空壳子苦苦撑着。沈冰在位时还好，她进了监狱后，所有问题都显露出端倪，只差一个爆发点。

商谨言安排好婚礼前的事，和陈梦去拍婚纱照。最近他们忙得飞起。陈梦还有工作室要打理，两人抽出一天时间去拍婚纱照还被狗仔拍到。时隔几个月，陈梦再一次在八卦新闻里看到自己的名字。

陈梦穿着拖尾的婚纱，十分华丽；商谨言穿着一袭黑色西装，挺拔英俊。陈梦的粉丝找不到可以表白的地方，纷纷涌入商深行的微博。

商深行的微博一片混乱，他头疼得想把微博给扔了，他又不是陈梦的经纪人。

十月一号，陈梦和商谨言的婚礼在S市最大的酒店举行。商谨言倒是想去把陈梦的养母接过来，但被养母拒绝了。她在电话里对商谨言说：“你和梦梦好好地过日子，祝你们永远幸福。我就不去了，我并没有给梦梦带来什么好，她跟着我没享过一天福。我对不起她，希望你不要辜负梦梦。”

陈梦跟着他们没多久，他们家条件就差了，生了小儿子后，她的丈夫去世。一个女人带着两个孩子，条件艰苦，导致陈梦小小年纪就出去赚钱养家。

她不配让陈梦叫她妈妈，她也不配出席陈梦的婚礼。她和儿子活在贫瘠的乡下，那是他们的命。他们不能再打扰陈梦的生活，太不应该。

商谨言没有把这件事告诉陈梦，只当没有联系过她的母亲。

结婚前一天，商谨言把陈梦安排在酒店。她的朋友不多，公司有几个人，他又帮她找了一些。婚礼那天十分隆重，他抱着陈梦从酒店出来。

她的婚纱裙摆很长，拖在地上。这场婚礼挺接地气。接亲的队伍很长，有摄影师，还有一些狗仔记者过来拍，陈梦把脸埋在商谨言的怀里。

商谨言笑着护住她，大步上了花车。他低头亲她的额头："你是最美的新娘。"

陈梦总觉得，婚礼嘛，就是走个过场，可真到了会场，音乐响起，商谨言牵着她的手走过长长的红毯，她的泪一下子就涌了出来。

商谨言帮陈梦擦泪，他们的婚戒换了一对指环，没有第一次买的那么浮夸。交换戒指后，商谨言亲吻陈梦，抱起她。陈梦笑出了声，搂住商谨言的脖子，低声说："我们结婚了。"

"是的，我们结婚了。"

你愿意用一生一世去守护你身边的人吗？

我愿意。

番外一
柔光

陈聪到底还是找到了配型，刚做完手术，思杰这边的问题便全面爆发了。一时间，陈家陷入了窘境。商谨言没落井下石已经够仁慈了。到了十一月，听说陈家的二小姐陈雅卷走公司的最后一笔钱跑了，这真是一场大戏。

思杰永远结束了，陈梦对此并没有过多的感触，她和陈家的感情实在太浅薄了。

陈梦最近忙着工作室的事，也没时间去想那么多。她签了路华，必须把对方捧出来。陈梦挺喜欢路华的性格。初次见面的时候，她觉得路华是那种内向的人，接触后才发现对方性格还不错，在熟悉的人面前很是开朗。

路华是名牌音乐学院毕业的，专业知识很硬，出了一首单曲后瞬间就火了。陈梦只叹自己签对了人，找了音乐策划人、著名作曲人，给她打造第一张专辑。

陈梦以前是很厌烦工作的，可做自己喜欢的事情就满是热情，她太喜欢音乐了。

商深行扎根D城总公司，好像真的远离了娱乐圈。路华新专辑差两首歌，陈梦去D城找了商深行一次，很快他就把两首歌给拿出来了。

陈梦真是不知道该说什么好，感激涕零："版权费呢？你想要多少？"

商深行看了看陈梦已经隆起的肚子："给我侄子或者侄女的礼物，不要了。"

陈梦笑了起来，抬起下巴，伸手和商深行击掌："够意思，以后想做音乐了，我这边随时欢迎你。"

陈梦的团队越来越成熟，商深行相信她会做得很好。陈梦也有能力做得好，她只是需要一个机会。

五月，琳琳考试完，选择了寄宿学校，这不意外。陈梦知道这事的时候，也进入了预产期。

陈梦和琳琳的缘分，大概也就到这里了。她心里是有些难过，却不知道该说什么。

商谨言摸了摸她的头发，她的头发已经很长了。因为怀孕，她整个人身上多了一道柔光，似乎被母爱的光辉笼罩。

"这个距离刚刚好，不要再往前，别适得其反。"

有件事商谨言没告诉陈梦，审刘成的时候带出了三年前那个案子。那时候刘成就在利用陈梦。他知道商谨言和陈梦的关系后，试图让她从商谨言这里得到一些有用的信息，好拿去卖钱。他培养了陈梦，他对陈梦好，这一切都需要回报。

陈梦家庭条件差，人单纯，年纪又小，这种孩子最容易骗。也只有这样的孩子，才能死心塌地地跟他。商谨言不想说，怕她难过，她这个人死心眼。

番外二

孩子

陈梦的预产期还没到，孩子太着急，提前半个月就想见这个世界，她肚子疼得毫无征兆。商谨言在公司开会，接到陈梦的电话后便火速奔回来，送她去医院。

父亲辞去职务带母亲旅游去了，原定在陈梦生产前回来，谁也没想到会这么突然。

陈梦下午就被送到了医院，到第二天早上才被送进产房。

陈梦疼也没有吱声，就死死地抓着商谨言，他的手被抠出了血。

“你要疼就喊，别不出声。”

陈梦咬着牙，疼得快疯了，只盼着孩子赶快出来。

时间一分一秒过去，商谨言急得不行，只觉得度日如年。

孩子坠地，“哇”地哭出声。商谨言看向孩子，陈梦的手从他的手心滑了下去。他一愣，回头就看到她没有意识了。

“老婆？”

陈梦没动静，她的身体不好，但生产前她做过检查，身体条件是允许生的。

商谨言大脑“嗡”的一声，突然大喊出声：“医生！”

产房里乱成一团，陈梦的心跳突然停止了，这是突发性事件。护士把孩子塞给商谨言，医生鱼贯而入，他们撞开了他。

“你先出去！”

孩子哇哇地叫，商谨言已经不会思考了，不知道陈梦怎么回事。母亲的电话打了过来，商谨言喉结滚动，接通电话：“陈梦生了，她突然没呼吸了——”

“怎么回事？”

商谨言说不出话，紧紧抱着孩子。孩子哭得太响，护士看不下去，过去要帮他抱。商谨言茫然地看着她：“我太太呢？我太太怎么样？”

“你抱得太紧了，小孩子受不了。你太太在抢救，你先把孩子给我。”

商谨言还抱着孩子，他低头看孩子，皱巴巴的孩子张着嘴哇哇大哭，脸憋得通红。

“先生，你孩子太小，受不了你这么抱。”

商谨言终于松手把孩子交给护士，把手盖在脸上，手指小幅度地抖着。

幸亏陈梦被抢救回来了，中午才送到病房。商谨言握着她的手，泪就滚了下来。他媳妇生个孩子差点把命搭进去，也太吓人了。

第二天早上，商谨言的父母赶到，看到母子平安才松一口气，问候了陈梦，又问孩子。

商谨言正好在喂陈梦喝汤，她已经拿掉了氧气罩。闻言，商谨言喂东西的动作一顿——孩子呢？几个人视线对上，陈梦嘴角抽了抽："那你这么长时间在干什么？"

商谨言放下碗和勺子，站起来匆匆往外面走："护士抱走了。"

陈梦想笑，可实在没力气，苏敏连忙追了出去。商谨言吓蒙了。

他们在育儿房找到了孩子，小家伙正欢快地吐泡泡呢。

因为陈梦生产的事闹得太可怕，所以商谨言让她暂时放下工作，在家养身体。陈梦闲不住，她坐月子期间，路华的新专辑上市了。路华在全国各地跑着宣传，陈梦远程操控，工作室的一群人差点把她的病房当成第二工作室了。

商谨言忍无可忍，对此提出抗议，陈梦这才收敛。

路华的专辑卖得非常好，陈梦暂且松了一口气，老实在家带孩子。她自己没有多少带孩子的经验，于是就回到了D城老家。

苏敏能帮忙带，陈梦远程操控工作室，计划着路华接下来的巡演。陈梦觉得孩子挺耽误事业，商谨言又不放心全权让保姆带。她也很郁闷，他既然不同意让保姆带，他自己倒是带啊。

陈梦回D城半个月，商谨言都没来看他们，她就坐不住了。他们结婚到现在还没分开这么久，生了孩子怎么就生分了？她不免往那些不好的方向想——商谨言是不是又有新欢了？

一想到这个可能，她就抓心挠肝，想带孩子回S市。苏敏和商祺实在喜欢孙子，又拖着她不想让她现在就走。他们带着孩子在院子里玩，陈梦上楼打电话给商深行，他最近也在S市。

商深行倒是很快就接起电话，陈梦说："在干什么呢？"

"忙，公司很多事。"商深行说，"找我干什么？写歌吗？"

"你这么想写歌，做什么生意？签我工作室吧？"

"想得美。"商深行笑道，"路华不错，新专辑大卖了，接下来准备巡演吧？"

"我是这么想的。"陈梦说，"可孩子还小，离不开人，你哥那边也忙，工作室和家庭不能兼顾。"

"你回D城多久了？"

"半个多月了。"陈梦说，"工作室很多事，这边小孩也放不下，麻烦。"

"半个月大哥一直一个人在S市，你也真是心大。"商深行啧了一声，"什么时候来S市？赶快吧。"

陈梦心里一咯噔，声音倒是没露出来分毫异样，依旧含着笑："怎么，S市还有妖精把他勾走啊？"

商深行笑了笑："妖精我不知道，不过男人嘛，老婆长时间不在身边，谁把持得住？让我和小侄子说话，想听他哭。"

"听不到，你爸妈把孩子带走了。"

"那算了，我马上还要开会，不聊了。"

电话挂断后，陈梦开始琢磨商谨言那边是不是有事儿。他之前没谈过恋爱，现在知道了女人滋味，会不会开始有花花肠子？

陈梦想了想，打电话给商谨言。电话很快就接通，商谨言匆匆说道："在开会，一会儿给你回过去。"

陈梦话没出口，电话就被挂断了，她那点小女人酸味快溢出来了。

她放下电话后左思右想，怎么都心里别扭，没办法放心。她下楼找到看孩子的阿姨，说道："收拾下东西，带孩子去趟S市。"

阿姨一愣："现在？"

"嗯，我去订机票。"

生孩子到现在，陈梦和商谨言同房的次数非常少。以前商谨言不见她半个月就一定坐不住了，现在这么淡定，不会真有事吧？

正好商祺和苏敏带孩子回来，陈梦找了个借口说S市有事，先把孩子带走了。商祺和苏敏虽然舍不得孩子，但还是让陈梦给带走了。

在机场等待期间，孩子在睡，陈梦捏着电话，屏幕漆黑一片，商谨言没有回信息过来。然后她关机上了飞机。

到达S市，出了机场，陈梦推着行李和阿姨往外面走，一边走一边拿出手机给商谨言打电话。这回商谨言，接得很快他急匆匆说道："你电话怎么打不通？"

"刚刚在飞机上，电话关机。"陈梦笑了起来，"我到S市了，你在干什么呢？"

电话那头的商谨言："你——怎么这么突然？"

"给你一个惊喜啊。"陈梦的心沉到了低谷，她没从商谨言的声音里听出喜悦。商谨言不会真的干出什么对不起她的事了吧？不然他怕什么？

"我马上过去接你，你不要乱跑，带着孩子挺麻烦。你一个人不行，找个地方先等着。"

"我打车回去，不用接。"

"我去接你。"商谨言提高了声音，严肃起来，"听话，我马上就过去了，很快。"

等陈梦挂断电话，阿姨问："我们去哪里？回去吗？"

"等等，商谨言过来接我们，找个地方先坐吧。"

一个小时后商谨言到了，陈梦和阿姨在咖啡店吃蛋糕，看到商谨言招招手："这里。"

商谨言大步过来，见孩子在小推车里睡得踏实，视线才落到陈梦身上。陈梦穿着墨绿色大衣，肤白如雪，黑发披散在肩头，美得让人移不开眼。他抬手放在陈梦的肩头，询问道："现在走吗？"

陈梦把一杯牛奶推给他："还没吃完蛋糕呢，等我一会儿，你先喝牛奶。”

商谨言坐下，伸手擦掉她脸上的奶油：“怎么这么突然？不想在D城了？该打电话让我回去接你啊。”

陈梦挖了一块蛋糕送到他嘴边：“吃一口。”

商谨言皱眉，跟吃毒药似的咬走了蛋糕，然后连忙喝了口牛奶，觉得也是甜得发腻。

“少吃点甜食。”

陈梦努了努嘴，说道：“我就喜欢吃甜食，我打电话你也得接啊，我打电话你就能去接我吗？你这么忙。”

商谨言听出她语气里的不高兴，抬起她下巴，直视她：“生气了？今天在开会，所以才挂你电话的。”

陈梦勾起嘴角，笑容完美：“是吗？”

商谨言实在想不出来最近还有什么地方得罪了陈梦。他和陈梦真正确定关系，结婚后，倒是很少吵架，也吵不起来，她的性格比以前软了很多。他握住陈梦的手：“不然呢？嗯？我能做什么？”

陈梦缩回手，不再说话。吃完东西，商谨言接过了行李箱，推着往外面走。陈梦推着小孩。两人一前一后地走，商谨言说：“在D城怎么样？”

“挺好的，你父母都很好，只是你在S市，我想过来陪你。”

商谨言看了她一眼，握住她的手，心里跟明镜似的，不过她愿意装就让她装吧。

他们在外面吃了晚饭，时间已经到了晚上九点。回到家，商谨言抱着孩子喂奶，陈梦和阿姨收拾宝宝住的房间。

九点半，商谨言哄孩子睡觉，示意陈梦：“上楼洗澡去。”

陈梦跑上了楼，洗到一半时浴室门被推开，她头上都是泡沫，眼睛没睁开，连忙往旁边躲：“商谨言？”

门被关上，那个人没出声，不过这家里除了商谨言还有别人吗？陈梦连忙冲掉脸上的泡沫，没睁开眼人就被按在了墙壁上。他吻住了她的嘴唇，撬开牙关热情地吻着她。

陈梦喘着气，抱住商谨言的脖子，“嗯”了一声，随即回应他。很久没这么激烈地吻过，陈梦喘息着抱紧商谨言的脖子：“老公——”

商谨言抬起她的腿把她抱了起来，擦掉她脸上没冲干净的泡沫，一路往下亲去。陈梦叫了一声，推他：“很痒——”

商谨言暂时停下动作，漆黑的眸子看着她，嗓音低哑：“不放心我？”

陈梦才不会承认自己是真的吃醋了：“嗯？什么？”

商谨言一边亲她一边解释：“最近公司忙着上市，回不去，你也不来S市。”

陈梦垂下眼睑，目光有些哀伤：“我以为你移情别恋了呢，很少打电话，也不回去见我们。”她越说声音越低。

商谨言侧耳，认真听着：“你说什么？没听清。”

陈梦咬在他的耳朵上，恼羞成怒：“很久没有鼓掌了……”

商谨言顿了几秒，然后笑出了声，抱紧陈梦。陈梦生孩子突发意外状况对他造成了很大的阴影，产后她似乎很难受，他也就不太敢碰她，尽量减少同房次数，谁知道这个傻子，心里却曲解成别的意思。

他打横抱起她，快步往卧室走。他低头亲她，与她耳鬓厮磨：“傻子，要不是顾忌你的身体，这事儿能忍？”

陈梦搂着他的脖子：“你没找别人？”

商谨言翻身把她压在身下：“我只有你，你再敢怀疑我试试？翻天了你！”

－全文完－